最悪の相棒

伏尾美紀
Fushio Miki

KODANSHA

最悪の相棒

プロローグ

東京都某区花園《はなぞの》地区。

長田和馬《おさだかずま》は、今年の四月に花園団地交番に配属となった。それまでは新宿区内の繁華街に近い交番勤務で、二十四時間ひっきりなしに来訪者があり、電話も頻繁にかかってきて、出動のない時間を数える方が難しかった。

ところが花園交番では、違う惑星に来たのかと思えるほど時間の流れ方がゆっくりしていた。昼間は三人体制で交番に詰めているが、長田以外の二人はいま、パトロールに出ている。話し相手もなく、二十代の長田にはいささか体力を持て余す職場だった。

窓拭きを済ませると、次に百円ショップで買ったじょうろで、交番の前のプランターに水やりを始めた。

四つのプランターには日日草《にちにちそう》が咲いている。あと数週間もすればパンジーに植え代わる。花の世話などこれまで興味はなく、知っている花の名前もたんぽぽと朝顔くらいだったが、今では誰よりも熱心に世話をするようになっていた。

九月に入っても残暑が厳しい。毎日水やりをしてもなんとなく日日草には元気がない。

肥料が足りないのだろうか。

プランターを見下ろしていると、背後から声が聞こえた。

「あの……」

振り返ると手押し車の高齢女性が立っていた。ラベンダー色のカーディガンと灰色のスカート、頭にはカーディガンとお揃《そろ》いの手編みの帽子がちょこんと載っている。

「ああ」

と長田は笑顔になった。

もうそんな時間か。

交番の壁にかかっている時計を確認した。午前十時になろうとしている。この女性はいつも決まってこの時間にやってくるのだ。

「はい、はい、どうしました？」

長田は愛想良く女性を交番の中に招き入れ、椅子に座るよう勧めた。

「これを拾いました」

女性が差し出してきたのは、赤地に白く小さな花柄が描かれた布製のポーチだった。

「いつもありがとうございます」

礼を言いつつ、長田は引き出しからＡ４サイズの白い用紙を一枚取り出し、右上に今日の日付を書いた。

令和五年九月七日――。

ポーチを拾った場所は、花園団地Ａ地区の敷地《しきち》。長田は女性の言う通り、用紙に書き取っていく。

「中を確認しますね」

ポーチを開けると、中には小さく折りたたまれた千円札と、白猫を象《かたど》った親指サイズのマスコットが入っていた。他にもないかとポーチをひっくり返す。こげ茶色の小さな粒が一つ零《こぼ》れ落ちた。

「おっと」

机の下に転がり落ちそうになる。長田は慌ててその粒を拾い上げた。

卓上ライトの光に照らしてみると、こげ茶色っぽく見えた表面には、黒っぽいまだら模様がついている。大きさは約一センチの楕円《だえん》形。植物の種のようにも思えるが、長田の知識でははっきりそうだと断定はできない。

「ヒマノミ」

「え？」

突然、目の前の女性が呟《つぶや》いた。

ひまのみ……暇の身？　毎日が暇な身の上ということだろうか。

「どういう意味ですか」

問いかけたが、女性はもう自分が何を言ったのかも忘れたように、長田の顔をにこにこと見つめ返してくるばかりだ。

現金千円、白い猫のマスコット一つ、そしてこげ茶色の種様のもの、と長田は用紙に書き取った。

「ではこのポーチは、落とし主が見つかるまで大切にこちらで保管しておきますね」

女性に声をかけてから、長田は机の上の受話器を取り上げ、電話をかけた。電話の向こうで男性の声が恐縮している。相手はこの高齢女性の息子だった。

女性はこの近所で、住宅設備の仕事を営む息子一家と一緒に暮らしている。

たった今、拾得物として受理したポーチが、この高齢女性の持ち物であることを長田は知っている。彼女の手首に嵌《は》められたリストバンドはGPS付きだ。彼女は認知症で、ほとんど毎日、同じ時間に、忘れ物だと言って、自分の持ち物を交番に届けにやってくる。家族の話によれば、子供の頃、落とし物を届けて、交番の警察官に褒められたことが彼女の大事な思い出なのだという。

引継ぎ事項として、長田は赴任早々に交番所長からこの話を聞かされていた。

面倒くさがらず対処してやってくれ、と言われたが、特段面倒だとは思わなかった。

それどころか、女性に渡されたものをただ受け取るだけでなく、書類を作成する真似《まね》をしようと思いついたのは長田だ。

これは女性の家族に非常に感謝された。

ほどなくして息子の妻、つまり女性にとっては義理の娘が女性を迎えにやってきた。

「いつも本当にすみません」

ポーチを受け取り、長田に頭を下げ、義娘は母親と一緒に交番を後にしようとした。

「あら、お義母《かあ》さん、いつからこんなポーチ持ってたの……?」

去り際に義娘がそんなことを言うのが聞こえた。

認知症の介護は壮絶だと聞くが、あの一家の仲睦《むつ》まじい様子には希望が覗《のぞ》ける。

警察官のやりがいとはこうした小さな感動の積み重ねなのだ。長田はこの若さにして既にそう達観しつつあった。

人生はもっとのんびり生きるべきだ。新宿は忙しすぎた。

大きく伸びをして、新宿での目まぐるしい日々を記憶の彼方《かなた》に追いやった。

プランターへの水やりも済ませたし、次は交番の周りでも掃除しようかと箒《ほうき》と塵取《ちりと》りを手に取った時だ。

「あの」

再び背後から声をかけられる。

振り返ると、小柄な高齢男性が立っていた。

長田は一瞬、言葉を失った。

艶を失った真っ白い頭髪はぼさぼさで、病み上がりのように痩せ細った体に、着古された辛子色のセーターと、擦り切れた茶色いスラックスを身に着けている。そのどちらも今の体型には合わず、ぶかぶかだ。おまけに足元は裸足《はだし》だった。何より異様だったのは、見開かれた瞳の焦点が定まっていないことだ。

「……どうかしましたか」

長田は慎重に老人の方へ一歩進み出た。

「妻を……」

老人の声はしわがれて、不明瞭だった。

「……殺しました」

「え……？」

長田は一瞬自分の耳を疑った。

「私はこの手で妻を殺してしまいました」

老人は両手を差し出した。ぶるぶると震えている。長田にはそれが、焚火《たきび》にくべられた枯れ枝が、炎の中でのたうち回っているかのように映った。

一

二〇二三年（令和五年）九月七日（木）大安　戊辰《つちのえたつ》
【誰もがそれぞれの地獄を耐え忍ぶ。　ウェルギリウス】

花園警察署刑事課強行犯係所属の広中承子《ひろなかしょうこ》は、屋上で一人煙草《たばこ》をふかしていた。

二年ぶり六回目の禁煙チャレンジは二十九日と五時間にして、またしても失敗に終わった。

署内禁煙という内規はあるものの、屋上は署内ではないと誰かが屁理屈《へりくつ》をこねまわした結果、署員たちはいちいち外に出ることなく屋上で、伸び伸びと煙草を味わえる環境が整っている。

九月に入ってからも衰えを見せない太陽に抗《あらが》うように、広中はTシャツの袖を肩まで捲《まく》り上《あ》げた。首の裏側に日光が直撃するのを避けるため、ポニーテールにまとめていたヘアゴムを外す。顔の周りに髪の毛がまとわりついてきて鬱陶しいが、二十代後半になるとそれより日焼けの方が怖い。

日焼けが怖いなら、そもそもシャツを肩まで捲り上げるのをやめるべきだ。いやその前に、ビタミンCを破壊するというニコチンをやめなくてはいけないだろう。

いや、いや、屋上に出て来た時点で、日焼けの心配をすること自体がナンセンスなのだ。

ナンセンス？

広中の語彙には元々なかった言葉だが、事あるごとに「こんな事件はナンセンスだ」という五十代の係長の口癖がうつってしまった。

最悪の気分だ。

広中は煙草を口にくわえたまま、フェンス越しに街を見下ろした。いつもと変わらぬ景色のはずなのに、今日は霞《かす》みがかかったようにどんよりして見える。

体の向きを変え、フェンスに背中をもたせかけて、空に向かって盛大に煙を吐き出した。

一時は加熱式タバコ派と紙巻タバコ派との間で、屋上での熾烈《しれつ》な場所取り合戦が繰り広げられた。

加熱式タバコ派の言い分は、紙巻タバコ派が風上に立つと煙《けむ》いというものだった。冗談じゃない。かつては加熱式タバコ派も我々紙巻タバコ派に属して、容赦なく煙をまき散らしていた仲だというのに。

こういう時、広中は俄然《がぜん》燃えるタイプだ。かつては紙巻タバコ派であったはずの裏切り者たちの言い分に腹を立て、係長を始めとした「俺たち紙巻タバコ派はしょせん淘汰《とうた》されていく宿命なんだ」と悲観論を口にする仲間たちを鼓舞し、長い闘いの果てに勝利を手に入れたのだ。

屋上から自分たちの管轄内を見渡せるフェンスに近い部分は、広中たち紙巻タバコ派の縄張りとなった。風向きによっては風下に立つ加熱式タバコ派の縄張りに容赦なく煙をまき散らすことになるが、彼らに情けは無用だ。敵は徹底的に叩《たた》く。それが広中の信条だった。

だがその勝利からほどなくして、広中は禁煙することにした。

街へ聞き込みに出るたび、どこに喫煙スペースがあるのか血眼になって探すのは徒労でしかない。そういう結論に達したのだ。

同僚に紹介された禁煙外来を訪ねたのは、今度こそ本気だということを周囲にも自分自身にも言い聞かせるためだ。医者には飲み薬を勧められたが、なんとなくそれで禁煙できても負けのような気がしてしまった。

禁煙は気合いだ。

変なところで変な意地を張ってしまうのも広中の悪い癖だった。

これまで同様、ニコチンパッチで頑張ることを決めておよそ一ヵ月。

広中は再びフェンスに向き直ると、長々と煙草を吸い込んだ。

あえなく禁煙は失敗した。ここに屋上があるせいで――。

いや、違う。自分が禁煙に失敗したのは昨日起こった事件のせいだ。

広中が吐き出した煙が風に乗って、遠くに見える花園団地の方角へ流れていった。灰色に浮かび上がる巨大な団地群は、かつてこの町の象徴であり誇りでもあった建物だ。

東京都東部に位置する花園地区は、ＪＲの最寄り駅を中心に半径二キロ程の広さの地域を指す。水と緑に囲まれ、車の往来も少なく、子供からお年寄りまで住みやすいと不動産会社の謳《うた》い文句《もんく》は素晴らしいが、インターネットなどの口コミでは「東京の限界集落」と容赦ないレッテルが貼られている。

花園団地が建てられたのは、一九七〇年代初頭のことだった。

南北に亘ってＡからＥまで五つの地区に分かれ、それぞれに、クリーム色の外壁をした七棟の団地から成っている。最盛期には、花園地域全体で人口は一万人を超えた。街は団地を中心として発展していき、全長約一キロもあったアーケード街には二百を超える店舗がひしめき合っていた。小学校と中学校も二つずつあった。

少しずつ変化が訪れてきたのは、一九九〇年代の後半からだ。団地の子供たちが成人して親元を離れていくと、高齢になった親世代の中にも、団地を出てもっと利便性の高い場所に移り住む者が増えていったのだ。地域の人口も一気に減り始め、アーケード街は消え、統廃合で二つの小学校は一つになり、中学校にいたっては二つとも姿を消した。

広中はまた静かに煙草を吸い、大きく煙を吐き出した。

煙と一緒に嫌な気分というのも、この身から消えて無くなってくれたらいいのに。

だが頭の中には、昨日の午後、今日の午前中と、二回に分けて行われた聴取の様子がまだありありと残っていた。

山城孝蔵《やましろこうぞう》、年齢は八十歳。妻は七十八歳。

結婚して五十年以上になるという。金婚式も済ませた夫婦に何があったのか。

〈……妻の首を絞めました。少しずつ力をこめていくと、妻の呼吸がだんだん静かになっていって、それで……〉

広中は頭を一振りした。

あんな記憶は早く忘れてしまうに限る。

だが忘れようとすればするほど、事件のことしか考えられなくなってしまう。

妻は首を絞められただけではなかった。肋骨《ろっこつ》も折れていた。

暴行があったということか。

妻は長く認知症を患っていた。もう夫のこともわからなくなって久しい。介護は夫が一人で担っていた。

介護を担う者が介護を受ける者に手を上げる事例は少なくない。それほど過酷で、終わりの見えない闘いなのだと聞いたことがあった。

まして自身も高齢の夫が、認知症の妻を一人で介護するとなれば、その苦労は並大抵ではないはずだ。

そうした中でつい苛立《いらだ》って妻に暴力を振るってしまう。

挙句、もうどうしようもなくなって妻を手にかけてしまう。

こんな事件自体、今の日本では決して珍しいものではない。

だが今回は、それだけでは済まなかった。

夫婦は二人暮らしではなかったのだ。

昨日の夕刻、交番の警察官を伴い、老夫婦が暮らしていた団地を訪ねて行った時のことだ。

広中はチャイムを鳴らした。

応答はない。もう一度鳴らしたが今度も反応がなかった。すると交番の警察官が、郵便受けから声をかけた。

「山城さん、花園交番の長田です。ドアを開けてもらえませんか」

そこでようやく、室内から物音が聞こえた。やがてドアのチェーンが外され、鍵が開く。

ゆっくりと開いたドアから、髪の毛が薄く無精ひげで、食べこぼしのシミがついた灰色のスウェット上下を着た、小太りの中年男性が顔を覗かせた。それが夫妻の引きこもりの息子、大地《だいち》だ。長田の話では、大地は今年で四十七歳になるという。

広中は改めて警察手帳を見せ、室内に入りたいと告げた。

大地は無表情のままドアから離れていった。

広中は思わず長田に目をやった。

長田の顔に困ったような表情が浮かんだ時、バタンと音がした。大地が再び自分の部屋に閉じこもったらしい。

広中と長田は靴を脱いで部屋に上がった。

間取りは３ＤＫ。団地が建てられた頃は、一般的なファミリータイプと言われていたものだ。出来た当初はモダンで洗練された造りだったのかもしれないが、今となっては全てが古臭い。窓も小さく天井は低い。水回りはシンクが狭く、壁がタイル張りになっているところも時代を感じさせる。

長身で肩幅の広い筋肉質な長田に、昔ながらのサイズの部屋は少し窮屈そうだ。

広中は部屋の灯《あか》りを探した。

「ここですよ」

長田は天井から釣り下がった照明器具の紐《ひも》を引っ張った。一重のあっさりした顔立ちと落ち着いた声のトーンのせいか、長田からは物静かな印象を受ける。年齢は広中より少し下のようだ。

薄暗かった室内が明るくなり、茶の間の様子がよくわかった。

家具はいずれも年季が入り、傷みも目立った。テレビやサイドボードの上には埃《ほこり》が溜《た》まり、お世辞にも掃除が行き届いているとは言えない。だが高齢者の住居としては片付いている。

茶の間を横切って、犯行現場となった和室に向かった。

襖《ふすま》を開けた途端、薄暗い室内からこもった空気が流れてきた。

部屋には介護用ベッドがあり、その傍らに畳んだ布団が置いてあった。夫は妻にずっとつきっきりで面倒を見ていたようだ。

不意に黴臭《かびくさ》さと僅かな排泄《はいせつ》物のにおいが鼻をついた。

広中は慌てて窓を開けた。

窓は団地の広場に面していて、向かいには同じ団地の別棟が見える。

大きく外の空気を吸い込んだ。

山城が、介護と自身の世話と、そして引きこもり息子の面倒とで、精神的に追い詰められていた状況は、手に取るようにわかった。

そんな中、思い余って妻の首を絞めてしまったのだ。

よくある話だった。

警察としては、そうした事情を斟酌《しんしゃく》したとしても、事件として扱わなければならない。

だが、逮捕して罰することが本当に正しいことなのか。

もっと早く行政に頼っていれば。誰かが老夫婦の危機に早く気づいてあげていれば――。

広中は慌てて、そうした考えを追い払おうとした。

彼女は警察官になる時、一つだけ決めたことがあった。事件に深入りせず、被害者の心情に寄り添ったり、まして加害者の事情を斟酌したりするような真似は決してしないということだ。

割り切らなくては自分が駄目になる。

窓から離れようとした時、隣の部屋のドアが開く音がした。大地は広中たちのいる和室には目もくれず、トイレに向かった。

長田の話によれば、大地は十代で引きこもって以来、三十年以上ずっと自分の部屋で暮らしているという。そして彼は、隣の部屋で父親が母親に何をしていたのか、まるで気づいていなかったのだ——。


背後で屋上のドアが開く音がして、広中は回想を中断した。喫煙仲間の登場か。だが今はここで彼らとおしゃべりに興じる気分ではない。携帯灰皿で煙草をもみ消し、この場を譲ろうとした広中に、その人物が背後から声をかけてきた。

「ここ、禁煙じゃなかったんだな」

軽薄な調子で笑いの混じったその声には聞き覚えがある。

嘘《うそ》でしょう。なんであいつが——。

振り向くと、思った通り潮崎《しおざき》格《いたる》が立っていた。

〈何もかもあんたのせい〉

不意に子供の頃の記憶が蘇《よみがえ》った。

〈二度とうちには来ないで!〉


どうしてこんな最低な気分の時に、一番会いたくないこいつが現れるのだろう。

「大丈夫か」

「何が?」

広中は動揺を押し隠して、わざとぞんざいに聞き返した。

「けっこうメンタルに応える事件が多いからさ」

潮崎が隣に並んだ。体の厚みが増し、見上げるほど図体《ずうたい》はでかくなったが、垂れ気味の目をした愛嬌《あいきょう》のある顔には、昔の面影が残っている。

二人が初めて出会ったのは潮崎が十一歳、広中が九歳の時だった。残念ながら、そこから素敵なボーイ・ミーツ・ガールが始まることはなく、最悪の別れ方をした。

「お気遣いをどうも。あいにく、私はそういうの気にしない。知ってるでしょう。そっちと違って、私は事件や被害者に肩入れしない主義。警察は冷たい、被害者の気持ちを何もわかってくれない。けっこう。警察官なんてそうやって批判されるくらいでちょうどいいの」

広中は早口で捲し立て、新しい煙草に火を点《つ》けた。

「ココ・シャネルはヘビースモーカーだったが八十七歳まで長生きした」

「それで私の機嫌を取ってるつもりなの？」

「そんなつもりはない。単なる豆知識だよ」

潮崎が笑顔を作る。広中はにこりともせず、改めて潮崎の今の姿を確認した。

こげ茶色のスーツと同系色のネクタイの組み合わせは、彼の様な百八十センチを超える男が着れば、それなりに見栄えが良くなるはずだった。だがなぜか野暮ったい。ああ、そうか。これは彼の好みではなく、付き合っている彼女のものだろう。

広中を懐柔しようという試みが失敗して、潮崎が笑みをひっこめた。そうすると、どこか気難しい哲学者の面影が浮かび上がる。広い額は高い知性の表れだと評する者もいるだろう。

何もかもが気にくわない。

「それで、用件は?」

何が目的か知らないが、話はさっさと終わらせてしまいたかった。そうしなければ、昔のように最悪な一言を潮崎に投げつけてしまいそうだ。

「うちの管轄で、一課の刑事さんが出張《でば》ってくるような事件でもあった?」

潮崎は警視庁捜査一課の刑事だ。同じ刑事であっても、これまで仕事で顔を合わせたことはない。

「例のテスト。連絡は行ってるだろう?」

「テスト……」

言葉と同時に吐き出された煙が、広中と潮崎との間に幕を張る。潮崎が片手でそれを振り払った。

「嘘でしょう……?」

広中は思わず天を仰いだ。

異動の内示を受けたのは先週のことだ。異動先は捜査一課。一課の中に新部署が設立されるという噂《うわさ》は、春頃から耳に入っていた。その栄えある最初のメンバーに選ばれたのだ。

一課への異動は広中の目標の一つだった。嬉《うれ》しかったが不安も幾つかあった。

一つは、肝心の新部署の情報が一切不明であること。名称すら決まっていないという。

そしてもう一つは、正式な配属の前に条件を付けられたことだ。

同じくメンバーに選ばれたもう一人の刑事と一緒に、ある事件を解決せよという。それがテストだった。

広中は今年で二十九歳になる。刑事としてのキャリアも短く、一課への異動が異例だという自覚はある。だが、内示を出してから適性があるかどうか判断するなど、これまで聞いたこともない。

それでも挑戦する価値はある。どんなテストが課されるにしろ、クリアできるという自信もあった。

ところがまさか、一緒にテストを受ける相手が、潮崎格だとは誰が想像できただろう。

広中は俄《にわ》かに、今回の異動に何者かの意図を疑い始めた。

しかし今ここで、あれこれ憶測を働かせても答えは出ない。

「で、そのテストの内容って?」

広中は乱暴に、携帯灰皿で煙草をもみ消した。

「匿名通報ダイヤルのことは?」

「もちろん知ってる」

警察庁主管で、市民から犯罪に繋《つな》がる情報を募るシステムのことだ。通報手段は電話かメールフォームに限られ、通報者の身元は特定されないことが保証されている。

「その匿名通報ダイヤルのメールフォームにある情報が寄せられた。これだ」

潮崎がスマートフォンの画面を見せる。

『花園団地A地区B一〇一　一人暮らしで犬を飼っている女性が、最近散歩する姿を見かけない』

「送られてきたのは七月の初旬。それから二週間ほどして、二通目が送られてきた」

『花園団地A地区B五〇二　子供が一人でベランダで遊んでいた』

「これだけのことをわざわざ?」

広中は困惑を隠せなかった。

匿名通報ダイヤルとは、犯罪情報提供ダイヤルとも言い換えられる。例えば暴力団に関係する事柄、児童虐待、児童買春、偽装結婚、薬物、特殊詐欺など、犯罪に直結するような情報提供を促すために存在するものだ。だからこそ匿名なのだ。

事件や事故を目撃して、緊急に警察の対処が必要ならば、一一〇番通報する必要がある。当然、犬を飼っている女性の話や、子供がベランダで遊んでいる話もそうだった。

本来であれば、匿名通報ダイヤルを主管する警察庁の担当者は、通報内容を無視することもできた。

「だが担当者はそうせずに上司に相談した。なぜなら、それぞれの通報に、謎の日付が付け加えてあったからだ」

前者には『平成三十年三月五日』、後者には『平成二十九年九月十日』。

気になった担当者が調べたところ、前者の日付では、東京都郊外で一人暮らしをしていた女性が自宅で亡くなっていた。側には飼い犬の死体もあったという。後者の日付では、二十三区内のマンション十階ベランダから、五歳の男の子が転落して亡くなっていた。

「実際の出来事と日付が一致していることから、警察庁は単なる悪戯《いたずら》で処理せず、警視庁にこの事案を回すことにした。通報者はなぜ匿名通報ダイヤルにこんな情報を寄せたのか。それを調べるようにと」

「事情は呑《の》み込《こ》めた。けど、一課がわざわざ乗り出すほどの話？　通報者に事情を聞けば全て解決する話でしょう」

匿名とは言え、警察なら通報者の特定は朝飯前だ。

「匿名通報と謳っている以上、誰が通報者か警察は調べないのが原則だ。それが破られてしまったら、匿名通報ダイヤルの本来の役割も危うくなってしまうからな」

「建前上はそうでしょうけど……」

だが幾らでもやり様はあるだろう。通常のパトロールと称して通報者を訪問するとか――。

はたと気づいた。

「待って。最初の通報が七月の初旬、次が下旬、そして今は九月……」

ベランダの子供はともかく、一人暮らしの女性が自宅で亡くなっていたら、それは既に緊急事案のはずだ。テスト云々の前に警察官を現場へ急行させなければならない。

「二件とも既に、警視庁として事実確認は済んでいるというわけね。で、私たちに通報者を特定しろと。それも建前上の匿名性は保ったままで。それがテストだと？」

「正解」

広中の口からため息が漏れる。

どんな無理難題が吹っ掛けられるかと思いきや、実に単純な仕事だった。

「発信元のＩＰアドレスとやらを特定して、プロバイダに情報を――」

「いや、いや」

広中の言葉を潮崎が笑いながら遮った。

「これは正式な捜査とは違うんだ。プロバイダに情報開示請求はできない」

「それじゃ、どうしろと？」

「捜査の基本は聞き込みだろ、刑事？」

潮崎の言い方は癪《しゃく》に障る。だが正論だった。

それではどこを当たるべきか。広中は少し考え込んだ。

「二件の通報に共通するのは花園団地のＡ地区で起きたということ。そうなると通報者も花園団地Ａ地区の住人の可能性は高い……」

「いいな。その線で行こう」

潮崎がさっさと屋上の出入り口へ向かい始めた。

「ねえ、ちょっと、手ぶらで？　前もって住人の情報を調べるとか――」

「それなら交番が一番だ。地域住民の情報を知るのは町のお巡りさんだろう」

潮崎が肩越しに叫んだ。

花園団地交番は、花園団地Ａ地区の側にある。団地ができた頃には、花園団地第一派出所と呼ばれていた。第一とついていたのは、団地の北側にもう一つ、第二派出所が存在していたからだ。派出所に詰める警察官の数も、多い時で十名から十二名程度、建物も今の三倍の広さがあった。

しかし花園地区の衰退と共に役割は縮小されていき、警察の組織改正に伴い、派出所から交番へ名称が改められたのを機に、第一派出所と第二派出所は統合され、花園団地交番となった。

二人が到着すると、交番は無人だった。

「ただいまパトロール中です。ご用の方は交番内の電話で連絡してください」

そう出入り口のドアに掲示してあり、花園警察署地域課の電話番号が載っていた。

交番に集まった情報は地域課に上げられる。情報収集ならその報告書を読むだけでも用は足りるのだが、潮崎は交番の警察官らが戻ってくるまで待つと言って聞かない。

「住民と直《じか》に接している彼らから話を聞くのが重要なんだ」

潮崎といるだけでもストレスなのに、ここで言い争いはしたくない。広中は折れた。

果たしてどの位待つことになるのか。

広中は交番の外に出て、プランターに植えられた日日草を眺めた。

萎《しお》れている。この暑さでは無理もないか。

眩《まぶ》しい太陽を恨めしく見上げると、紺のジャケットを脱ぎ、Tシャツの袖を捲りあげた。

潮崎はとっくに上着を脱ぎ、ネクタイも外して、交番の椅子にふんぞり返って、私物のスマホを弄《いじ》っている。周囲の目などまるで気にしていない様子だった。

自由奔放、傲岸不遜、傍若無人、唯我独尊――。漏れ聞こえてくる潮崎の評判は、散々なものばかりだ。捜査会議中でも間食はするわ、上司に口答えはするわ、挙句誰にも告げずに姿を消してしまうことなど日常茶飯事だという。

それにもかかわらず、警察上層部は潮崎の行動には目を瞑《つぶ》っていた。彼の能力の高さを買っているからだという。そして陰で囁《ささや》かれているあの呼び名。

犯罪被害者家族心理分析官。

呼ぶ方も、半分は皮肉交じりではあるようだ。

広中の目にも、今の所、分析官の片鱗《へんりん》は感じ取れない。

——まあ、いい。

今回のテストで、潮崎の能力が本物かどうか明らかにされるはずだ。

「暑い……」

手を振って顔に風を送っていると、コンビニの袋を下げた若い警察官が戻ってきた。

「あれ、広中さん。どうかしましたか」

広中を見つけた途端、その日に焼けた顔を綻ばせたのは、一緒に山城の部屋に臨場した長田だった。

「すみません、これから昼飯で」

長田は申し訳なさそうに断った。人数の少ない交番では、タイミングを逃すと食事も食べ損ねてしまうことがある。

「いいよ、食べながらで」

潮崎が立ち上がって席を譲ると、長田はほっとしたように弁当を広げ始めた。

「花園団地の事件というのは、山城さんの事件以外でということですか」

長田はコンビニ弁当のシュウマイを口に運びながら、怪訝《けげん》そうに広中の顔を見つめ返した。

「山城さんの事件というのは？」

潮崎が興味を示した。

広中は簡単に事件を説明した。

老々介護《ろうろうかいご》の末に夫が妻の首を絞めた。夫妻には引きこもりの息子が一人いる。彼は両親の事情にはまるで無関心だ、と。

「引きこもりの原因は？」

「さあ、中学の時に不登校になったとしか――」

「いじめがあったそうです」

広中の代わりに長田が答えた。

「息子の大地さんは吃音《きつおん》で、それを同級生にからかわれたんだとか」

「山城さん本人に聞いたのか」

「団地の住人からです。その方のお子さんと大地さんが中学時代の同級生だったそうで」

食べ終わった弁当を片付けながら長田が続ける。

「山城さん、元は花園団地A地区の自治会長で、面倒見のいい人だったそうです。ただご自身のことや家族のことはあまり話さなかったらしく、大地さんが引きこもりだということを知っている人も、ほとんどいなかったみたいですね。奥さんの認知症についても隠していたようです」

それ以外にも長田は、花園団地についてふんだんに情報を持っていた。

ここ数年、空き家率は十パーセント前後と変わっていない。ただし――。

「団地の住人の八割は高齢者です。そのうち半分以上が単身世帯で、残りも高齢の夫婦二人暮らし、どちらかが認知症を患っているケースも……」

長田が顔を交番の外に向けた。

遠くで救急車のサイレンが聞こえた。

「最近は救急車の出動件数も増えました」

「何か具体的なトラブルのようなものは？」

「このところ多いのは、空き部屋への不法侵入ですね。昔ながらのシリンダー錠ですから、簡単に壊して開けられます。管理会社も対策は講じているようですが、追いついていないのが現状で……」

つい先日も、浮浪者が勝手に住み着いていた事案が発生したという。

「あと、団地の住人ではありませんが、昨日から、花園地区に暮らす高齢男性が行方不明になっています。警察犬も出て探していますが、まだ発見されていません」

長田が一枚のビラを取り出した。失踪した男性の写真と特徴が載っている。

「随分ぼやけた写真ね」

広中が思わず指摘した通り、かなり写りが悪い。かろうじて全身は写っているが、肝心の顔がピンボケで、これでは本人とすれ違っても気づかないかもしれない。

「届を出した娘さんの話だと、最近はほとんど写真を撮らなくなって、それが唯一正面から全身を撮影したものだそうです」

七十二歳。身長百七十センチ、痩せ型。失踪時の服装は、紺色のウィンドブレーカーにネズミ色のスラックス、白いバケットハットを被《かぶ》り、足元は黒の運動靴。縁《ふち》が茶色い眼鏡を掛けている。

広中はざっとそんな情報を頭に入れた。

「徘徊癖《はいかいへき》があったのか」

潮崎が聞いた。

「はい。ちょっと心配なケースですね」

長田の声には微《かす》かな憂いが感じられた。

「それ以外では本署からの通達で、花園団地の住人をターゲットにした特殊詐欺の事案が報告されています」

そのためこの交番でも、いつもより巡回の回数を増やして警戒にあたっていると長田は説明した。

「ほかには……二日前、団地のC地区の敷地で野良猫の死体が発見されました。通報した住人の話では、口から泡を吹いていたというので、何者かが毒入りの餌をばら撒《ま》いたんじゃないかと。報告書は上げています」

「A地区B五〇二号室の住人だが——」

花園団地の実態について大まかにわかったところで、潮崎が通報について長田に尋ねた。

長田は首を捻《ひね》った。

「本当にB五〇二号室でしょうか。そこに小さな子供はいなかったはずですが……」

「いない?」

広中が声を上げた。

「花園団地に子供自体が少ないので、子供がいる家庭は大体頭に入っています」

それでも長田は、念のために、と、巡回連絡カードを確認した。

最近は、巡回連絡で警察官が訪問しても、個人情報だからと警戒して、情報を出さない者も増えている。花園団地は高齢世帯が多いせいか、巡回連絡カードの回収率も高いようだ。

「B五〇二号室の住人は吉野清志《よしのきよし》さんという六十代後半の男性です。同居家族はいません。同じA地区B棟で五階ということなら、五〇四号室じゃないでしょうか」

そこにはこの春から、鈴井《すずい》さくらと娘の璃子《りこ》が暮らしていた。璃子は小学校一年生の女児ということはわかっている。しかし何度か巡回訪問をしても居留守を使われて、一度も会えていないということだった。

潮崎は腕を組んでしばらく考え込んでいたが、次にB一〇一号室の住人について尋ねた。

「ああ、浜谷《はまや》さんですね。その人はもう少しで危ないところでした」

「詳しく頼む」

「あれは七月の初めです。室内で転倒してそのまま起き上がれなくなったらしく、四日目の午前中、運よく通販の荷物を運んできた運送便のドライバーが気づいて、すぐに病院に運ばれました」

今はもう回復して、団地に戻ってきているということだった。

長田に礼を言って、二人は交番を後にした。

交番から花園団地のA地区までは緩やかな坂道になっている。背中から照り付ける日差しを受けながら、二人はこれまでにわかった情報を整理した。

Ｂ一〇一号室についての情報は正しかった。Ｂ五〇二号室については単なる悪戯ということも考えられる。

だが広中は一つ、どうしても引っかかることがあった。

「Ｂ一〇一号室の浜谷さんに関しては、命の危険もあったという逼迫《ひっぱく》した状況に気づきながら、通報者はどうして一一〇番通報しなかったんだろう」

「警察に身元を特定されるのを嫌がったか、そもそも人とは話せなかったのか」

「ろう者ってこと？」

だがそれなら今は、通報用にスマホで使えるアプリも用意されている。

「さあ、可能性はいろいろだ。第一、簡単に謎が解けたらテストにならないだろう」

潮崎は楽しそうだった。

「浮かれないで」

釘《くぎ》を刺した広中は、潮崎を追い越して歩き始めた。

団地の全景が徐々に視界に入ってきた。どれも同じような造りになっているが、側面の壁にはそれぞれ、Ａ—Ａ、Ａ—Ｂ、Ａ—Ｃという具合に表示されている。

団地は道路より一段高い位置にあり、敷地までも階段を上らなければならなかった。歩車分離式と呼ばれる造りだ。

九月だというのに日中の気温はまだ三十度に近い。団地の入り口に到着した頃にはすっかり汗まみれになって、広中はシャツの胸元を摘まんで風を送り込んだ。

「それで、どうやって通報者を突き止めるつもりなの?」

花園団地A地区には七棟の五階建て団地が建っている。戸数は一棟あたり二十五戸から三十戸、最盛期に比べれば人口は半分以下に減少しているとは言え、一軒、一軒、二人で聞き込みに回ったとして、何日かかるのか。しかも団地にはエレベーターがない。

そもそも匿名通報ダイヤルを使ってコンタクトを取ってきた相手に「あなたが問題の通報者ですか」と尋ねたところで素直に認めるとも思えなかった。

潮崎が団地の案内看板の前で足を止めた。

金属製の看板は錆《さ》びて、標示も薄くなっている。

かろうじて文字が判別できる案内看板によれば、建物は手前からA棟とB棟、C棟とD棟、E棟とF棟がそれぞれ向かい合う格好で建っていて、G棟だけが少し離れた場所に建っていた。

「さて、ジェームズ・スチュワートはどこにいるのかな」

潮崎は案内看板を携帯のカメラに収めた。はしゃいでいるようにしか見えなくて、それがまた広中を苛々させる。

「ジェームズ・スチュワートって誰?」

「ヒッチコックの映画を知らないか。『裏窓《うらまど》』だよ」

広中は首を振った。古い映画には興味がない。

「ジェームズ・スチュワート演じるカメラマンのジェフは、足の骨を折って自宅で療養中だった。そんなジェフの楽しみは、裏窓から向かいのアパートの住人達《たち》の行動を覗き見すること」

「覗きは犯罪」

「固いこと言うなよ。それがなきゃ物語は進まない。ともかくジェフは殺人の現場を目撃する。しかし警察に取り合ってもらえず、グレース・ケリー演じる恋人に事件を探るよう頼むわけだ」

だからさしずめ俺たちは、グレース・ケリーかな、とかなんとか言っている潮崎の言葉を、広中は無視して先に歩き始めた。

＊

『もしもし、父さん、俺だけど、どうしても金が必要なんだよ』

「どうした、今度は幾ら必要なんだ？」

『三十万、いや十万でもいいよ。金が用意できないと俺殺されちゃうよ』

「わかった。金ならいくらだって父さんが用意してやる。だから心配しなくていい」

お前は何も心配しなくていいんだ、大丈夫だ……。

玄関のチャイムの音で、B五〇二号室の吉野清志は目を開けた。

おや、もう帰って来たのか。今日は随分早いな。

「よっこらしょ」

吉野は痛む方の膝を庇《かば》いながら、そろそろと仏壇の前から立ち上がった。

傍らで蹲《うずくま》っていた小町《こまち》が、煩《うるさ》そうに薄目を開けて吉野を見送った。

ドアを開けると、二人の男女が立っていた。

男の方は背が高く、厚みのある体型をしているが、ぼうっとした風貌でお人好《ひとよ》しな感じが滲《にじ》み出《で》ている。対して女の方は細身ではあるが俊敏そうな体つきで、切れ長の目をした気の強そうな美人だった。

自分が期待していた人物ではないことに一瞬戸惑った吉野に、二人が身分を明かした。

「警察……？」

広中と名乗った女性の方が、意外なことを聞いてきた。

「こちらに小さなお子さんはいらっしゃいますか」

「いいえ。そもそも子供はいませんよ。一緒に暮らす家族も猫だけです」

「お孫さんなどが遊びに来ることは？」

吉野は笑いながら手を振った。

「おりません」

「ベランダを見せていただいて構いませんか」

そう言ったのは男の方だ。確か潮崎と名乗っていた。

「一体なんの用件で」

「ある事件の捜査で、としか今は申し上げられません。ですが吉野さんにご迷惑をおかけすることはありませんよ」

潮崎の人懐っこそうな顔つきに、吉野の警戒心が緩んだ。

「それならどうぞ」

吉野は二人を部屋に入れた。

「吉野さんはいつからここにお住まいですか」

潮崎が聞いた。

「結婚して間もなくの頃ですから、八〇年代初頭ですかね。あ、冷たいお茶でも飲みませんか」

「ありがとうございます」

「いいえ、お構いなく」

潮崎と広中が同時に答える。

「えっと……」

吉野が戸惑っていると、

「すぐにお暇《いとま》しますので、お茶はけっこうです」

広中がきっぱりと答えた。

どうやらこのコンビは女性の方に主導権があるようだ。

「間取りは３ＤＫですか」

潮崎が室内を見回している。

「ええ。六畳の和室と洋室、あともう一つ四畳半の和室があります。あ、刑事さん、ベランダはこっちです」

潮崎が仏壇のある四畳半の和室へ向かうような素振りを見せたので、吉野は慌てて二人をベランダへ案内した。

小町が鳴きながら和室から出てきて、潮崎の足元にすり寄るような素振りを見せた。

「人に警戒しないんですね」

潮崎がまたしても人懐っこい笑みを浮かべる。

「名前は？」

「小町です」

「いい子だね、小町」

潮崎が小町に手を伸ばそうとした。その時、広中の咳払《せきばら》いが聞こえた。

＊

A棟とB棟はベランダ同士が向かい合わせの格好で建っていた。

ベランダに出た広中は、思っていた以上に、向かいのA棟を見通せることに驚いた。

カーテンを閉めている部屋は室内をはっきり窺《うかが》うことはできないが、開いている部屋なら、中で人が動いていることはわかる。

「肉眼でもこの程度まで見えるなら、双眼鏡か何か使えば、もっとはっきり見えるだろうな」

潮崎も納得したように呟く。

そうなると通報者はA棟の住人で、『裏窓』よろしく向かいの住人たちを覗き見していたという線は、あながち間違っていないのかもしれない。

「でも通報者がメールに書いたこのB五〇二号室に子供はいない」

部屋番号を間違えたということだろうか。

広中が首を捻った時、足元で猫の鳴き声が聞こえた。キジトラ柄の猫が潮崎の足に纏《まと》わりついている。

「おや、出てきちゃったんでちゅか。危ないからお部屋戻ってまちょうね」

潮崎はそっと小町を抱き上げて、頭を軽く撫《な》でてから部屋に戻してやった。

緊張と緩和のバランスが広中とはことごとくズレている。

どうにも調子が狂う。

広中はため息をついて、潮崎に続いて部屋の中に戻った。

吉野の声が聞こえてきた。どうやら電話中のようだ。

「……今度は幾ら必要なんだ？　ああ、わかった、それくらいならどうってことないよ」

茶の間に置いてある固定電話の前で、戻ってきた二人に気づくと、吉野は急に声を小さくした。

「いや、今は駄目なんだ。お客さんが来ていてね。また後でかけ直してくれないか。わかった、金はちゃんと用意しておくから」

その内容と吉野の態度に広中は嫌な予感がした。

長田の説明にもあった通り、高齢者の多い集合住宅は近頃、特殊詐欺の被害が頻繁に報告されている。住居者のリストが闇市場で売買もされているのだ。

「すみません、お待たせしました」

電話を終えた吉野が二人に愛想良く振り返った。

「あの、吉野さん、今の電話って、もしかして振り込め詐欺じゃないですか」

正確には特殊詐欺だが、一般にはまだ、振り込め詐欺という言葉の方が認知されている。

「まさか、違いますよ、息子です」

吉野が笑い飛ばした。

「不肖の息子でしてね。幾つになっても金を無心してくる。困ったもんですよ」

「本当に息子さんの声でした？　風邪を引いて喉の調子が悪いとか――」

「刑事さん、私はそこまで耄碌《もうろく》していませんよ」

吉野が険しい声で広中の言葉を遮った。

それから慌てたように笑顔を作る。

「大丈夫。お金は直接本人に渡します。間違っても会社の上司や友人を騙《かた》る相手には渡しません。それならいいでしょう？」

「そうですか、失礼しました」

「いいえ、こちらこそご心配いただだいてありがとうございます」

吉野は丁寧に頭を下げた。

「本当に冷たいお茶、飲んでいきませんか」

「じゃ、お言葉に――」

「いいえ、結構です」

広中はぴしゃりと潮崎の言葉を制した。


二人が吉野の部屋から出た直後だった。廊下の端の方から男の怒鳴り声が聞こえてきた。

「ドアを開けろ。中にいるのはわかってるんだぞ」

男が叫びながら、激しくドアを叩いていた。

そこは五〇四号室の前で、鈴井母子の暮らす部屋だ。

「約束を破りやがって、ふざけんな！」

男の怒り方は尋常ではなかった。

「おいっ、やめないか」

潮崎が男に怒鳴った。

男がこちらを振り向いた。

年齢は三十代後半位、長身で均整の取れた筋肉質な体つきに、黒いスポーツウェアを身に着けている。日に焼けた顔が、険しく広中たちを睨《にら》みつけた。

「あんたたちには関係ないことだ。放っておいてくれ」

「そうはいかない。警察よ」

広中が警察手帳を掲げた。

たじろぐような素振りを見せた男は、次の瞬間その場から逃げ出した。

「待ちなさい」

広中も後を追ったが、男はあっという間に団地の階段を駆け下りて行った。驚くほど足の速い男だ。

広中は三階の踊り場まできて、追いつくことを諦めた。再び五階に戻ると、潮崎は五〇四号室の前に突っ立ったままだった。

「そっちも少しは追いかける努力くらいはしなさいよ」

広中は息を切らしながら潮崎を睨みつけた。

「あれは何かスポーツをしていた人間の走り方だ。俺や君じゃ追いつけないよ」

「どうしてそんなことがわかるの？」

「君が警察だと名乗った瞬間、彼は階段側の足に重心を移し、地面を蹴り上げるように素早くダッシュするとあっという間に加速したが、階段を下りようと角を曲がる時には、外回りをして遠心力を抑え込んだ。元陸上選手かもしれないな。詳しいことは直接確認してみよう」

潮崎が五〇四号室のチャイムを鳴らした。

応答がなかった。

「君から呼びかけてみてくれないか。男の俺だと警戒されるかもしれない」

広中は頷《うなず》いて、ドアの郵便受けの隙間から声をかけた。

「鈴井さん、警察の者です。少しお話をお聞かせ願えませんか」

広中の呼びかけにも、部屋の中から答える声は聞こえてこなかった。

本当に留守なのかもしれない。

広中は後日また来ると名刺にメモを残し、郵便受けに入れた。

続いて二人は一〇一号室に向かった。

二人の足音を聞きつけたのか、チャイムを鳴らす前から犬の鳴く声が聞こえてきた。

「この鳴き方はチワワじゃないな。ポメかな、トイプーか。どう思う？」

「さあ、パグじゃない？」

犬種などどうでもいいことなのに、つい潮崎のペースに嵌まって律義に答えてしまった自分が悔しい。

広中が顔を顰《しか》めた時、背後から声が聞こえた。

「おや、どうもこんにちは」

振り返ると、細身というよりは、ガリガリに痩せた高齢男性が立っていた。白い半袖シャツにグレーのスラックス姿で、微笑《ほほえ》みを浮かべている。少し腰が曲がっていることや、頭髪の薄さ、顔に寄った皺《しわ》の数、それから筋だらけの腕に浮いたシミの多さから見て、年齢は七十代後半から八十代前半といったところだろうか。

広中と潮崎も挨拶を返した。

「先日はけっこうな贈り物をいただいてありがとうございます。娘も大変喜んでおりました」

どうやら男性は、二人を誰かと勘違いしているようだった。

「あ、いえ、私たちは――」

広中は急いで、警察手帳を見せた。

「親としては、娘をこの団地から嫁に出してやることができて一安心です」

男性は広中たちの話など聞こえなかったかのように一方的にしゃべって、一〇二号室へと消えていった。

広中は思わず潮崎と顔を見合わせた。

そう言えば長田が、この団地の高齢者には認知症を患っている者も多いと話していたことを思い出す。

気を取り直し、一〇一号室のチャイムを押そうとした。その前にドアが開き、六十代後半位の痩せ型の女性が現れた。浜谷節子《せつこ》だった。

「あら、ええっと？」

戸惑う浜谷に、広中は警察手帳を呈示した。

「お出かけですか」

「はい。駅前の整形外科へ」

浜谷は片手に杖《つえ》を持っていた。

部屋の奥から再び、甲高い犬の鳴き声が聞こえた。

「犬種は？」

「マルチーズよ」

「そっちだったか……」

潮崎が残念そうに呟く声を無視して、広中は七月のことを聞いた。

浜谷が転倒したその日は、エアコンの調子が悪かった。

「動いてはいたんだけど、いつもより冷え方が弱い気がして」

以前にも同様のことがあり、その時はフィルターの掃除をして解消した。そのため浜谷は踏み台に上がって、今度もフィルターの状態を確認しようとしたのだが、バランスを崩して床に転倒したのだ。

「その時ひどく足首を捻挫して、起き上がることもできなくてねえ……」

携帯電話はタンスの上に置いてあったので、這《は》って行っても手が届かなかった。

「その間、ワンちゃんは？」

潮崎が聞いた。

「うろうろ私の周りを歩き回って、時折り吠《ほ》えたりして」

「その声に誰も気づいてくれなかったんですか」

「この階には私ともう一人しか住んでないの。その人は耳が遠くてねえ」

広中はさっき挨拶した高齢男性を思い出した。

「かろうじてエアコンがついてたから良かったけど、あと少し遅かったら手遅れになってたろうってお医者さんにも」

「気づいてくれたのは運送便のドライバーだったそうですね」

「ある日チャイムが聞こえて、死ぬ気で叫んだの。『助けて』って。そしたらその人が救急車を呼んでくれて、本当命の恩人」

浜谷は酷《ひど》い脱水症状を起こしていたが、熱中症までは至らず、幸運だったようだ。

「でもこの年になると治りが遅くて」

浜谷は手に持っていた杖を、恥ずかしそうに見下ろした。

「お大事にしてください」

杖を突きながら出入口へ向かう浜谷を見送ってから、潮崎は先ほど高齢の男性が消えた隣の一〇二号室を窺った。

首を捻る。

「表札が出てないな」

「今どきはそんなこともあるでしょう」

何が珍しいのか、と広中は取り合わなかった。

しかし潮崎はそのまま廊下を奥へ進み、一〇四号室の前で再び立ち止まった。

「ここには表札がある」

「それが？」

「浜谷さんの話じゃ、この階に暮らしているのは彼女ともう一人だけ。そのもう一人がこの部屋の住人だとすると、さっき俺たちが挨拶した住人は誰なんだろうな」

「最近引っ越してきたとかじゃない？」

なぜそんなことがいちいち気になるのだろう。

苛々する広中を尻目に、潮崎が一〇四号室のチャイムを押した。

広中が立っている場所までチャイムの音が聞こえた。耳が遠いということだったから、恐らく特別に、音を大きく設定しているのだろう。

しばらくして中から、ふくよかな高齢女性が顔を覗かせた。

一〇一号室の住人が言った通り、かなり耳が遠いようだ。

潮崎は女性と怒鳴るように会話を続け、最後にこう叫んだ。

「じゃあ、この階にはあなたと一〇一号室の女性しか住んでないんですね？」

「はい！　マルチーズの名前はトンちゃんですよ！」


団地の外に出ると、二人はほぼ同時に息を吐いた。団地内の方が涼しかったが、薄暗い上に天井が低いせいなのか何とも言えない圧迫感があって、広中はずっと息苦しさを感じていた。

太陽の眩しさに目が慣れるまで、B棟の側に立つケヤキの陰で休んだ。水が飲みたかったが、近くに自動販売機も見当たらない。

潮崎は脱いだ背広を手に、木陰から団地の広場の中心へ向かってぶらぶらと歩き始めた。広中は黙ってその背中を見つめていた。

潮崎はしばらくの間、A棟を背にしてB棟の建物を見上げたり、指で額縁を作ったりしていた。

この短い間に、気まぐれな潮崎の行動にはもう驚かなくなっていた。

これまで彼とペアを組まされた刑事は、さぞ苦労したことだろう。

「A棟からはB棟のベランダが見通せる」

潮崎が不意に大声を張り上げた。

「それはさっき確認した」

広中は叫び返した。

だがすぐに、会話を続けるには二人の距離が離れすぎているのだと気づき、潮崎に向かって歩き始めた。太陽の眩しさにため息が漏れた。

潮崎は撮影してあった団地見取り図を確認し、もう一度B棟全体を見回すと、何か閃《ひらめ》いたようだった。

「A棟とB棟の出入り口は向い合せになってるだろう。ということは?」

広中は潮崎から示された団地の見取り図に目を凝らした。

「二つの棟は鏡合わせのように建っている?」

「その通り。だから部屋番号は対角線上にずれていく。A五〇一号室の向かいはB五〇五号室。それならA五〇二号室の向かいは?」

広中は団地を見上げた。

「B五〇四号室……。そうか、通報者は勘違いしたのね」

つまり、通報者はA棟の住人ということだ。

だがすぐに矛盾に気が付いた。

「待って。それなら、一〇一号室は一〇五号室にならなきゃ変じゃない？　浜谷さんの部屋だけ合っていたのはなぜ？」

「おっと、それを忘れてた。何か見落としてるのか」

潮崎は頭を掻《か》きながら、またしばらく考え込んだ。

広中の頰を風が撫でていく。気温は高くても、吹く風には秋の気配が漂い、空にはすじ雲が流れていた。あとふた月もすれば、広場のケヤキも徐々に色づき始めることだろう。

この時期、高齢者が多い団地では、窓からの風でしのいでいる者たちも多いようだ。

微かに犬の鳴き声がした。浜谷の部屋のようだ。窓は閉まっている。

犬の鳴き声に混じって、自動車のエンジン音が聞こえた。

団地の敷地の外に、運送会社のトラックが停車するのが見えた。

中から運送会社のドライバーが出てきて、荷台を開け、荷物を取り出そうとしている。

潮崎はしばらく、その様子を眺めていた。

「そうか、通報者は見ていたとは限らないわけだ……」

突然潮崎が、訳も言わずにそのドライバーに向かって走り出した。

「もう！」

いい加減にしろ、と思いながら広中も慌てて追いかけた。

「すみません」

潮崎はそのドライバーを呼び止め、警察手帳を見せた。

「あ、すぐ移動しますんで」

ドライバーが慌てた様子を見せた。潮崎たちに駐車違反を咎《とが》められるとでも誤解したようだ。

「違う、違う。ちょっと聞きたいことがあって」

潮崎がドライバーに確認したのは、花園団地への通信販売会社からの荷物の個数だった。

ドライバーは多い時で週に五、六軒分あると答えた。

届け先はこのA地区がほとんどで、他の地区は月に数個あるかないかだということだった。

「ありがとう、参考になったよ。作業を続けて」

潮崎は団地へ戻りながら、満足そうに微笑んだ。

「次からは、行動に移す前に一言断ってくれると助かるんだけど」

嫌味を言った広中に、潮崎は悪びれる様子もなく「謎は解けたよ」と笑った。

「どういうことなの？」

ふざけた潮崎への腹立ちを堪えながら広中は尋ねた。

「この団地にはエレベーターがない。近くのスーパーまでは一キロ以上もある上に坂道を上り下りする必要がある。移動スーパーも回ってくるようだが、この団地は歩車分離式、つまり団地の敷地内まで移動販売車は入って来られない。高齢の住人にとっては、重い物や嵩張《かさば》る物の買い物は大変だろう。さっきのトンちゃんの飼い主も、運送便のドライバーに助けられた、ということだった」

「だから？」

「あるデータ会社の調査によれば、ネット通販を利用する六十五歳以上の割合はおよそ三割だそうだ。増加傾向にあるとは言え、年齢が上がるにつれて、ネットとは縁のない層が増えてくる」

かつては御用聞きという、なじみの商店が得意先を一軒ずつ訪ね歩いて注文を受けるシステムがあった。時代と共に御用聞きビジネスは廃れ、人々はスーパーマーケットへと直接足を運んで買い物をするようになった。

「そのスーパーマーケットも人口減少を受けて、姿を消す地域が増えた。そこから買い物難民という言葉も生まれた。元々は過疎化や交通機関に難のある農村などの問題とされてきたが、近年は都市部でも問題視されるようになってきている。この団地も例外じゃない」

「ここの住人が買い物難民だったとして、今回の件となんの関係があるの？」

どうにも潮崎の話が見えない。

「花園団地の高齢住人の割合にほとんど偏りはないはずだ。それなのに、A地区だけネット通販の利用者が多いのはなぜか」

「この地区にだけネットに詳しい高齢者が多い……とか」

「その可能性も無くはないが」

潮崎が笑った。

「ま、確かめてみよう」

潮崎がスマートフォンを取り出した。

「浜谷さんは駅前の整形外科に行くと言っていたよな。地図によれば駅前には整形外科が二軒ある。さて、どっちに行ったのかなあ」

少し考える素振りをしてから、「よし、こっちだ」と潮崎は一軒目の整形外科に電話を入れた。勘は当たった。

電話口に出てきた浜谷に、潮崎は通販の利用状況を確認した。

「思いつく限りでいいです。口頭で教えてください」

それから浜谷が答えた品々を復唱する。

「ドッグフード、米、醤油《しょうゆ》、油、洗剤や衛生用品、ペット用シーツ。ええ、十分です、ありがとうございます。注文はご自身でインターネットを使うんですか？　え、メールで？　誰に送るんです？」

それからも幾つか浜谷に質問し、礼を言って潮崎は電話を切った。

「ベランダから見なくても、通報者が浜谷さんの異変に気付く方法が一つだけあった」

「どういうこと？」

「浜谷さんも、重くて嵩張るものはネット通販に頼っていた。ただし、一度詐欺サイトに引っかかって、以来恐《こわ》くて自分ではアクセスしていない」

「じゃ、どうやって？」

「注文する時は、携帯のメールで山城さんの息子さんに送るんだ」

「山城さんて、A棟に住む山城孝蔵さん？」

老老介護の末に妻の首を絞めたあの？

「十年くらい前まで、山城さんはこのA地区の自治会長だった。その頃から、息子がパソコンを使えるので、必要があれば連絡してくれと言っていたそうだ」

「ネット通販を山城さんの息子に頼んでいたからって、それがなんなの？」

広中はまだピンと来ない。

「いつもならそろそろ注文があるはずのドッグフードの注文が、浜谷さんからなかった。そこでメールで確認したが返信もない。自分の部屋の窓を開けると、微かに犬の鳴き声が聞こえてくる」

そこから犬がずっと室内にいると考え、浜谷が何らかの事情で犬の散歩に行けていないのではないかと推測した。

「例えば室内で動けない状態にあるのではないかと。そこで匿名通報ダイヤルに連絡したとは考えられないか」

「そんなまどろっこしいことをするなら、消防か警察に直接連絡すれば良かったじゃない」

「それができるくらいなら、何十年も引きこもってないんじゃないか。まして彼には吃音がある。身元を特定されて、あれこれ事情を聞かれることも嫌だったはずだ」

二人は山城宅へ向かった。チャイムを鳴らし、ドアもノックした。反応はない。

「警察はなかなか動かない。当然だ。匿名通報ダイヤルにそういう役割はない。それで彼は、いつも利用するネット通販会社に浜谷宛の急ぎの注文を入れて、ドライバーに彼女の部屋を訪問させたということは？」

潮崎は郵便受けから「警察です。浜谷さんのネット通販の件でお聞きしたいことがあります」と叫んだ。

ようやく部屋の中で誰かが動く音がした。

しばらく待っていると、ドアが薄く開き、中から手だけがにゅっと出てきた。その手にはプリントアウトされた紙の束が握られていた。

潮崎が受け取ると、ドアは再びバタンと閉ざされた。

「実に協力的ね」

広中は思わず皮肉交じりに呟いた。

「まあいいさ。これで俺の説は証明された」

潮崎は渡されたプリントを眺め始めた。

「なんなのそれ」

「顧客たちの注文リストだよ。誰がいつ何を幾つ買ったか。全部記録してある。独自のアルゴリズムで、次の注文時期の予定も記録されている。これがあったから、浜谷さんの異変にも気づけたんだ」

しばらくリストを眺めていた潮崎が、ん、と小さく声を上げた。

「吉野さんも大地さんに買い物を頼んでいたみたいだな」

「吉野さんて猫を飼ってる？」

「ああ。でも妙だな」

広中は潮崎が示した吉野の買い物リストに目を走らせた。

キャットフード、ペット用シーツ、ミネラルウォーター、米、焼酎など、浜谷と同じく、重く嵩張る物が多い。

「だがこれは……、花柄のポーチ、猫のぬいぐるみ、そしてヘアアクセサリー」

潮崎が問題の箇所を読み上げた。

「小さな子供も孫もいないはずの年配男性の一人暮らし。これは誰のための買い物だろうな」

「それは個人のプライバシーでしょう。もしかしたら子供のいる女性とお付き合いしていて、その子へのプレゼント――」

言いかけて広中は首を振った。

「ともかく今回の事件には関係ない。見なかったふりをして」

ここでまた潮崎の興味に付き合ったら、もう一度吉野の所に事情を聞きに行くと言いかねなかった。住民一人一人の生活に首を突っ込み始めたら切りがない。

夕刻になろうとしている。広場のケヤキが地面に長い影を落とし、風が涼しくなってきた。

通報者が判明した以上、今日の収穫としては十分だ。

二人は署に引き返す前にもう一度、花園団地交番に立ち寄った。鈴井母子の部屋の前にいた不審な男の情報を伝えておくためだ。

「年齢は三十代後半、黒い短髪で、目は一重。顔はよく陽に焼けていた。身長は百七十五センチ前後。体つきはスポーツマンタイプ。服装は上下黒っぽいトレーニングウェア」

長田がその特徴をメモした。

「年齢以外は君にそっくりだな」

「そうですか」

潮崎の言葉に、長田がびっくりして顔を上げた。言われてみれば短髪で、一重で顔が日に焼けている。身長も同じ位だった。

「巡査長、学生時代スポーツは？」

潮崎が聞いた。

「ラグビー部でした」

「ポジションは？」

「フォワードです。フッカーってわかります？」

「花形ポジションだ」

「弱小でしたけどね」

「わかるよ」

潮崎が自分の耳を触ると、長田が笑い転げた。

恐らく、耳の形が綺麗《きれい》だからと言いたいのだろうが、広中にはそんなに面白いとは思えない。

「この男はラグビー選手ではないと思う。がっしりはしていたが、筋骨隆々という感じじゃなかった」

「じゃあ、サッカーですすか」

潮崎は首を捻る。

「バスケ、バレーボール、テニス、あと球技は……」

「まだ球技と決まったわけじゃないし、そもそもスポーツ選手だったとか決めつけないで」

広中は会話に割って入った。

「真面目にやって」

二人は神妙な顔つきになった。

「巡査長、吉野さんの息子さんについては何か知らないか」

思い出したように潮崎が尋ねた。

「亡くなった息子さんのことですか」

「亡くなった?」

広中は驚いて聞き返した。

「ええ、詳しくは忘れましたけど、確かリンチ殺人の被害者ですよ」

「いつの事件?」

「すみません、そこまでは」

「他に息子さんは?」

「自分が聞いた話だと、亡くなった息子さん一人だけだったはずです」

その話が本当なら、吉野は一体誰と電話で話をしていたのだ。

吉野の言葉から推測されるのは、特殊詐欺のかけ子という線だった。

二人は吉野の元に引き返すことにした。

「あ、長田くん」

潮崎は去り際に長田を振り返った。

「これからあの団地で起こったことは、どんな些細《ささい》なことでもいいから真っ先に俺に電話で知らせてくれないか」

わかりました、と答え、長田は表情を引き締めた。

「吉野さんの息子さんが被害に遭ったリンチ殺人、多分これだろう」

道すがら、スマホで事件を検索していた潮崎が、広中に画面を見せた。

「事件が起こったのは今から十五年前、被害者の名前は吉野正樹《まさき》。仲間内の金銭トラブルでリンチを受けて殺害され、死体は山中に遺棄された」

「それならどうして、吉野さんは息子からの電話だなんて言ったの？」

広中は吉野の認知症をまず疑った。

しかし吉野との会話を思い出す限り、受け答えはしっかりしていた。

「……恐らく吉野さんは、息子さんの死に責任を感じているんじゃないかな」

「どんな責任？」

「詳しいことはわからない。でも吉野さんに限らず、被害者が亡くなると、多くの被害者家族は自分たちを責めてしまう。あの時自分がこんな風に声を掛けてやっていたら、あの時自分がもっと相手の話を聞いてやっていれば、もっとあの人のためにしてあげられることがあったんじゃないだろうかって。本当は責任なんて一つもないし、できたこともないんだが……」

潮崎の声から、明らかに彼が、自分の経験と吉野のそれを重ねていることがわかった。

潮崎が十歳の時、姉が殺害されている。まだ十六歳だった。

犯人は、かねてから一方的に彼女に思いを寄せていた二十一歳の大学生だった。

事件の後、潮崎の家族はマスコミと世間の好奇の目に晒《さら》された。一年後、母親は娘の命日に自ら命を絶ち、その後、父親も潮崎を残して失踪した。

＊

『頼むよ、親父《おやじ》。今度こそ本当に金が必要なんだ。何とかしてくれよ』

「いい加減にしろ、正樹。もうその手は食わんからな。金が欲しいなら自分で働いてなんとかしろ」

『本当に今度はマジでヤバいんだって。明日までに金を工面できなきゃ俺殺されちまうんだよ』

「だったらお前のようなバカ息子は、一度殺されてまっとうな人間に生まれ変わって来い！」

『切らないでくれ、親父、親父、親父――』


吉野は目を開けた。息子の最後の絶叫は、何年も経《た》った今でも耳を離れていかなかった。

「すまなかった、正樹。父さんが信じてやらなかったばっかりに、すまなかった……」

吉野は仏壇に飾られた遺影に手を合わせ、頬を濡《ぬ》らしながら何度も謝罪の言葉を口にした。

結婚してこの団地に移ってきた直後に正樹は生まれた。親子三人、楽しかった時の思い出が脳裏を駆け巡っていく。

決して勉強のできる子供ではなかった。運動も取り立てて得意というわけではない。小さい頃は風邪を引きやすく、しょっちゅう寝込んで妻を慌てさせた。

ただ丈夫に健やかに育ってくれさえすればそれで十分だったはずだ。

しかし吉野はそれ以上のものを望んでしまった。

自分がひとかどの人物になれなかったことの無念さを、息子で晴らそうとしたのだ。

小学校の学芸会を思い出す。演目は「シンドバッドの大冒険」。正樹の役柄は大勢いる盗賊団の一人にすぎなかった。それでも正樹は、劇中で使う小道具の短剣が気に入らないと言って、学芸会前夜の遅くまで作り直していた。それまで大抵のことは途中で投げ出してしまっていた正樹の、あの一心不乱な眼差《まなざ》しをもっと心に留《とど》めておくのだった。そうすればあの子を信じてやることができたはずなのに——。

中学に上がると正樹は非行に走り、吉野が思い描いたような人間には成長してくれなかった。吉野は苛立ち、いっそう父と子の溝は深まっていった。

あの時どうして気が付かなかったのか。

子供とはただ生きていてさえくれれば、それだけで親にとっては尊い存在であるのだということに——。

どんなに悔やみ、仏壇の前で詫《わ》びても息子はもう帰ってこないのだ。

それならせめて、いまできる償いをさせて欲しい。

吉野はもう一度仏壇に手を合わせた。

チャイムが聞こえた。

金を受け取りに来たのか。

吉野は涙を拭い、膝を庇いながら立ち上がった。

「わかってるよ、正樹。父さんちゃんと金を払ってやるからな」

吉野は息子の遺影にそう声を掛けると、用意してあった封筒を手に玄関に出て行った。

「あ、刑事さん……どうして？」

ドアを開けると、立っていたのは先ほどの男女の刑事だった。

吉野は慌てて封筒を後ろに隠した。

「さっきの電話は詐欺ですね」

広中が単刀直入に尋ねた。

「いいえ、違いますよ」

吉野は焦っていた。どうしよう、こんなところで押し問答をしていたら、彼らが来てしまう。

「もうすぐ担当の捜査員が来ます。もしその前に受け子が来ても、お金は絶対に渡さないでください」

「私の金を誰に渡そうとあなた方には関係ないはずだ」

吉野はつい大声を上げた。

なぜならこの金は、あの子が生きていれば受け取る権利のある金だからだ。

あの時も金さえ渡しておけばあの子は、あの子は——。

封筒を握りしめる手に力がこもった。

「吉野さん、正樹さんのことは残念でした」

潮崎の言葉に、吉野の体から力が抜けそうになった。

＊

「あちらが正樹さんですね」

潮崎は仏壇を見ながら尋ねた。

正樹が殺害されたのは二十七歳の時だ。遺影は高校生くらいに見える。

「成人してからの写真は手元に無いもので」

吉野が困ったように笑った。

「無心されて断ると勝手に財布から盗んでいく始末で、私の留守を見計らって、妻にせびることもありました。終《しま》いには妻に暴力まで振るうようになったんです。それである時、勘当同然で息子を追い出しました——」

吉野はそこで黙り込んだ。いろいろな思いが胸に込み上げているようだ。

「あの日、しばらくぶりに息子から電話がかかってきて、もし改心して家に戻りたいというなら、許してやるつもりでした。ところが息子の口から出たのはまたしても金という言葉で、私はついカッとなって、お前のようなバカ息子は一度死んでしまえと言ってしまったんです」

吉野の目に涙が光っていた。

「事件の後、妻からは私が金を渡してやっていればあの子は殺されずに済んだと責められました。その通りだったと思います。結局、妻とは離婚しました」

「仮にお金を渡していたとしても、息子さんは助からなかったと思います」

潮崎が静かに口を開いた。

広中たちはあれから捜査一課に連絡して、事件の詳細な内容を手に入れていた。

主犯格の男の供述内容から、吉野の息子は初めから殺害されることが決まっていたという。金を払えと言ったのは単に因縁をつけただけで、主犯格の男は前々から正樹のことは虫が好かなかった、と供述した。

「それでも正樹は私が殺したんです。息子が悪い仲間とつるみ出したのも、私が厳しくしつけすぎたせいでしょう。もっとあの子が欲しいというものを買ってやれば良かった。やりたいと言ったことは、なんでも好きにやらせてやればよかった」

顔に皺が深く刻まれ、肩を震わせる吉野の姿は、初めて会った時より老いさらばえて見える。

広中にはかける言葉もなかった。

潮崎も黙っている。

「詐欺だということはわかっています。でも、金がないと大変なことになる、と言われたら、ふと頭を過《よぎ》るんです。もし、万一にも相手の話が本当で、自分が断ってしまったために、正樹のように命を奪われてしまったら……」

その話しぶりから、吉野は過去にも詐欺グループに金を払い、彼らのリストに載ったのだと思われる。ここで止めさせなければならなかった。

「それが詐欺グループの手口なんです。今度また詐欺の電話があったら、すぐに警察に連絡してください」

広中の説得に、吉野は静かに首を横に振った。

「どうせもうひとりぼっちで、金を残しておいてもしょうがないですから。刑事さんたちのお気持ちは嬉しいですが、好きにさせてください」

吉野は最後まで頑《かたく》なな態度を崩さなかった。

担当の捜査員たちに後を任せ、広中たちは吉野の元を引き上げた。何か異変を察知したのか、受け子は現れなかったという。

その報告を聞いて、潮崎も本庁に帰って行った。広中は署の屋上でぼんやりしていた。すっかり日が暮れて、屋上は闇に包まれている。フェンスの向こうに花園団地の灯りが見えた。昼間は廃墟《はいきょ》のように見えたが、一応人々の暮らしは続いているのだ。

柄にもなく、物寂しく不安で泣きたい気持ちが襲ってきた。本当に泣きたいわけではない。ただ自分の感情の持って行き場を見失っているだけだ。

警察官はスーパーマンではない。全員を救えるわけではない。そんなことは、とうにわかっていたことだ。

気が付けば煙草に手が伸びていた。

心の奥の穴倉から這い出す手段として、煙草に頼るのは最悪の手段だ。

一本咥《くわ》えたまま、しばらく火を点けることを躊躇《ちゅうちょ》していた。

建物の真下の通りが車のライトに照らし出される。パトロールのため、一台のパトカーが建物の駐車場を出て行くところだった。毎日、毎晩、繰り返される光景だ。表通りに出るため、一時停止したパトカーのブレーキランプをぼんやり見つめていると、背後から大声で名前を呼ばれた。

「広中、電話だぞ、病院から」

電話の相手は、山城の妻が運び込まれた病院の担当医だった。

妻が意識を回復したという。

『これから幾つか検査をしなければなりませんが、後遺症のようなものはなさそうです』

医師の言葉に広中は大きく安堵《あんど》の息を漏らした。

「ご主人は?」

いったんは警察に出頭してきた夫の孝蔵だが、八十歳という年齢を考慮し、勾留はされないこととなった。だが取調べの疲れが出たのか、血圧が高くなり、ふらつきもあるということで、大事を取って、妻と同じ病院に入院させることにしたのだ。

『大丈夫です。担当の看護師の話ですと、食欲も少し出てきたようです』

今後は病院のソーシャルワーカーが間に入り、妻の方は介護の行き届いた施設に移ってもらうことになるだろうと担当医は話した。

「ありがとうございます」

電話を切ろうとして、広中は一つ思い出した。

「奥さんの肋骨が折れていた件ですが、あれは虐待ではなかったんでしょうか」

『虐待ならもっと体の他の部分にも痣《あざ》が残るでしょう。恐らく、誰かが心肺蘇生《そせい》を試みた痕じゃないでしょうか』

「心肺蘇生……」

医師の説明に、広中はその言葉を鸚鵡返《おうむがえ》しした。

『ええ、よくあるんですよ。特に高齢者の場合、骨が弱って、上から大きな圧力を加えられると、簡単に折れてしまうことがあります』

広中は礼を言って電話を切った。

誰かが心肺蘇生をした？

夫は妻の首を絞めた後すぐに交番に飛び込んでいる。長田の証言によれば、妻を殺してしまったものと気が動転していたということだ。取調べの時にも心肺蘇生の話は出なかった。

救急隊員なら、肋骨の件は病院側に伝えるはずだ。

そうなると残るのは、息子の大地しかいない。

長田と一緒に訪ねて行った時、こちらと目も合わさず、周囲のことにも無関心な様子だったあの大地が。

中学時代に吃音を同級生に馬鹿にされ、それから部屋に引きこもるようになった。しかしその反面、団地の高齢の住人たちのために、ネットで買い物を代行してやっていた。浜谷の異変にいち早く気づいたり、ベランダを一人でうろつく児童を心配したり——。

彼が本当に世捨て人だったら、そんなことをするだろうか。

〈通報者はなぜ匿名通報ダイヤルにこんな情報を寄せたのか〉

答えが急に閃いた。

あれは大地自身のSOSだったのだ。

椅子から立ち上がりかけて、思い直した。

だからどうだと言うのだろう。

警察の仕事は、四十代の引きこもり男性の心配をすることではない。

サポートが必要ならば、まず自らあの部屋を出て、役所の福祉課にでも相談に行けばいい。

テストは終わったのだ。恐らく合格するだろう。十月からは一課へ移る。そうすれば花園団地ターに触った。

とは何のかかわりもなくなる。

また無性に煙草が吸いたくなってしまった。広中は両手を上着のポケットに入れ、煙草とライ

こんな時、父だったらどうしただろう。

幼い頃、父は地域を守るお巡りさんだった。それから犯罪被害者支援室へ移り、潮崎家の担当になった。一家を助けようとしたのだ。

その挙句、彼らに感情移入し過ぎてバーンアウトしてしまった。もっとありていに言えば、精神を病んでそのまま亡くなったのだ。

父のことは大好きだったし、父に憧れて警察官になった。だが、父のようにはなりたくない。

広中は戒めのようにずっとそう自分に言い聞かせてきた。

〈二度とうちには来ないで!〉

今思い返してもあれは理不尽な態度だった。

幼かったとは言え、あんなことを潮崎に言うべきではなかったのに――。

広中は頭を一振りして、その記憶を追い払おうとした。

過去の埋め合わせをしたいからと言って、今回の問題と結びつける必要はない。

自分は十分に仕事をした。

義務は果たしたのだ。

広中はポケットの中で、ライターを強く握り締めた。

気が付けば広中の足は、花園団地に向かっていた。

花園交番の前を通りかかると、中で書類仕事をしている長田の姿が見えた。

「あれ、広中さん、どうしたんですか」

「ちょっと、通りかかったから」

少しばつの悪さを味わった。

山城の妻が回復したことを告げると、長田はほっとした顔になった。

「そう、そう、行方不明になっていた高齢男性も見つかりました。潮崎さんが見つけてくれたんですよ」

「潮崎が？」

「あの後電話があって、行方不明になった男性は以前、花園団地に住んでいたんじゃないかって聞かれたんです。それで娘さんに確認したところ、その通りでした。娘さんが結婚して家を出たのは、もう二十年以上も前のことだそうです。以来、ご夫婦であそこに暮らしていたそうですが、去年の暮れに奥さんが亡くなって、男性の方には認知症の兆候が現れたことで、娘さんと一緒に暮らすように。現在のことは忘れてしまっても、昔の記憶ははっきり覚えていることって、高齢の認知症患者には多いそうですね」

「どこで見つかったの？」

「潮崎さんが、花園団地Ｂ一〇二号室にいるはずだって」

「一〇二って……」

広中は一〇二号室に消えた男性の身体的特徴や、ちぐはぐだった会話を思い出した。

「でも服装が……」

そこで気が付いた。今日の日中は気温が三十度近かった。紺のウィンドブレーカーでは暑すぎる。きっとどこかで脱ぎ捨てたのだ。年齢については、見た目の印象だけで勝手に七十代後半より上だと推測した。眼鏡も、老眼鏡なら外を歩くときは外すかもしれない。ビラに書かれていた特徴にばかり気を取られ、あそこに男性がいたことの違和感を、広中はやり過ごしてしまった。失態だった。

「娘さんによれば、男性は合鍵をずっと持っていたんじゃないかって。管理会社の方も、特に鍵を換えるとかそういうこともしていなかったようですね」

そう言えば管理が追い付いていないせいで、不法侵入も多いという話だった。

「早く見つかって本当に良かったですよ。九月とは言え、残暑はまだ厳しいですからね」

長田は心から喜んでいるようだ。

街のお巡りさん、か。

「ねえ、巡査長。ここでの仕事は面白い？」

「面白いですよ」

長田からは迷わず答えが返ってきた。

「交番勤務は、全ての警察の仕事の基本ですからね。地味ですが地域の安全を守ってるって、肌で感じられるところが俺には合ってるようです。あとごくごくたまに、お巡りさんありがとうって言ってもらえると、その晩は酒がうまいです」

広中の脳裏に、子供の頃、仕事から帰ってきた父がうまそうにビールを飲んでいる姿が浮かんだ。何があったの？　と尋ねる広中に、お前も警察官になればわかるよ、と父は笑いながら答えた。

あの時父親は、長田のようにほんのささやかな幸福を味わっていたというのだろうか。

残念ながら広中は、まだ父や長田のような喜びは味わったことがない。

一生ないのかも、と思いながら、お疲れ、と言って交番を後にしようとした。

「広中さん、いつか飲みに行きませんか」

長田が声をかけてきた。

「そうだね、いつか」

曖昧に答えた広中に、長田は再び満面の笑みを浮かべた。


薄暗い団地内に広中の足音が反響した。廊下の突き当たり、山城の部屋の前には先客がいた。

潮崎だった。広中を見つけると、何がそんなに嬉しいのか、と呆れてしまうほど目を輝かせた。あの日の光景と重なっていく。

〈何もかもあんたのせい〉

広中は潮崎から目を逸《そ》らした。自分の中の罪悪感を彼には気取られたくなかった。

「あのまま放っておいて、また近々、うちが臨場することになったら困るからね」

咄嗟《とっさ》にそう言い訳した。

「ああ、そうだな。孤独死でもされたら後が大変だ」

「そういうこと」

ただ、それだけのことだ、ともう一度自分に言い聞かせながら、広中は山城宅のチャイムに手を伸ばした。

＊

遠くで犬の遠吠えがした。どこからか、吹かしっぱなしの自動車のエンジン音も聞こえる。長田はふと、今夜はまだ、救急車のサイレンを聞いていないことに気が付いた。

しばらくして、人の気配を感じて顔を上げると、交番の入り口にシルエットのように潮崎が立っていた。昼間と同じ、人懐っこい笑みを浮かべている。

「あれ、潮崎さん。さっきも広中さんが寄っていきましたよ」

「ああ、さっき花園団地で会ったよ」

「そうですか。あ、どうぞ、中に入ってください」

「いや、いいんだ、すぐに済む」

立ち上がりかけた長田を、潮崎は手で制した。

「長田くん、一つアルバイトをしてみないか」

「アルバイト、ですか」

長田は戸惑いながら潮崎を見つめ返した。

「非番の日の数時間だけでいい」

そう前置きして、潮崎は長田にアルバイトの内容を告げた。

「え、それだけですか」

長田は拍子抜けして聞き返した。

「ああ、それだけだ。報酬は……そうだな」

潮崎は髭《ひげ》の剃《そ》り跡がパラパラと残った顎の下を軽く搔くと、何か企《たくら》むように笑った。

二

東京都F市。

都内とは言え、駅から住宅街までの道のりは、日が暮れると一気に寂しくなった。

黒いフードを目深に被った男は、駅を出て、懐に忍ばせた果物ナイフを確認した。

前方にはマンションの灯りが見える。どこも家族団欒《だんらん》の真っ最中に違いない。

そのマンションへ帰宅するのだろうか。前を歩く紺の背広を着た男性は、バス乗り場の方へは向かわなかった。

あの男に決めた。

男の後をつけ始めた。年齢は四十代前半位だろうか。疲れたような足取りだ。

フード男は足音を殺してゆっくり距離を縮めていった。汗ばんだ手を手袋で隠し、上がった呼吸はマスクで誤魔化した。

少し近づきすぎてしまったのかもしれない。

突然、男が振り返った。

フード男は懐のナイフを取り出そうとした。

「た、助けてくれ、子供がいるんだ」

フード男の動きが止まった。

「幾つだ？」

「は、八歳だ」

背広男の答えを聞いて、フード男は姿を消した。

＊

二〇二三年（令和五年）九月二十四日（日）大安　乙酉《きのととり》
【今日が人生最後の日だとしたら、今日しようとしていることはやりたいことだろうか。スティーブ・ジョブズ】

広中の家は代々警察官一家だった。ルーツは、幕末の薩摩藩《さつまはん》まで通じるという。父親の隼人《はやと》は長く地域課に勤め、犯罪被害者支援室にいたこともあった人情派。長兄の勇人《ゆうと》も警察官となり、次兄の理人《りひと》は検察官の道に進んでいる。末っ子で年の離れた弟の博人《ひろと》は大学三年生だ。ボクシング部に所属し、将来は警察官か消防士か、未《いま》だに進路を決めかねている。

広中家は祖父の代にこの地に家を構え、それから二度の建て替えを経て、父親が倒れた後は、病人でも暮らしやすいようバリアフリー仕様のリフォームが入った。

広中が実家を出たのは、警察学校に入校した年だ。彼女と入れ替わるように、その前年に結婚した長兄一家が越してきて、母親と同居することになった。

広中が非番の今日、久しぶりに一家は集まって食事をすることになっていた。

台所からは母の貴子《たかこ》と長兄の妻の真緒《まお》の楽しそうな声が聞こえてくる。

父が倒れてから亡くなるまで、一人で気丈に一家を切り盛りしてきた母にとって、長兄一家の存在は心の支えのようだ。

リビングでは、大学の学生寮で暮らす末弟の博人が、長兄夫婦の一人息子である七歳の祐介《ゆうすけ》の、ローリングソバット習得練習に付き合ってやっている。

かつて賑《にぎ》やかだった頃の広中家が戻ってきたようだ。

そこへ、母の携帯の着信音が聞こえた。

「あら、そう。わかったわ。いいのよ、気にしないで」

台所から出てきた母は短いやり取りで電話を終えると、広中が尋ねる前にこう答えた。

「理人から。仕事の都合で今日の食事会は欠席するって」

「仕事じゃなく、お義姉《ねえ》さんが来たくなかっただけじゃないの」

「そんな風に勘繰らないの」

母はやんわりと広中をたしなめると、再び台所の暖簾《のれん》をくぐった。

次兄の妻は結婚以来、ほとんど広中家を訪れたことがない。たまに来ても居心地が悪そうで、さっさと帰ってしまうことが多かった。

義姉の影響なのか、次兄も近頃はあまり実家に顔を見せなくなっている。

「お義母さん、そろそろ天ぷらいいでしょうか」

「そうね、お願い」

台所からは再び、母と真緒の穏やかなやり取りと、油の跳ねる音が聞こえてきた。今日のメインディッシュは、父も大好物だったイカの天ぷらだ。大皿に山盛りの量を作るから、揚げるのも一苦労だ。

「私も、なんか手伝おうか」

広中は台所の暖簾の間から中を覗き込んだ。

「女手ならもう足りているから十分よ」

「たまのお休みなんだから、承子ちゃんは休んでいて」

二人は笑顔をシンクロさせた。広中のことなどお呼びではないらしい。

母にとっては、さっさと家を出て行った実の娘より、長男の嫁の方がよほど頼れる存在なのだろう。

真緒は本当に良くできた女性だった。家事全般をそつなくこなし、他人への気配りも行き届いていて、近所からの評判も完璧だ。何より彼女は、母親から継承される広中家のルールを、忠実に守ろうと努めていた。それは警察官一家として、広中家の女性たちが代々背負わされてきた奥の院の役割を担うことだった。

真緒に不満はないのだろうか。

そこが少し、広中には不気味に思えるのも事実であり、次兄の妻がこの家を嫌っていたとしても、なんとなく頷けるのだった。

「真緒ちゃん、イカの天ぷらはこの大皿に盛りつけてちょうだいね」

「はい。サラダはこの器でいいですか」

「ええ、それでお願い」

手持無沙汰になった広中は、二人に背を向けた。

かつて広中が使っていた部屋は、既に真緒と甥《おい》っ子の部屋となっていた。リビングでは飽きもせず、末弟と甥っ子がプロレス技に興じている。

不意に、この家に広中だけ居場所が無いような気がして、仏壇のある和室に避難した。かつて、父が書斎として使い、晩年はずっと臥《ふ》せっていた部屋だ。

亡くなって十年になった。広中が中学に上がる頃から体調を崩し、数年の間、寝たり起きたりを繰り返していた。

家族にとっても辛《つら》い時代だった。命を削るようにして仕事に打ち込み、その結果、父は病んでしまった。やがてその病は家族をも蝕《むしば》み、広中家はバラバラになってしまったのだ。

仏壇に置かれた遺影を見つめた。警察の制服姿のその写真は、父が交番勤務だった時のものだ。以前は、母はなぜこんな若い父の写真を遺影に選んだのか理由がわからなかった。だが今は、この頃が広中家にとって、もっとも幸せな時代だったからだと気づいている。

この写真が撮影された直後に、父は犯罪被害者支援室に異動となった。必ずしも希望の部署だったわけではない。だがそこでの仕事は父を変えた。

潮崎の姉の事件が起こったのは、配属された二年目のことだ。

あの当時のマスコミは、被害者のプライバシーを暴き立てることに躊躇がなかった。広中の父は潮崎家の防波堤になろうとし、職務を超えて一家と行動を共にした。だが、苛烈なメディアスクラムは容赦なく一家を追い詰め、潮崎の母は自ら命を絶ってしまう。

広中がそんな事情を知ったのは、随分後になってからだ。

もう少しで小学校の夏休みが始まるという頃、父が家に帰らない日が続き、ある晩、突然潮崎を連れて帰ってきた。しばらく広中家で預かることになったと言って。

なぜ家族の食卓で、赤の他人の少年が父の隣に座るのか。なぜ本来なら家族と過ごすべき時間の多くを、父があの少年と過ごすのか。毎日不満は募っていった。

中でも一番我慢がならなかったことは、父の関心が、実の子供たちよりも、あの少年や「ひがいしゃかぞく」という人たちに向けられていると感じさせられることだった。

警察官とはそういうものである。家族を犠牲にして市民に奉仕するものなのだ。

母は子供たちに繰り返しそう説いた。広中たち兄妹《きょうだい》は呑み込むしかなかった。

ある日、広中が小学校のプールから帰ってくると、台所でそっと涙を拭う母の姿があった。後から思い返してみると、既に、父の体調はかなり思わしくなかったのだ。

家に帰って来ても塞ぎこむ姿が目立ち、潑剌《はつらつ》とよく響いていた声は細くなり、力強い輝きに満ちていた瞳には、悲しみの色が宿るようになった。

父の変化に伴って、母もまた変わっていった。以前よりも厳しく、より秩序だって家の中を仕切ろうとするようになった。

いつの間にか、賑やかだった食卓から、笑い声が消えた。そう気が付いた時には、もう手遅れだった。

夏の終わりが近づいてきたある夕刻、潮崎が一人、居間のテレビの前に座っていた。膝を抱え、その姿はひどくぼんやりしていた。

傍らに気配を察したのか、潮崎がゆっくりと顔を上げる。広中に気づいた途端、その目が大きくなる。まるで広中と会えたことが嬉しくてたまらない、という表情を浮かべた。

広中が言葉に詰まって、潮崎から顔を逸らそうとした時、テレビから賑やかな笑い声が聞こえてきた。

広中は思い出した。

父の様子がおかしくなってしまったのも、自分たち家族から笑顔が消えたのも、潮崎が家にやってきた頃からだ。

「何もかもあんたのせい」

気が付けば、口からそんな言葉が飛び出していた。

「二度とうちには来ないで！」

顔を強張《こわば》らせた潮崎に背を向け、広中は二階の自分の部屋へ逃げ込んだ。

それから間もなく、二学期の訪れと共に潮崎はいなくなり、父は犯罪被害者支援室から異動となって、家族との時間が増えた。すっかり元通りだと喜んだ矢先、父は感情が不安定になった。何をしても無気力になり、ある朝とうとう起き上がれなくなってしまった。

医師の診断によれば『燃え尽き症候群』ということだった。

休職し、療養を続けたが職務を続けることは難しくなり、警察を退職した。そこからはあっという間だった。癌《がん》が見つかり、幾度か手術を行ううちに、父は治療への意欲を失った。

直接の死因は癌であっても、『燃え尽き症候群』こそが、父の寿命をじわじわと削っていった元凶だった。そしてその引き金は、潮崎の姉の事件だ。

もともと他者へ感情移入しやすい人だったが、潮崎家に対しては、警察官という職務を超えて、踏み込んでしまっていた。入れ込んでしまっただけに、彼らを救えなかった挫折感も大きかったのだろう。

大人になった今なら理解できる。

広中家がこんな風になってしまったのは潮崎のせいではない。父の元々の性質も影響していたのだと。

当時の父と母は、子供たちにちゃんと事情を説明し、潮崎の置かれた境遇に理解を求めるよう促すべきだったのだ。

頭ではそうわかっている。だが未だに、すんなり納得することができない。

潮崎さえ現れなければ、今も父は生きていて、リビングで新聞紙を広げてのんびり爪を切りながら、孫の祐介と末子の博人がプロレスに興じる様子を穏やかに見守るという未来もあったのではないか。そんな考えから離れることができない。

それは広中一人だけではなかった。

一番の被害者は広中より、長兄の勇人だ。

勇人は早い段階から、父に代わって広中家の大黒柱たろうとしていた。

代々の警察官一家という伝統を守るため、勇人は高校卒業と同時に警察官の道へ進み、父と同じように地域課で働いている。愚直なまでに父の影をまとい、それが広中家の長男としての務めであるように振舞っている。

広中家の伝統を守った長兄は、いつも潮崎の存在を意識していた。

潮崎が警察官になってその傾向は顕著になり、勇人は警察官としての己の能力を、潮崎と比較するようになった。

勇人は、警察官としては父と同じく愚直で熱心だったが、不幸にも能力は潮崎に及ぶべくもなかった。

長兄の前で、潮崎の名前を出すことはタブーだった。

スマートフォンが振動して、広中は現実に引き戻された。画面には「理人」と表示されている。

「外で話せないか」

そう呼び出されて、広中は実家から二ブロックほど離れたところに停《と》めてあった、黒塗りのセダンに乗り込んだ。

「ここまで来たなら、ちょっとくらい家に顔を出せばいいのに」

広中は運転席の次兄を睨みつけた。

「まだこれから仕事なんだよ」

「へえ、本当はお義姉さんの実家に行くんじゃないの?」

図星だったのか、理人は神経質そうに眼鏡に触った。昔から線が細く、運動より勉強の方が得意だった彼は、広中家では突然変異とも言うべき存在だ。

理人が仕切り直すように、一つ咳払いをした。

「潮崎と組むんだって?」

「検事さんは耳が早いですね」

代々の警察一家の中で、理人は初めて誕生した検察官だ。昨年までは札幌《さっぽろ》地検に所属していたが、今年東京地検に戻ってきた。

「あいつのこと嫌ってたんだろう。納得できているのか」

「一課に行けるならそこは割り切る」

「兄貴は知ってるのか」

「あとでちゃんと話す」

理人が渋い顔をした。

「なかなか話す時間がなかったんだって」

「それならいいが」

「何？」

広中は苛々と聞き返した。

「断る選択肢はないのか」

「どうして私が断るの？　せっかく一課に行けるチャンスをふいにしろって？」

食ってかかった妹に、理人がため息を一つついた。

「一課でのあいつのあだ名、知ってるだろう。『犯罪被害者家族心理分析官』。半分は揶揄《やゆ》だが半分は本気だ。俺が耳にした限り、お前が行くことになった新設部署っていうのは、あいつのためにできた部署らしいぞ」

「どういう意味？」

「今年の春に警察庁長官が代わっただろう。その就任訓示の中で、被害者家族支援に言及したことは覚えてるか」

警察庁長官は警察のトップだ。その人物が就任当初に行う訓示には、在任中、全国の警察が最優先で取り組むべき課題が盛り込まれている。

歴代の長官たちが特に力を入れてきたのは、暴力団壊滅作戦だった。彼らは、暴力団壊滅の大号令を発したばかりでなく、自ら陣頭指揮を執って、徹底した暴力団組織の制圧を行ってきた。それは概《おおむ》ね成功したとも言え、結果的に近年の暴力団組織の弱体化にも繋がった。そんなこともあり、長官たちの訓示内容にも変化が現れてきた。ここ数年、盛んに口に出されるのは、特殊詐欺やサイバー犯罪撲滅といった言葉だった。

今年就任した長官はそれらに加えて、被害者家族支援に力を入れると表明したのだ。

「その訓示を実行に移すため、警視庁として利用しやすいのが潮崎だったということだ」

「新しく被害者支援室のようなものを作るってわけ？」

「詳しくは知らん。だが悪い予感しかしない」

「じゃあ、兄さんみたいに逃げろって？」

「俺は逃げたわけじゃない！」

理人の声が甲高くなった。

しまった、と広中は自分の不用意な発言を後悔した。

長兄の勇人が潮崎に対して複雑な感情を抱くのと同じように、理人にも潮崎には鬱屈した感情がある。

年は理人の方が潮崎より二つ上だ。潮崎が警察学校に入った年、理人は既に検事の道を歩みだしていたから、傍目《はため》には逃げたようには見えない。

だが今のようにそのことを指摘すると、彼は長兄以上に扱いにくい存在となる。心のどこかで逃げたことを自覚しているのだ。

子供の頃、父の革靴を磨くのは次兄の担当だった。あのまま続けていたら、警察学校での生活に困ることはなかっただろう。近所の柔道場へも通っていた。広中には一度も勝てないままだったが、熱心さにおいては他の兄妹を凌駕《りょうが》していた。

ところが、夕食時、いつも広中と争っていた父の隣の席を潮崎に奪われて、理人は変わっていった。靴を磨くことを止め、通っていた柔道場へは足を運ばなくなり、代わってそれまで以上に勉学に打ち込むようになった。

父に褒めてもらいたかったのだ。

理人が無言となった。広中が降りるとすぐ、車は乱暴に発進した。

*

山城大地は目を覚ました。部屋の中は薄暗い。眠い目を擦りながら、顔を洗いに洗面所へ向かう。ちらっと見えた茶の間の壁掛け時計は、午後三時を回ろうとしていた。

昨日、ひきこもりサポーターとかいう人がやってきて、大地のこれからについて話し合った。大地の生活は、完全に昼夜逆転してしまっていた。明け方近くまでネットゲームをして、それから就寝し、夕方になってから起き出してくる。

朝は決まった時間に起きること、次にカーテンを開けて日差しを浴びること、服を着替えること、朝食はしっかり食べること（食欲がなければ牛乳一杯でも良《い》い）とアドバイスされた。

簡単そうだったが、いざ実行するとなると難しかった。今日も目覚ましは朝の九時にセットしてあったのだが、鳴っていても起きられず、結局こんな時間になってしまった。

台所へ行く途中、つい父母の部屋に視線が向いた。

部屋の中央を占めていた介護ベッドは、サポーターと同様、役所の福祉課から連絡を受けた業者が撤収していった。

がらんとなった部屋を見つめながら、改めて一人になった寂しさに襲われる。

『今朝のニュースで、尾瀬《おぜ》の水芭蕉《みずばしょう》が見頃を迎えたと言ってたよ。また三人で遊びに行きたいね』

母が、日付はおろか、父の顔も大地の顔もわからなくなって久しかったというのに、父の孝蔵はそんな風に毎日、母にいろいろ語りかけていた。

尾瀬の水芭蕉を見に行ったのは、大地が小学生の頃だ。

三十年以上も昔の追憶が、大地の心を締め付ける。

小さく鼻を啜《すす》り、父母の部屋の前を後にした。

台所で突っ立ったままロールパンを頬張り、牛乳で流し込んだ。

空き袋をゴミ箱に放り込もうとして、分別という言葉があったことを思い出した。

それまでゴミは部屋の外に出しておけば、父が分別して捨てておいてくれた。

これからは全部自分でしなくてはならないのだ。

サポーターの人は、初めから全てを完璧にする必要はないと言っていた。

少しずつ、大地さんのペースで取り組んでいきましょう、と。

四十七歳の大地よりも、二回りほど年下のサポーターに励まされて、正直決まりは悪い。だがこれまでにも何度か、引きこもりから脱出しなければという焦りを抱えつつ、どうしても一歩が踏み出せなかった大地にとって、これは最後のチャンスだった。

もう、生活を支えてくれた父はいない。

警察の……確かあの刑事は広中という名前だったか。あの夜、潮崎という刑事と一緒に訪ねてきた彼女の説明によれば、孝蔵は殺人未遂で検察に送検はされるが、在宅起訴という扱いになるだろうということだ。

在宅起訴とは文字通り、自宅に戻っていつも通りの生活を送りながら起訴されることをいう。孝蔵は警察署の拘置所に収監されることはなかったが、自宅に戻ってくることもなかった。父はいま、病院にいる。それは孝蔵自身が高齢で、高血圧などの持病を抱えていることに加えて、大地の存在も影響した。孝蔵を自宅に戻しても、大地では面倒を見られないだろうと判断されたからだ。

この数週間、警察と検察と弁護士、役所の福祉担当者など、これまで接することのなかった大勢の人々が、大地の知らないところで動き、そんな風に万端整えてくれた。

あとは大地自身が頑張るだけだ。

自分の部屋へ戻った。敷きっぱなしの布団の奥に、ベランダに面してテーブルが一つ置いてあり、その上にはPCモニターが居座っている。畳の上に直に置かれた黒いデスクトップパソコンはほとんど年中点けっぱなしで、今はOSファイルの更新を行っている真っ最中だった。

今から二十八年前、一九九五年の十一月二十三日、Windows95の日本語版が発売された。秋葉原の電気店には大勢の人々が徹夜で列を作った。大地の父の孝蔵もその一人だった。

中学の途中から、この狭い自室に引きこもりとなった大地にとって、パソコンは外界と繫がる唯一の手段だった。当時五十代で、実直なサラリーマンだった父の孝蔵は、そんな息子のためにいち早く、Windows95を手に入れてくれたのだ。

以前から、大地は既にBASICと呼ばれるプログラミング言語を使って、自作のゲームなどを作ってはいた。しかしWindows95は、これまでとは比べ物にならぬほど、大地とコンピューターの世界とを密に結びつけていくようになった。

かつて、この地区の自治会長だった孝蔵の働きかけもあって、花園団地には周辺地域に先駆けるようにインターネット回線も引かれた。

吃音を馬鹿にされて以降、自宅の外にどこにも居場所の無くなった大地にとって、パソコンとインターネットの世界だけが生きがいとなった。

枕元に置いてあったスマートフォンが点滅していた。メールだ。

吉野からだった。

『スマホ買いました。テストメールです。今度ネットの買い物やり方教えてください。以後よろしく。吉野』

大地の顔が自然と綻んだ。笑ったのなど久しぶりだ。

「さて、と」

急にやる気が湧き上がってきて、布団を片付け始めた。

何十年もの間ずっと敷きっぱなしで、シーツすらほとんど換えたことのない布団は、湿気を含んでいる上に、変な臭いも染みついている。買い替えることも考えたが、父の年金だけを頼りにしている生活では、お金の使い方も考えていかなければならない。

本当は自分が働きに出られればいいのだが。一日数時間のアルバイトでも……。

サポーターからは、通所トレーニングと言って、専門の施設に通いながら、就業に向けて準備を整える制度のことも教えてもらっていた。

決心がつかなかった。

まだ外に出て人に会うことが怖い。

天気の良い日は、布団を日に当てろということだったが……と窓の外を窺う。もうすっかり西日が差し込んでいる。数時間で日没だった。明日こそ早起きしよう。

大地は湿って重くなった布団を押し入れにしまうと、玄関から父が使っていたつっかけを取ってきて、ベランダに出てみた。

外に出て風にあたるのは何年、いや何十年ぶりだろうか。

陽は暮れかかり、風も冷たい。

それでも大地は、一つ仕事をやり遂げたような達成感を味わいながら、大きく深呼吸をした。

どこからか甘く、懐かしい香りが漂ってきた。子供の頃の記憶が蘇った。

団地の広場で開かれた仮装大会に参加した時のことだ。父と母に手を引かれ、幼かった大地は白いシーツを被って幽霊に扮《ふん》した。その時にも今と同じ香りを嗅いだのだ。

金木犀《きんもくせい》だった。

あの木はどこにあったのだったか。記憶を辿《たど》りながら、周囲に視線をきょろきょろさせていると、向かいのB棟のベランダに、住人が姿を現した。

B五〇四号室に暮らす、鈴井さくらだ。

今年の四月に越してきた彼女の名前を知ったのは、父が母に語る声を聞いたからだ。

遠目にもわかる、さくらの儚《はかな》げな美貌とほっそりとした肢体は大地の心を虜《とりこ》にした。

さくらは洗濯ものを取り込み始めた。大地はうっとり見つめ続けた。

そこへ一人の少女がやってきた。娘の……。父が母に語っていた話を辿る。璃子だ。さくらに似て可憐《かれん》な容姿をした少女は、将来さぞかし美しい女性になることだろう。大地の想像は膨らんでいった。

璃子はさくらを手伝いながら盛んにおしゃべりしていたが、何か嬉しいことがあったのか、突然、さくらの腰にぎゅっと抱き着いた。

愛らしさに胸が締め付けられ、大地は思わずベランダの手《て》すりを摑《つか》んだ。

出し抜けにさくらがこちらに顔を向けた。大地に気が付くと、軽く頭を下げてきた。

全身がかっと熱くなった。逃げるように部屋の中に飛び込んだ。

薄暗く、埃っぽい、いつもの自分の部屋に閉じこもると、少し気持ちが落ち着いてきた。

OSの更新が終わり、静けさを取り戻したパソコンの前に座った。

鈴井さくらと璃子のことが頭を離れない。

大地はキーボードの上に指を滑らせた。

テキストファイルに「山城大地」と打った後、改行して、

「山城さくら」

「山城璃子」

と三人の名前が並ぶように打ち込んだ。

暫《しばら》くの間、その文字を見つめていた。

ぼ、ぼくのなまえは、や、やましろっ、だ、だい、だいちです。

大地の真似をしてからかう同級生たちの笑い声が聞こえてきた。

もし、あれさえ無ければ、大地だって他の同級生たちのように学校へ通い、父のような実直なサラリーマンとなって、さくらのような女性と結婚し、璃子のような娘に恵まれていた可能性はあった。

そう考えると、失われた年月の長さに呆然《ぼうぜん》とするしかない——。

いつの間にか部屋が暗くなっていた。

我に返った大地は、ため息を漏らして不毛な幻想を断ち切ると、Delete《削除》キーを押した。

＊

十月一日付で捜査一課への異動を命じられた広中は、明けて二日の月曜日から、桜田門にある警視庁へ登庁し、正式な辞令を受け取った。

十月から捜査一課に新設された「犯罪被害者家族心理分析班」が広中の新しい所属先だ。

部署名に犯罪被害者家族の名が冠されているところからして、次兄が指摘した通りこれは、警察庁長官肝入りの施策を実行に移すための部署で間違いないだろう。

だが具体的に何をする班なのか。

何も知らされないまま、広中は新しい上司で、班を率いる警部の橘《たちばな》 郁子《いくこ》に引き合わされた。

橘は眼鏡をかけ、ショートカットで、表情の乏しい五十代前半の女性だ。身長は広中の肩の高さ位しかないが、無言で見つめられるとなかなかの迫力がある。

広中の記憶にある限り、彼女は捜査一課初の女性指揮官だ。年齢から言っても、ここをステップにしてもう一つ上の椅子を狙える位置にいる。

橘の口からはまず、これまでの犯罪被害者などに対する、警察庁を中心とした取り組みについて説明があった。

一九九六年、警察庁に犯罪被害者対策室が設置され、被害者とその遺族に対する支援制度に注目が集まることとなる。二〇〇四年には犯罪被害者等基本法により、被害者やその家族に対する公的な支援が本格化し、二〇〇五年には犯罪被害者週間が制定され、犯罪被害者たちへの理解を深める活動が始まった。二〇〇八年からは被害者参加制度が施行され、被害者や家族による意見陳述や、証人への質問も可能となり、直接公判に参加できるようになった。

「それでも被害者やその家族に対する支援としては、まだまだ不十分だという声を受けて、今年六月、政府は被害者やその家族に支払われる給付金額を増加させることを決定した。合わせて警察庁は、連携する各省庁の主導的役割を任されることになり、これを受けて昨日、十月一日付で、これまで犯罪被害者やその家族に対する支援業務を担ってきた警察庁の『犯罪被害者支援室』は、『犯罪被害者等施策推進課』へ格上げされることとなった」

橘の口調は、見えない演説原稿を読み上げているかのように一本調子なものだった。広中は二度、欠伸《あくび》を噛《か》み殺《ころ》した。

「以上の事柄に関連して、警察庁は各都道府県警察に対し、ある通達を出した」

橘から差し出されたその通達には、次のような文言が印刷されていた。

【被害者家族に対する適切な協力要請のための組織改正及び捜査員心得の策定について】

「警察庁がこうした通達を出したのには訳がある」

と橘は再び、表情を変えずに語り始めた。まだ続くのか。広中はこっそり、右足から左足へ体重を移動した。

「日本で起こる凶悪事件のおよそ半数は、家族間で発生している。そのため自宅で誰かが亡くなると、真っ先に疑われるのは同居親族。つまり我々警察としては、被害者の家族であっても、初動の段階では加害者リストの筆頭に名前を挙げざるを得ないということ。これは家族が本当に犯人なら事件の早期解決に繋がるけれど、間違いであった時は大問題に発展しかねない」

実際に、警察が被害者家族を被疑者扱いしたことで、問題となったケースが全国で相次いでいる。そのうち警視庁管内で起こった一件は、初動で被害者の親族を被疑者と決めつけたことが影響して、解決までに長い時間を要したばかりか、深刻な人権侵害を被ったとして、ついに裁判沙汰にまで発展した。

そこへ新しい警察庁長官が誕生して、被害者家族支援に力を入れると明言したことで、各都道府県警察は、これまでの対応を根本的に見直す必要に迫られた。

「とは言っても各都道府県警察の反応は鈍かった。というより、何をどうすればいいのかわからないというのが、正直なところだったんでしょうね。長官も警察庁も、あれをやれ、これをやれと言う割に、具体的な中身や運用については、各都道府県警察任せだから」

警察官僚批判を盛り込んだ時だけ、橘の口元の皺が深くなったように見えた。

「各都道府県警察が手探りする中、なんと言っても首都警察として、その規模も予算も最大であるうちの動向が注目された。そんな中で考え出されたのが、新たに『犯罪被害者家族心理分析班』を設置するということだったようね。ただし、この名称は今期限りの仮称となるらしいけれど」

「仮称なんですか……？」

「来期以降も存続するかどうかは、我々の活躍いかんということのようね」

「被害者家族支援の一環としてこの班が設立されたことはわかりましたが、犯罪被害者支援室と何が違うんでしょうか」

「向こうは被害者家族側に立って、心理的ケアや、経済的支援などが受けられるよう適切な機関に繋げることが目的。捜査に口出しはしない、というよりできない」

「それなら私たちは、被害者家族側に立ちつつ、捜査に口出しもすると？」

広中は確証が持てないまま尋ねた。そもそもそんなことが可能なのだろうか。

「私たちの役割は、被害者の家族が単なる被害者なのか、それとも加害者なのか。それを現場で判断すること」

「それは心理分析を行うということですか……？」

心理分析など広中はおよそ専門外だ。橘から説明されればされるほど、疑問の数が増えていく。

「潮崎のここでのあだ名を知ってるでしょう」

「『犯罪被害者家族心理分析官』というアレですか」

広中はうんざりした気持ちを隠しながら答えた。

「潮崎の能力の高さは認めます。被害者家族の心理分析に関しても、彼だけのユニークな視点があることも知っています。でも、私が班にいる理由はなんですか」

「彼のお目付け役」

広中は思わず吹き出しそうになった。

だが橘はにこりともしない。女性同士のなれ合いも、いま流行《はや》りのシスターフッドもこの上司はまるで興味がないようだ。

それはそれで広中にとっても有難《ありがた》い。同性だからと言って、お互い妙に遠慮しあう必要もないからだ。

「なぜ私なんですか」

「あなたのお父さんは犯罪被害者支援室時代に、彼の家族を熱心にサポートしていたそうね」

「私は父とは違います」

潮崎の子守りをするなどご免だ。

「あなたがどう思おうと、この班は潮崎の班なの。上が彼の能力に目を付けて、警察庁からの施策を実行に移すためにこの班を作った。もっとはっきり言うなら、潮崎なしでうちの班の存続はあり得ないということ」

随分正直に打ち明けるものだ。

面食らった広中に、橘は僅かに身を乗り出し、謀《はかりごと》を囁くかのように顔を近づけた。

「上の思惑はともかく、この異動はお互い損はしないはず。ここで実績を上げれば班から係への昇格も可能となり、私は一課の指揮官として正式に認められ、もう一つ上も狙える。そしてあなたは、一課の他の班に空きが出れば、横滑りでそこへ移れる。本物の一課の刑事になれるというわけ」

異動のための試験にはパスしたが、広中はまだ、捜査一課の刑事としての仮免許を与えられたに過ぎなかった。ここで実績を上げて能力を証明しなければ、正式なポジションにつけないという点では、橘と立場は同じということだ。

さっきまでは共通点などないと思っていた橘が、一気に広中にとっての利害関係者に昇格してしまった。だが悪い取り引きではない。

「わかりました。それで、この『犯罪被害者家族心理分析班』は具体的にどう動けばいいんでしょう?」

「当面うち独自で動くことはない。あくまで他の班からの応援要請を受けて行動する」

「早い話が遊軍班ということでしょうか」

橘が無表情のまま頷く。

「ですが——」

捜査一課には既に、遊軍的に重要事件を捜査する係が存在する。そことの差別化はどうするつもりなのか。潮崎の能力、被害者家族心理分析とは言いつつ、極めて感覚的な能力に過ぎないものに依存するだけなのか。

疑問は尽きない。だがそれを橘にぶつけても、明確な答えが得られるとは思えなかった。

「わかりました」

今は素直にそう答えておこう。

最後に橘がこう釘を刺した。

「いい、くれぐれも潮崎から目を離さないようにして」

その不穏な言葉は、この先の前途多難な未来を広中に予感させるものに聞こえた。


広中が自席に戻ると、潮崎は熱心に何か書類を書いているところだった。

「異動願い」という文字の下に、「犯罪被害者支援室」という文字が見える。

そんなところまで、広中の父の後を追いかけようとしているのか。

「異動初日で、もうここが不満なの？」

広中はさりげない風を装った。

「こういうのは日頃からのアピールが肝心なんだ。向こうが根負けするまで」

と潮崎は橘の方を窺った。橘は、口角に深い皺を寄せて何かの書類に目を通していた。

敵はなかなか手ごわそうだ。

何しろ彼女は野心満々だ。自分の出世の道具として使える潮崎を、みすみす他の部署に推薦してやるような真似はしないだろう。

元より、上層部が潮崎の能力を高く買ってこの班を新設した以上、彼が犯罪被害者支援室へ異動することなどあり得ないのだが。

潮崎の被害者家族の心理を巧みに読み取る能力は、専門家による学術的な精神分析とは全く異なる手法で、潮崎本人にしかできない。彼自身が被害者家族として苦しみを味わってきたからこそ、身に付いたものと言って間違いないだろう。そこに生来持ち合わせていた、天才的な捜査の勘といった要素も加わって、能力は完成された。

そのことを上層部が認知した事件がある。

事件は今から三年前に起こった。日中、他の家族の外出中、高校一年生の長男が自身のベルトで絞殺された。被害者宅の敷地には、犯人と思《おぼ》しき人物の足跡もなく、玄関には施錠がされていた。このことから、同居家族が疑われた。当時この家には、両親、被害者、被害者の姉、そして叔父の五人が暮らしていた。夜勤職に従事し、被害者が殺害された時刻、隣の部屋で眠っていたという叔父は、不審な物音や長男の悲鳴などは気づかなかったと主張した。だが、被害者の友人らによれば、被害者は以前から、叔父の同居を快く思っておらず、たびたびトラブルになっていたことがわかった。

警察が事情聴取を行うと、叔父は終始怯《おび》えた様子で、供述も二転、三転し、罪悪感めいた言葉を口にすることもあった。だが一貫して容疑は否認し続け、家族たちも、叔父に人殺しはできない、と庇った。

決定的な証拠も出ないまま一年が経ち、一課に異動してきた潮崎が、この未解決事件に興味を持った。潮崎は実際に叔父や他の家族に会って話を聞くことにたっぷり時間を割いた上で、叔父は犯人ではない、と捜査幹部たちの前で断言した。

被害者との関係が良好ではなかったことは認めた上で、取調室での挙動については、初めから犯人と決めてかかる警察に、どう対処して良いかわからなかったせいであり、罪悪感を口にしたのは、隣で被害者が襲われていることにも気づかず、眠っていた自分を責めたからだと主張した。

だが捜査幹部たちは、敷地内に何の痕跡も残さず、第三者が家に忍び込むことなど不可能だとして、潮崎の意見を退けた。

そこで潮崎は、犯行が家族以外の第三者にも可能であることを証明するために、実験を試みた。その実験とは、白昼堂々、捜査幹部の自宅に忍び込み、台所の冷蔵庫に、自分の名刺を張り付けてくることだった。もちろん、足跡など侵入の痕跡は一切残さずに、だ。

当然、この行動は問題となった。だが同時に、たとえ家族がいる日中であっても家に侵入できること、さらには殺人の可能性さえ否定できない事実を幹部たちに突きつけた。

そこから潮崎は、被害者宅の隣家の敷地に一本の松の木があり、張り出した枝が、被害者宅の屋根すれすれである点に注目した。犯人は家族の中の誰かだという思い込みを外してみれば、答えは簡単に明らかになる。

真犯人は当時隣家に住んでいた一家の、浪人生の息子だった。彼は松の枝から屋根伝いに被害者宅に侵入し、二階に干してあった被害者の十九歳の姉の下着を盗もうとした。それを被害者に目撃され、咄嗟に近くにあったベルトで絞殺してしまったというのが真相だった。

結果、捜査幹部宅に不法侵入した件は不問とされた上、以降、事件に被害者家族の関与が疑われるたび、潮崎は班に関係なく、捜査に加えられることになった。

広中がそんな経緯を思い出していると、潮崎は異動願いを書き終えた。だがそれで満足したのか、異動願いを机の引き出しに放り込んだ。大体、警察には異動願いを出すという制度はないのだから、潮崎のこの行動は、単なる上への示威的行動に過ぎない。

潮崎は紅茶を飲み干して、出かける支度を始めた。

「どこへ？」

「昼飯がてらちょっと人と会ってくる」

「誰と？」

「気になるなら一緒に来るか」

広中は橘の方を振り返った。

潮崎から目を離すな。

その野心を鋼鉄の能面に隠した女上司の命令に納得はしていないが、今は逆らわないでおくことにした。


全国に幾つもの店舗を構えるファミリーレストランは、午後一時半を回り、あらたに入る客より、出て行く客の方が増えてきた。

遅れて連れがあることを店員に告げ、潮崎は先にドリンクバーだけ注文した。広中も倣う。

広中はコーヒーを、潮崎はメロンソーダを手にして、改めて窓側の席に向かい合わせで座った。

「それで、誰と待ち合わせなの？」

広中は改めて潮崎に尋ねた。

「俺が一課に異動するきっかけとなった事件の関係者だ」

広中は俄かに興味を引かれた。

「当時四歳の女の子が自宅の地下室で何者かに殺害された。被害者の父親はあのヴィジョンテックの元ＣＥＯの菅原郁夫《すがわらいくお》、母親は元女優の元木《もとき》みなみ」

その事件なら、記憶にある。幼い子供が犠牲になったことに加えて、両親が有名人だったことで世間の注目を浴びた。

「当初、被害者は身代金《みのしろきん》目的の犯人に誘拐され、殺害されたと思われていた事件でしょう？　ところが誘拐は両親の狂言だった線が濃厚となって、娘を殺害したのも彼らだと疑われた」

ところが事件は、そこから意外な展開を見せる。テレビの情報番組が盛んに、犯人は両親に違いないと決めつけるような放送をしている間に、真犯人が逮捕されたのだ。

しかし、両親への疑いが晴れてから真犯人へ辿り着くまでの捜査の過程については、警察から公式な発表は一切されなかった。

「俺はまず、両親はなぜ狂言誘拐を計画したのか。それを考えたんだ。そして彼らは守ろうとしたんだと気が付いた」

「何を？」

「何をじゃなく、誰をだった。もう一人の子供、当時十一歳だった被害者の兄だよ。両親は兄が妹を殺したと誤解したんだ。兄には夢遊病の症状があり、事件以前にも夜中起き出して、妹を突き飛ばして怪我《けが》をさせたことがあったからだ」

潮崎が思い出したようにメロンソーダに口を付けた。

「夢遊病は、正確には睡眠時遊行症という。これは小児期の男児に多く、通常は年齢と共に症状は治まっていく。原因ははっきり解明されていないが、睡眠障害や強いストレスなどがその引き金になると考えられている」

「その兄の場合は？」

「当時、彼は小学五年生だったが、塾と家庭教師をつけられ、彼の学力では合格が難しい私立中学の受験を父親に強要されていた。そのストレスが睡眠時遊行症を発症する引き金となったようだ」

「十一歳の子が四歳の妹を殺したかもしれない……。そうか、未成年事件の疑いがあったわけね」

そこで警察は捜査情報が外に漏れないよう細心の注意を払い、捜査担当者たちも極秘に動いていた。だからある日突然、真犯人が逮捕されたように見えたのだ。

その真犯人は確か――。

「父親の愛人だった。夜中に家に忍び込み、被害者を殺害し、地下室に放置した」

結婚を仄《ほの》めかされ、それを信じて交際を続けていたが、相手は一向に妻と別れる気配がない。愛人が結婚を強く迫ると父親は、幼い娘がいることを理由にずるずると結論を先延ばしにした。

「その結果、痺《しび》れを切らした愛人は凶行に及んだというわけだ」

「父親はクズね」

広中は吐き捨てた。愛人の行為は確かに愚かで許されるものではないが、本を正《ただ》せば父親が浮気したことが元凶だ。

「愛人に実刑がついたのは当然として、結局父親はお咎めなしだったんでしょう」

それも腹が立つ。広中はコーヒーを飲んだ。冷めてすっかりまずくなっている。

「それなりの社会的制裁は受けたよ。流石《さすが》に一度やらかしたテレビ局は控えめだったが、代わってネット世論が徹底して父親を断罪した。そのせいで会社の株価は急落し、そこを海外ファンドに狙われ、乗っ取りを阻止するため、ライバル企業と合併し、社長の座を追われた」

「それでも甘いくらい。一文無しにしてやれば良かったのに」

「きついな」

潮崎が顔を顰めた。

「あれ以上やると、今度は家族も困るだろう」

「確かに養育費分くらいは残さないとね」

「養育費は払ってない」

「はあ?」

「夫婦はまだ別れてないんだ」

「最悪。奥さん、よく一緒にいられるわね」

「被害者家族の悲しみの癒《いや》し方は複雑なんだ。確かに夫は憎いだろう。でも娘を失った悲しみを共有できるのもまた、夫しかいない。そういう結論に達したんじゃないか……」

会話の途中で、潮崎の視線が店の出入り口の方へ向いた。軽く手を上げる。

広中もそちらを振り返ると、有名私立中学の制服を着た華奢《きゃしゃ》な少年がこちらへ歩いてくるところだった。

二人が座るテーブルの側まで来て、少年が警戒するように広中を見やった。

「彼女は同僚の広中刑事。こちらは菅原真治《しんじ》君」

当初は両親から妹を殺したと疑われた兄だ。

「こんにちは」

潮崎から互いに紹介されて、広中は平静を装いながら微笑みかけた。少年は恥ずかしそうに黙って頭を一つ下げた。

「なんでも好きなものを注文していいぞ」

真治に席を譲って、潮崎が広中の隣に移ってくる。

真治は注文用のタブレットに手を伸ばすと、ハンバーグステーキと大盛のポテトフライにドリンクバーを注文した。

潮崎と広中はそれよりは控え目に注文する。

「テストどうだった?」

「まあ、まあ」

真治は初めのうちこそ、広中の手前もあったのか口数が少なめだった。だが次第に打ち解けてきて、料理が運ばれてきた時には素直に歓声を上げた。

「やった、肉だ、肉だ」

「家の食事は相変わらずなのか」

「うん、大豆ミートばっかり。お菓子まで大豆でさ。大豆でできたケーキとかマジ最悪」

「大豆でお菓子が作れるの?」

「マクロビオティックっていうんだ。体にいいからって言われても、あんなの本当にうえぇっだよ」

真治は正面の二人に向かって、しかめっ面のまま大きく舌を突き出した。

「最近はさ、毎朝オートミールってやつなんだ。だから食べないまま学校へ行って、途中のコンビニで菓子パンを買う」

残念ながら母親の努力は、育ち盛りの息子には通用しないというわけだ。広中は微笑ましく真治の話に耳を傾けていた。真治の表情には暗さが見えない。彼は無事に妹の悲劇を乗り越えられたのだと思った。

「それで、最近お母さんはどう？」

潮崎が話題を変えた。

「レッスンに行くようになった」

「歌とかお芝居の？　外に出るようになったのはいい兆候だ」

「別にどうでもいいけど」

途端に真治は白けた表情になる。

「お母さんが芸能界に復帰するのに反対なのか」

「どうせ売れないし」

真治の辛辣さに広中は驚いた。確かに元木みなみは現役時代、お世辞にも売れっ子とは呼べない女優だった。

「また学校でからかわれるよ」

端から見れば芸能人の母親を持つなんて羨ましがられそうだが、思春期の男の子にとっては、いいことばかりでもないのだろう。

真治はあっという間にハンバーグとライスを平らげ、ドリンクバーを三回お代わりした。

「デザートにプリンアラモードも食べていい？」

「いいよ」

潮崎は優しい目で頷いた。

その姿が広中の父と重なった。

プリンアラモードを食べ終わって、真治がスマートフォンで時間を確認した。

「やば、そろそろ帰らないと」

真治はばたばたと帰り支度を始めた。

「今日はありがとう」

「ああ、じゃあまた、来月」

バイバイと手を振って真治は帰って行った。

「がっついてたね」

「マックやケンタはもちろん、家では肉食自体が禁止だからな。スイーツも白砂糖を使ったものはNGだ」

「子供にはきつい話ね……」

二人は改めて、ドリンクバーから食後のコーヒーを取ってきた。その間に店員が、テーブルの上の食器を下げていた。

広中の向かいに席を移ろうとした潮崎の視線が、中央の席に座る家族連れらしい四人組に止まった。広中もついそちらを窺ってしまう。両親と姉、弟のようだ。姉弟は揃って、パフェを食べている。

「俺たちも食べないか」

「パフェを？　いいえ、私はもうお腹《なか》一杯」

「ここのファミレス、君のお父さんによく連れてきてもらった店なんだ」

「え？」

「祖母の家がこの近くにあって、月に一度くらいのペースで飯を食べながら、いろいろ話を聞いてもらったりしていた……」

「そう」

正直、そんな話は知りたくなかった。

広中家は大所帯だったこともあって、外食と言えば、近所の馴染《なじ》みの寿司《すし》屋か中華料理屋だった。どちらも店の二階にある座敷《ざしき》が一家の定位置で、父と母、そして当時はまだ健在だった祖父母と長兄、次兄、広中、そして赤ん坊だった末弟が賑やかにテーブルを囲んだ。

だがそんな幸福な時間は、潮崎の登場で幕を下ろした。

その潮崎と父がファミレスでこっそり会っていたなんて。

幼い頃に感じた、父は家族より被害者家族の方が大事だったのか、という屈折した思いが蘇ってくる。

慌ててその感情を打ち消そうとした時、潮崎の携帯が鳴った。掛けてきた相手を確認して、潮崎は顔色を変えた。

潮崎は席を立つと、店の外に出て行った。

なぜあんなに慌てているのだろう。

待っている間にパフェが運ばれてくる。クリームのてっぺんに缶詰のチェリーが載っていて、どこか懐かしい。

ほどなくして潮崎が戻ってきた。

「急用ができた。パフェは食べてくれ」

「どこへ？」

「野暮用」

潮崎はおどけるように答えたが、顔にはどことなく緊張感が滲み出ている。

広中がこれ以上しつこく行き先を尋ねることを躊躇《ためら》わせるには十分だった。

「それと一つ頼みがある。この後、花園団地の鈴井さんを訪ねる予定だったが、俺は行けそうにない。代わりに行ってくれないか」

「別の日にしたら？」

「気になるんだ、頼む。それに女性の君が訪ねた方が、向こうもドアを開けてくれるだろう」

潮崎が店を出て行って、広中の目の前にはクリームが溶けかかったパフェだけが残された。

スプーンで一口、てっぺんの生クリームとチェリーを頬張る。甘くて優しい味が広がった。父と一緒にここへ来たことはないはずなのに、なぜか向かいに座っているような気がした。

＊

警察署の遺体安置室で、まとわりつく冷気に潮崎は大きく体を震わせた。

「発見されたのは昨日の早朝。外傷はない。病死だろう」

潮崎の目の前には、顔と体に白い布を被せられた遺体が横たわっていた。枕元に置かれた線香立てから、一筋の煙が立ち上っている。

担当刑事から「特徴の似た変死体が見つかった」という情報をもらい、潮崎はファミレスからここへ駆けつけたのだ。

父親の昇《のぼる》は、長身で痩せ型の男だった。年齢は六十代後半。遺体は、布の上からでも昇に似た背格好だとわかる。

「心の準備はいいか」

潮崎が頷くと、担当刑事が顔の白い布を取った。

ごま塩頭で、頰のこけた面長の男性の顔が現れた。潮崎の体から力が抜けた。

「違います」

「本当に？」

「ええ、父じゃありません」

父親とはもう二十年近く会っていない。それでも目の前の遺体の男性が、父親ではないことはわかった。

安堵した潮崎とは対照的に、担当刑事は浮かない顔をしている。

今の所、この死体の身元に繫がる手がかりはほとんどないという。

事件性はなさそうなので、この後は行政に引き渡されて、身内が見つけられなければ無縁仏として処理される。刑事の仕事としてはもうお終いだ。だがこういう事案は妙に心に引っかかる。

潮崎も一度、無縁仏ばかりを安置する納骨堂の中に入ったことがある。名前もなく、お参りに来る人もなく、番号で区別されただけの骨壺《こつつぼ》が並ぶ空間には、不気味さよりも、人の世の無常を感じた。

「お手間を取らせました」

「いや、こっちこそ力になれなくて悪かったな」

潮崎の父親は、姉を殺した犯人の裁判が終わってしばらくして、会社を辞め、行方をくらましてしまった。

潮崎は父方の祖母の家に引き取られることになった。その祖母も二年前に亡くなった。全国紙に訃報広告を載せたが、通夜にも葬儀にも父親は姿を見せなかった。

死んだものと思えばいい。

そう考えれば一時的に気持ちは楽になる。

だが今日のように行方不明者届の「特徴が似た」死体が発見されたと連絡をもらうたび、心がざわつくのを抑えることはできない。

遺体安置室を出ると、廊下の明るさに潮崎は瞬きをした。

担当刑事の携帯が鳴る。

「じゃあ、ここで」と潮崎は担当刑事に背を向けて歩き出そうとした。

電話に応答する担当刑事の会話が聞こえてくる。

「『ハコベの会』……？　どういう団体だ？」

思わず足が止まった。耳を澄ますと、「事件」とか「男が」とか単語の一部が聞こえる。

「『ハコべの会』がどうかしたんですか」

潮崎は後戻りしながら、電話を終えた担当刑事に声をかけた。

「ここ最近、週末に奇妙な通り魔事件が発生してるんだ。通称フード男事件」

担当刑事がざっと事件のあらましを教えてくれた。

深夜、帰宅途中のサラリーマンが、フードを被った男に襲われかける。だが、フード男は子供の有無を尋ね、子供がいると答えると何もせずに立ち去るというのだ。

「これまでに三件、同様の事件が起こっている。被害者の証言からも同一人物の犯行だろう」

「人着《にんちゃく》は？」

「情報は少ない。中肉中背で黒っぽいフードを頭からすっぽり被り、顔はマスクと眼鏡で隠していてわからない。犯行現場はいずれも夜になると人通りが少なく、防犯カメラもない通りだからな」

担当刑事の話しぶりからも、かなり手がかりの少ない事件のようだ。

「だが三件目の犯行の後、現場近くから走り去る犯人らしき男と似た人物の姿が、駅の防犯カメラで確認できた。その男は甲府行きの最終電車に乗ったことがわかり、つい最近、身元が判明した。小山亮介《こやまりょうすけ》、二十九歳、山梨県在住の会社員だ」

「重要参考人というわけですか」

「だといいんだがな」

担当刑事が忌々しそうに答える。

「一件目と三件目の犯行があった時、彼が上京していたことはわかっている。だが二件目のあった夜は仕事で会社にいた。これは裏も取れてる」

「三件目の時、彼はなぜ現場周辺にいたんですか」

「近くに、単身赴任中の父親が暮らすアパートがあるんだ。たまに上京してくる時は、そこに泊まるそうだ。事件のあった夜も、父親のアパートを出て、山梨に帰る途中だったということだ」

「被害者たちと亮介との間に接点は？」

「見つかってない」

「で、その事件と『ハコベの会』とはどう繋がるんです？」

「今のところ、小山亮介を調べる以外、手がかりもないんでな。ここ半年ばかりの、彼の足取りを追ってみると、八月に『ハコベの会』という団体を訪れていたことがわかった。そこは犯罪被害者の家族で作る団体だ。事件と何か関係があるのかどうか……」

「『ハコベの会』なら知り合いがいますよ」

「そうなのか」

もしかすると担当刑事は、初めからそれを期待して、この事件の話をしたのかもしれない。

「もし、手が空いてるなら、手伝ってもらえると助かるんだがな」

「構いませんよ。ぜひ、やらせてください」

「ありがたい。うちの課長には俺から話しておく」

担当刑事はすっかり肩の荷が下りたような顔になった。

＊

広中は冷たくなった手を擦り合わせた。先月までは半袖で歩き回っても暑い位だったのに、今日はコートと手袋が必要なほど風が冷たい。通りの樹木はまだ青い葉を生い茂らせているが、澄み渡った空はすっかり高くなり、秋が深まってきたことを感じさせた。

今日は花園団地交番に長田の姿はなかった。休みなのか巡回中なのか。長田より年配の警察官が交番の前の掃き掃除をしていた。

広中はそこを横目で通り過ぎながら、花園団地へ急いだ。

先日名刺を置いていったが、鈴井さくらから連絡はない。

この前と同じく、階段を上って五階に到着した時には軽く息が上がっていた。

スポーツジムに行くのをサボっているツケが回ってきたようだ。

禁煙にも七度目のチャレンジをしているのだから、もう一度トレーニングをしなおそう、と心に誓って、B五〇四号室のチャイムを鳴らした。

応答がない。

もう一度チャイムを鳴らした。

「……どちら様?」

留守かと思われた時、不審感を露《あら》わにした女性の声が聞こえた。

「警察の者です。先日、名刺も置いていきましたが、少しお話をさせてもらえませんか」

「警察……本当に?」

怪しむような声がして、ドアが薄めに開かれた。チェーンはかかったままだ。かなり用心深い。

広中はドアの隙間から、警察手帳をかざした。

「広中と言います」

鈴井さくらは無言で広中の警察手帳を凝視していたが、ようやく納得したのか、チェーンを外して鍵を開けた。

「体調が悪いので手短にお願いします」

「お手間は取らせません」

少しやつれた感じはあったが、顔立ちの整った細身の女性だった。年齢は広中より少し上、三十代半ばくらいに見える。

「体調が悪いということでしたが、どこがお悪いんですか」

「朝から吐き気がして悪寒も少し。それで仕事も休みました」

さくらは広中を台所の側のダイニングテーブルに着かせた。部屋の間取りは吉野の所と同じ3DKだが、掃除が行き届いていて清潔感がある。

「お勤めはどちらに?」

「『みらいへの扉』というNPO法人です。簿記の資格を持っていたので、経理のお仕事をさせてもらっています。シングルマザーの支援を行っている団体なので、子供の学校行事や体調が悪い時にもいろいろ融通が利いて助かります」

さくらは広中が尋ねる前からそう答えた。

潮崎が指摘した通り、広中が女性ということで、少し警戒が薄れてきたのかもしれない。

「確かお嬢さん、いらっしゃるんですよね」

「小学一年生です。今日は五時間授業なので、戻ってくるのは三時頃になります」

広中が時計を確認すると、時刻は二時を少し回ったばかりだ。

ちょうど良かった。子供には聞かれたくない話もあるだろう。

さくらが冷蔵庫からポット型の麦茶容器を出し、食器棚から取り出したガラス製の来客用のグラスに入れてくれた。

「どうぞ」

「すみません、いただきます」

広中は儀礼的に麦茶を少し口にした。

「早速ですが、先日、鈴井さんのお宅の前で大声を上げている男性を目撃しました。あの男性について教えてもらえませんか」

「あれは元夫です。名前は明石蒼汰《あかしそうた》」

さくらは微かに眉根を寄せ、うんざりしたような口調で答えた。

「今年に入ってようやく離婚が成立して……ホッとしたのもつかの間」

「失礼ですが離婚の原因をお聞きしてもいいですか」

「元夫の暴力です。明石はロードレースの選手だったんですが、成績が振るわなくなった頃から鬱憤を私にぶつけるようになって……」

「ロードレースというのは？」

「自転車競技のことです。世界的には『ツール・ド・フランス』が有名ですけど、明石はそこまでの選手ではありませんでした」

さくらの顔に一瞬、軽蔑とも受け取れるような表情が浮かんだ。それが夫婦の間に走った亀裂の深さを物語っていた。

大学卒業後はトップクラスの実業団に入った明石だが、そのチームを成績不振で解雇されてからは、さくらへの暴行がエスカレートするようになったという。

「初めは、食事の味付けが気に入らないとか、部屋が汚れているとか、言葉で罵られるだけでしたが、次第に私の行動の全てが癇《かん》に障るようになったらしく、手を上げるようになって、足で蹴られたり、お腹を拳で殴られたりもしました」

さくらは落ち着かない様子で、着ていたトレーナーの袖口を引っ張った。忌まわしい記憶を語ることが、彼女にとって大きなストレスになっていることがわかる。

「娘のために我慢しようと思ったんですが、ある時、命の危険を覚える程殴られて……離婚を決意しました。でも明石は承知しなくて、だから仕方なく娘を連れて実家に避難しました。でもそこへも明石は追いかけてきて……」

さくらたちは転々と居場所を変えたが、どこへ行っても明石はすぐに突き止めて追いかけてきたという。

「警察へ相談は？」

「何度か。被害届を出すように勧められましたが、夫としては最低な人間でも、娘にとっては大好きな父親ですから……あまり事を荒立てたくなかったので……」

そこがＤＶ案件の難しいところだ。被害者にとって加害者は、一度は愛し合った相手であり、たとえどんなに酷いことをされたとしても、心のどこかではまだ相手を信じたいという思いが残る。

　仮に被害届を出した場合でも、反省してくれたから、もう付きまとわれなくなったから、などと、被害者側から取り下げてしまうことも少なくない。そうなると、警察としては打つ手が無くなってしまう。

「私としては明石と離婚できればそれで良かったんです。でも……」

　二人にとって一番の問題は娘の璃子の親権だった。

「明石は弁護士を立てると、私がいかに母親失格であるかを並べ立てて、親権を奪おうと画策したんです。だから私も弁護士に相談して、とにかく明石のＤＶの証拠を集めることにしました」

「良ければ見せてもらえますか」

　さくらは立ち上がると、奥の部屋からスマートフォンを持って戻ってきた。

「ここに明石が私に何をしたのか、全て記録として残してあります」

　さくらがアプリを起動させると動画が再生された。

「明石に見つからないように記録したので、彼の姿は映っていません」

　映像に部屋の一部が映し出された。いまいる団地とは違う部屋のようだ。カメラは観葉植物の鉢の間に隠されているのか、生い茂る葉っぱ越しにさくらの姿だけが見えた。

『お願いですから離婚届に判を押してください』

『馬鹿なこと言うな。俺は離婚する気なんてさらさらないぞ』

　映像に映っていないところから、男の声がした。「これが明石です」とさくらが教えてくれた。

　明石の声は当初落ち着いていた。だがさくらがなおも離婚して欲しいと懇願すると、徐々に興奮の度合いを増していった。

『璃子はどうするんだ？』

『璃子は私が育てます。あなたには渡しません』

『ふざけるな！』

明石が大声になり、食器の様な物を壊した音が続く。さくらは悲鳴を上げ、後じさりながら、画面から消えた。

走り回る足音。何かが倒れる音がして、再びさくらの悲鳴が聞こえた。

『やめて、近寄らないで』

『勝手なこと言いやがって。璃子は俺の娘だぞ。お前なんかに渡せるか』

再び物を壊すような大きな音がして、さくらの泣きじゃくる声が響いた。

『……お願い、怖いから……やめてっ！』

『うるさい、黙れ、全部お前が悪いんだ！』

バシッとそれは、明らかに人を殴りつける音だった。

広中は息を呑んだ。

さくらはそこで動画を止めた。

「この時夫に散々殴られて、顔に痣ができました。写真も残してあります」

さくらは再びスマートフォンを操作し、一枚の写真を広中に見せた。

自撮りされたさくらの顔だ。目の周りにどす黒い痣が残り、唇も切れて腫れあがっている。

「病院から診断書ももらいました」

それでようやくさくらの訴えは家庭裁判所に認められ、二人は離婚し、親権もさくらが勝ち取ることができたのだ。

そして心機一転、母子はこの花園団地に引っ越してきたところだった。

「それなのにまた明石が現れて、もうどうしていいのか……」

さくらは途方に暮れた様子で、自分の両手を見下ろした。体つきと同じくほっそりした長い指をしている。

「やはり警察に被害届を出してはどうですか」

さくらはしばらく黙っていたが、やがて静かに首を横に振った。

「それはもう少し様子をみようと思います」

「しかし――」

「明石は悪い人間ではないんです。今は親権を取られて興奮しているだけで、直接会わなければ危険はありません」

元夫に対する信頼は、まだ完全に砕け散ったわけではないようだ。

この場で、さくらを翻意させることは難しいと悟った広中は、今日のところは引き揚げることにした。

「もしまた、元ご主人が訪ねてきたら連絡してください。一一〇番《ひゃくとおばん》でもいいですし、私の名刺の番号に直接掛けていただいてもかまいません」

さくらは頷いたが、どこか上の空に見えた。もしかすると、警察を信用していないのかもしれなかった。

「広中さん」

声をかけられ、広中は顔を上げた。

うっかり花園団地交番の前を通りすぎるところだった。

長田が立っていた。さっきは巡回中だったようだ。この前までの水色の夏服から、紺色の制服に変わっている。

「いま、鈴井さんのところに行ってきた」

交番の中で、鈴井と元夫との関係を話した。

「先日の件はハコ長にも報告してあります。今後は、鈴井さんの家を中心に巡回の回数を増やすようにしておきます」

警察としても、今はそれ以外に打つ手はない。

「よろしく」

広中が立ち上がろうとした時、交番の入り口に小さな女の子が現れた。愛くるしい顔立ちをした少女は北風に頬を赤く染めて、お下げ髪にはちょうちょの髪飾りが付いている。

こちらを窺い、声をかけようかどうしようか躊躇っている様子だ。

「こんにちは。どうかしたかな?」

腰を落として、長田が声をかけた。

「落とし物……」

少女の口から、聞こえるか聞こえないかくらいの声が漏れた。

「落とし物を届けてくれたの？」

少女のお下げ髪が左右に揺れる。

「じゃあ、君が何か落としたのかな？」

少女は頷く。

「何を落としたの？」

「ポーチ……」

「どこで落としたかわかる？」

またお下げ髪が揺れた。

「わかった。中で詳しく教えてくれるかな？」

長田が優しく少女を中に誘導した。

広中は目で長田に帰ることを伝え、交番を後にしようとした。

その背に長田の声が聞こえた。

「そうか、君が落としたのは花柄のポーチなんだね」

三

二〇二三年（令和五年）十月四日（水）先負　乙未《きのとひつじ》

【誰かを愛することは、その人に幸福になってもらいたいと願うことである。トマス・アクィナス】


「じょ、情状証人……ですか」

大地は不安を隠さずに、目の前の女性に聞き返した。彼の父の国選弁護人だ。

「裁判で是非、あなたにも証人として法廷に立って欲しいんです」

真面目そうな見た目の四十代位の彼女が、こうして大地を訪ねてきてくれるのは今日で四回目だ。大地とも年齢が近く、物腰は柔らかで、終始笑顔を絶やさない。それでも大地はまだ、慣れることができなかった。

「ぜ、絶対、し、出廷しなくちゃ駄目なんでしょうか」

「いいえ、絶対なんてことはありません。でも、大地さんが出廷されれば、裁判官の心証はかなり良くなるはずです」

情状証人とは、刑事裁判で被告人の刑罰が少しでも軽くなるように、被告人の人となりや反省の有無など、被告人にとって有利になるよう証言する者のことだという。

父の役に立てるなら、大地は引き受けたい。

しかし彼が心配したのは、法廷に立ち、人前で証言しようとしてもうまく話せないのではないかということだ。

「もし、どうしても法廷で証言するのが難しいようでしたら、事前に録画するというのはどうでしょう？　立ち会う人数は最小限で」

俯《うつむ》いたままじっと思案している様子の大地を見かねたのか、国選弁護人からそんな提案があった。

「一度持ち帰って関係部署と協議することにはなりますが、前例もあるので承認されると思います」

「それで……お願いします」

口の中でもごもごと呟き、相手の目も見ずに頭を下げる。弁護士の左手の薬指にプラチナの指輪が光っていた。

「大丈夫ですよ。またお父さんと一緒に暮らせるようになりますからね。一緒に頑張りましょう」

溌剌として明るさに満ちた彼女の声が、午前中でも薄暗い団地の部屋の中で場違いに響いた。

この人は、自分とは違う世界を生きてきた人なのだ。

大地を軽いショックが襲った。

弁護人が帰った後もしばらく放心状態だった。

頑張れるだろうか、本当に。

急に自信がなくなってきた。

大地は自分の部屋に入ると、ドアをしっかりと閉めた。パソコンの前に座った。狭い部屋のこの僅かな空間だけが、自分の居場所のような気がした。

全てがもう手遅れなのだ。

点けっぱなしのモニターを見つめていると、玄関のチャイムの音が聞こえた気がした。

大地は我に返った。弁護人の訪問に備えて、通販で買った新しいカーキ色のズボンの上に、涙が染みを作っている。

もう一度チャイムが鳴った。

大地は子供のような仕草で、目を乱暴に擦ると、立ち上がって玄関に出て行った。

*

『ハコベの会』は、犯罪に巻き込まれた被害者やその家族の支援団体として、古くから活動している団体だ。

広中と潮崎を出迎え、応接室に通してくれた事務局の代表者は、六十代後半位の品のある女性だった。

「連絡もせず押しかけて、すみません」

珍しく潮崎が殊勝な言葉を口にした。

「いいえ、構いませんよ。今日は特に予定もありませんから」

穏やかに微笑んだ代表自身は、二十年以上前に夫を強盗に殺害されたという過去がある。しかし現在の彼女の表情からは、そうした暗い面は窺えなかった。

広中も自己紹介する。

代表者は明らかに、広中という名前に反応した。こういうことは初めてではない。

「もしかして以前、犯罪被害者支援室にいたあの広中さんの？」

「父です」

広中は簡潔に答えた。まだ父を覚えていてくれたことは嬉しい。だが父の仕事の思い出に触れられるのは、居心地のいいものではない。決まって父がいかに面倒見がよく、素晴らしい警察官だったかと続くからだ。

全てのことは、犯罪被害者支援室の仕事から始まった。広中たち兄妹が父との時間を奪われたことも、潮崎に対して鬱屈した感情を抱くようになったことも。

幸い、早々に父の話題から話が逸れて、広中はほっとした。

元々、ここへ来ること自体、広中は気が進まなかった。

通り魔事件とは言え、所轄の事件に首を突っ込む必要があるのだろうか。だが橘は、彼女の遊軍班が事件解決に協力することは、上層部に対して絶好のアピールになると考えたらしく、所轄の刑事課から来た応援要請を二つ返事で引き受けた。

互いの近況を確認し合う会話が一段落して、潮崎は本題に入った。

「小山亮介という人物をご存じですか。八月にこちらを訪問していると思うんですが」

「ええ、小山正志《まさし》さんの息子さんね。彼にとっては、お祖父《じい》さんにあたる方の事件について教えて欲しいと言われました」

「どんな事件だったんでしょうか」

「もう五十年近く前になるかしら。都内の繁華街で白昼、ある通り魔事件があったの。襲われたのが正志さんのお父さん。つまり亮介さんにとってはお祖父さんにあたる方だった。正志さんの目の前で刺されて亡くなられたそうよ」

「五十年近く前ということになると、正志さんはまだ幼かったはずですね」

潮崎が尋ねた。

「八歳とか九歳とかだったようです」

その後犯人は捕まったが、裁判では心神耗弱が焦点となり、結果、数年の実刑しかつかなかった。まだ生きているとすれば、とっくに刑務所は出ているはずだ。

「目の前で父親を殺されて……それはショックが大きかったでしょうね」

潮崎の声には心からの同情がこもっている。

「ええ、いろいろ大変だったと聞いています。当時はまだ、被害者支援という考え方はなかったし、PTSDという言葉すら一般的ではなくて……。経済的にもご苦労されたと」

犯罪被害者への給付金制度が発足したのは一九八一年のことだ。小山の父親が殺害された当時は、まだ制度自体がなかった。一家の大黒柱を突然失って、家族は心理的負担と経済的負担の両面で打ちのめされたことになる。

「それで、亮介さんとはどんな話を?」

「彼はつい最近まで事件を知らされてなくて、お祖父さんは事故で亡くなったのだと」

普段は山梨で働いている亮介は、東京へ遊びに来た時は、父の借りているアパートに泊まる。その時に『ハコベの会』から届いた郵便物を目にした。これまでも『ハコベの会』から定期的に会報誌などが郵送されてきていたことは知っていたが、その度に父親の正志が落ち込んだ様子を見せることを不審に思っていた。ある日、亮介は思いきって母親に理由を尋ねた。そこで初めて、この事件を教えられたのだという。

「その郵便物とはどういうものだったんですか」

「十一月の犯罪被害者週間の催しで、誰かに体験談を講演してもらえないかと警視庁から依頼があったんです。会として、小山さんにお願いできないだろうかと連絡して、それが確か七月の初め頃でしたか……」

「その後、八月になって、亮介さんが訪ねてこられたわけですね」

「ええ、そうです。ただし、自分が来たことは父に黙っていて欲しいと」

最後に、亮介の父親の正志の住所を教えてもらった。幸い、ここからそう遠くない。代表に礼を言って、二人は事務局を後にした。

正志は、山梨県に本社を持つ精密機械商社で営業マンとして働き、数年前から東京支店に単身赴任していた。

最寄り駅から徒歩十分程度のアパートは、まだ比較的新しく見える。二階の角の部屋に、小山正志と表札が出ていた。

二度チャイムを鳴らしても応答はなかった。平日の今日は出社しているのだろう。

「出直しましょう」

会社の所在地も調べればわかるが、今の時点で、父親の職場まで押しかけて事情を聞くのは性急すぎた。

引き揚げようとした広中だが、潮崎はドアの脇に束ねておいてあった古新聞の山の前から動かない。

一番上には週刊誌が載っていて、「少年A」という見出しが目を引いた。

「何か紐を切るもの持ってないか」

「ない」

「ライターは？」

「禁煙中」

たとえ持っていたとしても、潮崎に渡すつもりはない。どうせライターの火で、束ねている紐を焼き切るつもりなのだ。

「しょうがない」

潮崎は携帯を取り出し、週刊誌の表紙を写真に収めることで妥協した。

駅の近くのコンビニを覗くと、その週刊誌はまだ置いてあった。

潮崎は電車の中で熱心に目を通し始めた。

問題の記事は、読まなくても広中には察しがついた。近頃話題を呼んでいるミステリ小説の作者が、元少年Aだったことを報じるものだ。

元少年Aが同級生を、授業中に後ろの席からナイフで突き刺したのは、彼が高校一年生の時だ。ナイフは被害者の頸動脈《けいどうみゃく》を切断し、すぐに病院に運ばれたが手の施しようがなかった。

逮捕された元少年Aは、殺害の動機についてこう答えたという。

『被害者の陰になって黒板の文字が見えづらく、どいてくれと言っても聞いてくれなかったので、ムカついて刺した』

元少年Aは医療少年院送りとなったが、二十歳の誕生日を機に退院し、名前も変えた。そんな彼が小説家デビューを果たしたのは、二十五歳の時だ。とある推理小説の新人賞を受賞し、その後は次々と話題作を発表している。

しばらくは覆面作家として活動していたが、今年に入って、この作家が元少年Aであることを週刊誌がすっぱ抜いた。さらに問題となったのは、彼が新人賞を受賞した『殺人の渇《かわ》き』が、自らが犯した事件を元にしているのではないか、という疑いが持たれたことだった。

なぜなら、殺人者の告白という視点で進む『殺人の渇き』は、幼い頃から殺人衝動に取りつかれていたという、犯人の内面描写の圧倒的なリアルさが新人離れしていると選考員たちから激賞されたからだ。

最初にスクープを飛ばした週刊誌は続々と特集を組み、実際の事件と小説の中の事件の類似性を検証していった。

世間の一部からは、問題となった『殺人の渇き』のみならず、元少年Aの作品全てを、絶版、回収すべきであるという意見と共に、出版社の責任を追及する声も上がっている。これに対して出版社側は、出版に際し、作者が元少年Aであったことは知らなかったこと、たとえ元犯罪者でも既に更生していることなどを理由に、絶版、回収は行わない旨を発表した。

「犯罪者は更生するか……」

週刊誌から顔を上げ、突然潮崎が呟いた。

顔が正面を向いたままだったので、独り言なのかどうか広中は迷った。

「同級生を殺害して、それを元に小説を書いた。本当に更生したと思うか」

今度は間違いなく広中への質問だ。

「その作家が自分の犯した事件を元にしたかどうかわからないでしょう」

「そうだな。読んでみるか」

「彼が書いた小説と、今回の事件となにか関係があるとでも？」

「わからない。でも元少年Aの更生には、俺も関心がある」

広中は潮崎の姉の事件を思い出した。

犯人は当時大学生だったが、今は四十代になっている。既に出所もしているはずだ。

果たして本当に更生できているのかどうか。被害者家族としては気になって当然だ。

過去を隠して何食わぬ顔でその辺を闊歩《かっぽ》しているかもしれないし、いま、この電車の隣の車両に座っている可能性さえある。

いずれにせよ、それを確かめる術は、被害者家族にはないのだ。

電車が目的の駅に到着し、二人は吐き出されるようにホームに降り立った。

同時に広中の携帯に着信が入った。

橘だ。

『そっちの事件は所轄に任せて至急戻ってきて。二人に特命が下りた』

橘は抑揚のない声で告げると、広中の返事も待たずに電話を切った。

「今年の六月下旬、当時三歳だった男児が、自宅のビニールプールで溺死した事故があった。所轄が捜査して事件性はないとして処理されたのだけど、最近になって、母親が溺死させた疑いが浮上した」

橘が二人に事件の内容を説明した。

「事件なら一課が正式に捜査すべきでは？」

広中は当然の疑問を口にした。

「一度事故で決着がついたものを蒸し返すのよ。不用意に首を突っ込んで所轄と対立したくはない」

「でも事件性があると睨んだ以上、何か証拠があったんですよね」

証拠があるなら、所轄に遠慮している場合ではないはずだ。

「その証拠というのがちょっとデリケートな問題でね。証拠というより、事件の目撃者ね」

「事故から四ヵ月近くも経って、新たに目撃者が見つかったというんですか」

「その目撃者は最初から現場にいた人物だったの」

「誰なんです？」

広中は戸惑いながら尋ねた。

「被害男児の兄で当時五歳だった子供。その子が『ママが殺した』と証言した」

「五歳の子の証言を鵜呑《うの》みにするんですか」

「無視することもできないでしょう」

橘が一枚の記録メディアを取り出した。

「ここに息子の証言を記録した映像が録画されている。あれこれ文句をつけるのは、二人でこの映像を見てからにしなさい」

広中は潮崎と共に別室に移動し、ノートパソコンを起動する。記録メディアをセットし、再生ボタンを押すと早速映像が始まった。

白い壁にひまわりや小鳥の絵が描かれ、床に暖色のプレイマットが敷かれた一室が映し出された。真ん中に丸いテーブルが設置され、周囲の床にはたくさんのおもちゃも置いてある。

地面に座り込んで塗り絵をしている男の子が、被害者の兄で五歳の友坂春希《ともさかはるき》だ。その向かいには専門職員の女性が座り、少し離れた場所に女性捜査員も座っていた。

大人たちはしばらく、あどけない表情で塗り絵を楽しむ春希を見守っていたが、やがて専門職員が口を開いた。

『弟の壮真《そうま》君がプールで溺れた日のことを覚えてる?』

『うん』

『その日、春希君と壮真君、二人で一緒にプールで遊んでいたのよね』

春希は否定を表すように首を横に振った。

『じゃあ、何をしていたのかな?』

『消防車』

春希はクレヨンを放り出して、部屋にあった他のおもちゃで遊び始める。落ち着きのない子だが、専門職員は気にする風もなく、穏やかに質問を続けた。

『消防車で遊んでいたの?』

『消防車を取りに行った』

『消防車をおうちの中に取りに行ってたんだ?』

『うん』

『じゃあ、消防車をおうちの中に取りに行って、それから――』

『ママがいた』

専門職員の話が終わらないうちに春希が答えた。

『どこに?』

『プールのとこ』

『ママはプールで何をしていたの?』

『壮真を押してた。こうやって』

春希は身振りで誰かを押さえつけるような仕草をすると、その後何事もなかったようにまた違うおもちゃを手に取った。

『ママが壮真くんをそうやって、プールの中に押さえつけていたのね』

『うん、ママが殺した』


映像を見終わって、広中は潮崎を窺った。

「どう思う?」

子供の証言について司法の判断は慎重だ。

児童心理学的に言っても、子供の記憶には曖昧な部分が多いからだ。

「アメリカの例で、ある心理学者が子供に退行催眠をかけて、幼い頃の体験を聞き出した。するとその子は父親から性的虐待を受けていたことを告白し、父親は捕まった。だが後になってその記憶が誤りだったことが証明されている」

「でも今のビデオを見る限り、催眠はもちろん、大人たちが証言を誘導した様子もない」

「じゃあ、他に誰か誘導した人間がいなかったかどうか調べに行こう」


被害男児の父親である友坂駿介《しゅんすけ》は、三十五歳で旅行代理店の営業部に勤めている。今日はたまたま休みということで、東京郊外にある彼の自宅で話を聞くことにした。

二人の刑事の訪問を受けて、駿介は明らかに緊張していた。

「少しご家族のことを教えてください。ご結婚されたのは？」

「七年前です。私の大学時代の後輩の紹介で」

合コンの婉曲《えんきょく》表現であることはすぐにわかった。

駿介は決してイケメンというわけではないのだが、どこか調子のいい雰囲気が感じられ、遊び人のように見えた。広中の第一印象は良くない。

夫婦関係について幾つか質問しながら、広中は事件の核心に近づいていった。

「育児は奥さんに任せきりだったんですか」

「いいえ、普段はもちろん僕も協力していました。ただ事件があった月は残業で帰宅が遅くなることも多く、休日出勤もあって、家庭のことは妻に任せきりでした」

反省するように肩を落としてみせた駿介を、広中は疑《うたぐ》り深《ぶか》く凝視した。

「も、もちろん、妻が大変そうな時はうちの両親にも頼んで、いろいろサポートしてもらっていました」

「奥さんとあなたのお母さんと、仲は良かったんですか」

潮崎が口を開いた。

「普通でしたよ。少なくとも世間でよくあるような、嫁姑《よめしゅうとめ》問題とは無縁でした」

さらに義両親との関係について確認した後、最後に潮崎が尋ねた。

「奥さんが壮真くんを手にかけたと思いますか」

あまりに単刀直入すぎる質問に、駿介が絶句する。広中も唖然《あぜん》としながら潮崎の横顔に目をやった。

「どうです？」

「ま、まさか、あれは事故です。絶対に妻ではありません」

潮崎に促されて、駿介は慌てて否定したが、その顔つきには、どこか妻を信じきれないような表情が浮かんでいた。


友坂家を出るなり、広中は呆《あき》れながら潮崎に尋ねた。

「いつもあんな調子なの？」

「あんなって？」

「奥さんが殺したと思いますかって、いくら何でもストレートすぎるんじゃない？」

「鈍感な相手に質問する時は、あれくらいの直球を投げてやらないと気が付かないからな」

潮崎が涼しい顔で答えた。

「世の中、嫁姑問題がないと思ってるのは旦那くらいのものだ」

「うちだってないけど」

「うち？」

「母親と兄の奥さんの話」

「ああ」

潮崎が納得したように頷いた。

「元気なのか」

「誰が？」

「君のお母さん」

「ええ、元気。母は今、兄一家と同居して、うまくやってる」

潮崎に家のことをあれこれ詮索されるのは、落ち着かない。素っ気なく答えて、広中はスマホに、次の目的地の住所を打ち込んだ。

駿介の両親は友坂家の近所に住んでいた。この辺りではひと際目を引く大きな家だ。息子一家の家がある土地も、元々は両親のものだと聞いた。

「こんな近くに義実家があるって、奥さんにとってはどんなものだったのかな。あ、もちろん、君の家がうまくやっていることは知ってる。あくまで一般論だ」

「さあ、さっきみたいに聞いてみたら？　嫁姑問題はなかったんですかって」

「それは名案だ」

ていた。

家の中はよく片づけられていたが、二人が通されたリビングの床に、救急車のミニカーが落ちていた。

夫の源治《げんじ》は元通信機器メーカーの重役で七十代、妻の珠子《たまこ》は六十代だった。

広中は鋭く釘を刺し、門扉のチャイムを押した。

「やめて」


「春希君はお部屋ですか」

壮真が亡くなった後、春希の面倒は駿介の父母が見ていた。つまりこの二人が見ている前で、春希は「ママが殺した」という言葉を初めて口にしたのだ。

「警察が来るというので、親戚に預けました。これ以上、幼いあの子の心が傷つけられるといけませんからね」

珠子は露骨に、広中たちの訪問を歓迎してはいないという態度を見せた。ふんわりとウェーブがかかってボリュームを持たせた頭髪は、艶のあるグレイカラーに染められている。広中はウィッグの可能性を疑って、さりげなく珠子の頭頂部に視線を走らせた。仮にウィッグだったとしても、今どきはそう簡単に見破られるようなものではないのだろう。

「早速ですが、母親である千夏《ちなつ》さんは、春希君と壮真君二人の育児に苦労していたという話もあったようですね。お二人もそれをサポートしていたとか」

広中が切り出した。

「ええ、もちろん。月に何回かうちに泊まりに来させたこともありますし、遊びにもしょっちゅう連れて行っていました。それなのに千夏さんときたら、駿介がちっとも子育ても家のことも手伝わないって、あの子に文句ばっかり零していたんですよ」

広中たちを歓迎していない割りに、珠子はよくしゃべった。それに引き換え、源治はさっきからずっと押し黙っている。だが珠子の話に時折りうんうんと頷いている様子から、夫婦の意見は一致しているようだ。

「そりゃ、今時は男も家事や育児を手伝うべきだって、そういう世の中になってはいますけど、もう少し千夏さんの方に配慮があっても良かったんじゃないかしら。なにしろ駿介は外で働いて家族を養っていたわけでしょう。その点千夏さんは専業主婦だったわけだし、主婦なら家のことや子育てするのは当たり前じゃないですか。せっかく私たちだってこうして近所に住んでいるんですし――」

嫁に対する珠子の不平は続き、しまいには、千夏がいかに妻としても母親としても失格だったかという話を始めた。

「洗濯物だって夜まで干しっぱなしで、駿介にも注意されていましたし、壮真が一生懸命、ママ見てって何度も訴えかけてるのに、お昼の情報番組に夢中で無視するのよ。夕食だって手抜きもいいところ。スーパーで買ったマカロニサラダなんておかずって言えますか」

スーパーで買った総菜だって立派なおかずですけど、という反論を、広中はかろうじて呑み込んだ。

ともかくこの夫婦は揃って、息子の嫁の千夏に良い感情は抱いていないようだ。

「随分と息子さんの家庭事情にお詳しいんですね。まるで普段から、息子さんの家を監視していたようだ」

潮崎がやっと口を開いた。

「親子ですから、息子の様子を見ていれば大抵のことはわかります。いつも千夏さんに文句ばかり言われて、疲れて帰ってきても、駿介には家に安らぐ場所がなかったんですから」

珠子は気色ばむように反論した。

「それなら息子さんは離婚をすれば良かったのに」

潮崎がとぼけた口調で、再び珠子を挑発する。

「私たちも何度もそう勧めました。でも日本だと子供の親権は、ほとんど母親に行ってしまうんです。たとえどんなにひどい母親だったとしてもね」

珠子が顔を真っ赤にして答える。

「だから息子も、離婚したくてもできなかったんだと思いますよ」

「思いますよ、ですか」

潮崎が今度は含みを持たせるように呟いた。

「なんなんですか、さっきからあなたは――」

「失礼しました。彼の無礼な態度はお詫びします」

広中は慌てて、潮崎と珠子の間に割って入った。

「それで、春希君が事件のことを話した時のことを教えてください。春希君が『ママが殺した』と発言した時、お二人が誘導したということはありませんでしたか」

「とんでもない。私たちは春希の面倒を見るようになってから、事件のことは口にしないように気を使ってきました。あれはあの子の方から話してきたんです」

そして驚いた夫妻は警察に通報したのだ。

「少し言い過ぎたかな」

駿介の両親の自宅を出た途端、潮崎が家の方を振り返った。

「いいえ、あの母親にはあれでも控え目だったくらい」

あの場では一応取り繕った広中だが、もっと言ってやっても良かったくらいだと思っている。

「たまに家に遊びに来る孫を甘やかしたり、遊びに連れて行ってやったりすることを、子育てだと思ってるなら大間違いね」

「同感だ。夫も義理の両親も、自分たちは千夏さんをサポートしていたと言っているが、実際は全く彼女の助けにはなっていなかったわけだ」

「それなら……」

広中の頭に嫌な予感が過る。

「千夏さんは育児のストレスが溜まり、発作的に壮真君をプールに沈めてしまった、ということもあり得るんじゃない？」

「そうだな……」

潮崎は不意に立ち止まった。

「本人に確認しに行こうか」

「千夏さんに？　しかも今から？」

時刻は夕方の五時を過ぎようとしていた。周囲もすっかり暗くなっている。

「早く済ませれば、それだけ早く事件も解決できるだろう」

潮崎は広中の返事も待たずに、駅への道を急ぎ出した。


千夏はいま、実家に身を寄せていた。

二度のチャイムの後、彼女は広中たちの前に現れた。元々は可愛《かわい》らしい顔立ちの女性だったに違いない。しかし今は目の下にくっきりとした隈《くま》が現れ、頬はこけ、色の無い唇はかさついている。睡眠時間が足りていないことは明らかだった。一方で、彼女の顔つきに悲しみの色が一切窺えないことが、広中には不可解だった。

広中が警察手帳を見せても、千夏の表情には何の変化も生まれなかった。

当時この件を担当した刑事の話でも、事故当時から千夏は冷静で、涙を見せることさえなかったという。

子供を亡くした母親として、果たしてそれは普通の反応だろうか。

「我々が今日お伺いしたのは――」

広中が用件を切り出そうとした時だった。

「私が殺しました」

千夏が突然、口を開いた。

「私が壮真を殺したんです」

それきり千夏は口を噤《つぐ》んでしまった。その顔には相変わらず、表情というものが見えなかった。

「本人がそう言うならもう決まりでしょう」

広中たちの報告を受けて、橘は例によって揺れのない声音で断定した。

「動機は？」と潮崎が橘を見下ろした。

「精神的に追い詰められた母親が我が子を手にかけた。悲劇ではあるけど珍しいことじゃない」

潮崎は黙って口を窄《すぼ》めた。

「何が不満？」

「俺たちでもう一度、長男の春希君に話を聞きたいんですが」

「無茶言わないで。この件はもううちの手を離れたの」

橘は潮崎の申し出を却下した。母親の自白を受けて、事件は殺人犯捜査係へと正式に引き継がれることが決まっていた。

「でも良くやった。これなら班の実績にカウントできる」

橘は珍しく上機嫌で二人を労《ねぎら》うと、上に報告にでも行くのか部屋を出て行った。

広中は白けた気分だった。広中も潮崎も何か特別な働きをしたわけではない。たまたま千夏を訪ねて行ったら、向こうが勝手に自白したというだけのことだ。

「ねえ、もし春希君に話を聞けたとして、何を聞くつもりだったの？」

「壮真君が溺れる前、ママはどこにいたのか」

「どうして？」

「春希君のビデオの証言によれば、壮真君が溺れた時、彼は家の中に消防車のミニカーを取りに行っていた。そして戻ってきて、母親が壮真君を沈めているところを目撃する。しかし当時、事故を捜査した所轄の資料によれば、母親は最初こそプールで遊ぶ二人に付き添っていたが、その日は日差しが強く、帽子を取りにいったん家の中に戻ったと供述した。壮真君が溺れたのは、母親が目を離したそんな一瞬の間のことだった、と。なぜ春希君も一度、家に戻ったことを黙っていたのか」

「自分の犯行を隠すため、母親が嘘の証言をしたということじゃない？　子供たちが二人きりの時に起こったことにすれば、事故と判断される可能性が高いと思った」

「母親の証言が嘘かどうか。それを確かめるためにも、もう一度春希君に話を聞く必要があるんだ。今回『ママが殺した』という証言が出て来て、再捜査が始まった。それは警察が、五歳の子の証言に信憑性《しんぴょう》があると思ったからだ。だったら、再度事故の前の状況を尋ねて、母親は家の中に戻っていた、という証言が出てきたらどうなる？　無視するのか？　矛盾してるだろう」

「小さな子に何回も事件の証言をさせるの？　混乱を招くだけじゃない？」

「まさにそれだよ。記憶は嘘をつく。まして幼い子供の場合はもっと慎重になるべきだ」

潮崎の意見には一理ある。だが広中には、どうしても納得できないことがあった。

「それなら母親はなぜ、自分が殺したなんて言ったの？」

「わからない。真実がなんであるか、結論を出すにはもう少し証拠が必要だ。春希君に会うのが無理なら、母親から話を聞く必要がある」

「それは無理。言われたでしょう。この件は他の班が引き継ぐの」

潮崎がまた唇を窄めた。

「何？」

「いいや、わかったよ。じゃ、もう一度息子の映像を見るだけならいいだろう」

二人は別室で再び、映像を確認することにした。潮崎がパソコンとスマートフォンをケーブルで接続する。

「まさか、データをコピーするつもりなの？」

「大丈夫。変な事には使わないよ。君に迷惑もかけない」

「そういう問題じゃ――」

映像が始まり、ひとまずこの件は脇に置いておくことにした。

広中の目には特に引っかかるところはない。

「子育てっていうのは、一人でも大変だが、二人となると母親の苦労は想像に余りある」

潮崎が広中を窺った。

「君の所は上が兄二人、下に弟が一人、お母さんは大変だっただろうな」

「私が女の子で良かったって、母はよく話してた」

「お兄さんたちは元気なのか」

「多分ね。長兄とはしょっちゅう連絡を取り合っているけど、昔ほどなんでも話すわけじゃない」

実を言うと長兄にはまだ、潮崎と同じ部署になったことを打ち明けられてはいない。一課に異動となったことは、とっくに兄も承知しているはずだ。ただし、潮崎と組んでいることまで知っているかどうか。

昔はこんな風に遠慮しあう仲ではなかったはずだが、年月は兄妹をよそよそしく変えていった。

映像が終わって、潮崎がパソコンからスマートフォンを取り外した。

「出かけてくるよ」

「待って、その映像どこに持ち出す気なの？」

「もう一度、母親と話をしてくる」

「だから、この件はもう私たちの――」

「ここで引き下がってたら、俺たちがこの事件の捜査を担当した意味がない」

潮崎の迫力に、広中は一瞬たじろいだ。その隙に、潮崎が部屋を出て行こうとする。広中は慌てて立ち上がった。

「待って。私も行く」

「駄目だ。ここから先は俺の独断だ。データの件も含めて、バレたら処分は免れない」

「だからこそ、そっちが暴走しないように監視役が必要なんでしょう」

潮崎は反論するかのように口を開きかけたが、そのまま先に立って歩き始めた。

逃亡や証拠隠滅の恐れが無いとして、千夏は当面の間、実家に身を寄せたまま取調べを受けることが決まっていた。

広中の警察手帳を確認した千夏の父親は「明日にしてもらえないのか」と気色ばんだ。娘を気遣ってのことだというのはよくわかる。

「我々は千夏さんを取り調べに来たわけではありません」

潮崎が真摯な顔つきで一歩前に進み出た。

「俺は、壮真君を殺したのは娘さんだとは思っていません。そのことを証明したいんです。どうか話をさせてください」

駿介の母親には容赦なかった潮崎だが、千夏の父に見せる今の態度はまるで別人だった。

その真剣さが伝わったのか、千夏の父親は潮崎を信じる気になったようだ。

広中たちは居間に通された。少しして、母親に付き添われた千夏が姿を現した。

広中たちは千夏と三人だけにさせてもらった。

テーブルを挟んで向かいに座った千夏は、俯いてずっと押し黙っている。顔色は相変わらず優れない。

そんな彼女に、潮崎はスマートフォンを取り出し、プレイルームで遊ぶ春希の映像を見せた。音声は消してある。

「春希……」

千夏は食い入るように息子の映像に見入った。事件以来、千夏は春希と一度も会わせてもらっていない。

「元気なんでしょうか」

「ええ、ご主人のご両親がちゃんと面倒を見ています」

千夏は両手を胸の前で交差して、ほっと安堵したような顔になる。その目には光るものがあった。

「五歳の男の子というのは活発で落ち着きがなく、お母さんには苦労が絶えませんね」

潮崎が静かに語りかけると、千夏は小さく頷いた。

「外に遊びに行くとしょっちゅう擦り傷を作って、片時も目を離せませんでした。でも優しい子で、私が疲れてうたた寝していると、タオルを掛けてくれたりもしたんです」

千夏の目から涙が零れ落ちた。

「壮真は――」

千夏は、二人目の壮真が生まれる時の状況を語り始めた。

初めての子育てということや、手のかかる春希の世話に追われていた千夏は、二人目を作ることに躊躇があった。

だが夫の駿介が強く望んだことや、千夏自身も元々子供は好きだったので同意したのだという。

「壮真が生まれた時は可愛くて本当に嬉しかったんです」

千夏の顔に一瞬微笑みが浮かんだ。

だが危惧していた通り、上の子の世話と下の子の世話で千夏はくたくたになった。夫は二人目が欲しいと言っておきながら、育児も家事も手伝うことはなかった。近所に住む義理の両親は、あれこれ口やかましく干渉しては、気ままに子供たちを遊びに連れ出し、アレルギーの危険があるから食べさせないでくれと注意しても、勝手にお菓子を子供たちに買い与えたりする。千夏と義両親との関係は拗《こじ》れて行った。

「私……あの子が……壮真がいなくなってくれたらって……思ったことがあったんです。疲れて具合が悪い時でも、ママ、ママ、こっちを見てってしつこくされて、ちょっとくらい休ませてくれてもいいのに、ああ、うんざりする。ほんの一分だけでいい。あの子がいなくなってくれたらって……」

千夏は片手で口元を押さえ、小さくしゃくり上げた。

「あの子が亡くなってから、夜に眠ろうとするたびに、朝になって目が覚めたら、全部嘘だったらいいのにって思うんです。でも毎朝、目が覚めると何も現実は変わっていなくて、あの子の大好きだったアンパンマンのぬいぐるみだけが、あの子の布団の中に残っていて……私、私が……あの子なんていなくなればいいって思ったから、だから……」

千夏はこれまでずっと抑え込んできた感情が、一気に溢れ出してきたかのように、何度もしゃくりあげながら、顔をくしゃくしゃにして泣き出した。

広中も潮崎もどちらも言葉は発しなかった。千夏には悲しみに浸る時間が必要だった。

やがて散々泣いて、泣き疲れた様子で、千夏はテーブルに置かれたティッシュペーパーの箱に手を伸ばした。

「事故があった日のことを話してもらえますか」

「はい……」

潮崎に優しく促され、千夏は腫れぼったい目をティッシュで押さえながら話し始めた。

あの日、千夏は帽子を取りにいったん家の中に戻った。暑さに加えて、寝不足と疲労が祟《たた》って、いま考えると軽い熱中症にかかっていたようだった。眩暈《めまい》を覚えたため、涼しい居間で少しだけソファに座り込んでしまった。目を瞑っていると、何かが体に掛けられる気配で目を開けた。

「春希がタオルを、私に掛けようとしてくれていたんです。ありがとう、ってあの子に声をかけて、それからはっとしました。壮真はいま、一人でプールにいるって。それで慌てて息子の所に行きました。でもその時には既に、息子は自分で足を滑らせてプールの底に沈んで……」

「では、事故だったんですね？」

「はい。でも私が殺したのも同然です。たとえほんの僅かな間だったとしても、母親の私が目を離してしまったから、あの子は亡くなった。私のせいなんです」

千夏は口元を引き結ぶと、空を見つめて、再び表情を消した。

しばらく誰も何も言葉を発しなかった。重苦しい沈黙の中、居間の壁にかけられた時計の秒針が、時を刻む音だけが聞こえる。

潮崎が僅かに身を乗り出した。

「あなたは春希君を信頼したんです」

千夏の閉ざされた心に直接訴えかけるような、静かな語り口だった。

「お兄ちゃんと一緒ならちょっとの間、自分がその場を離れても大丈夫だと安心した。疲れたあなたにタオルを掛けてくれるような優しい春希君は、壮真君にとってもいいお兄ちゃんだった。もし弟が危ないことをしようとしても、お兄ちゃんなら止めてくれる。そう信じたんでしょう？」

千夏の細い肩が震えた。

「そうです。でもだからこそ、私のせいでなければならないんです。もし、あの子が大きくなって弟の事故を知った時に、自分がプールの側を離れたせいだなんて思ってしまったら……取り返しがつきません」

千夏は叫ぶように言った。

「春希君に罪悪感を植え付けさせないためにも、あなたは彼の側にいなくてはいけません」

だが千夏は頑迷な様子で、首を横に振った。彼女は罰を望んでいるのだ。

「それに春希君はきっと、あの祖父母といるよりあなたといたいと願っていますよ。彼らに子育ては無理だ。あなたもそれはわかっているはずです」

潮崎は辛抱強く説得を試みながら、千夏の顔をそっと覗き込んだ。

「春希君の母親はあなただけだ」

千夏の頬を新たな涙が伝い落ちて行った。

それから潮崎は、千夏の目の前にそっと自分の名刺を滑らせた。

「もし誰かに心の裡《うち》を聞いて欲しいと思った時は、信頼できる人を紹介します。遠慮なく頼ってください」


「彼女の告白に嘘はないと信じたいけど、子育てにストレスを覚えていたことは事実だったわけだし……」

千夏の実家を後にしても、広中はまだ彼女を完全には信じきれなかった。

「統計で言えば、子供を殺すのは実の母親が一番多い。しかもこれまでずっと悲しみを見せなかったのに急に泣き出したりして、あれが演技じゃないってどうして言いきれる？」

「統計の話をするなら、子供を殺さない母親の方が圧倒的に多いけどな」

潮崎は茶化すように答えたが、すぐに真顔になった。

「大事な人を失った時、悲しみの反応なんて人それぞれだ。彼女のように感情を内側に押し込めて、端から見れば悲しんでいないように見える人は少なくない。夫や義理の両親はあの通りで、力にはなってくれない。悲しみも共有してくれない。だから彼女は一人で気を張るしかなかった。壮真君の死に責任を感じ、春希君のことも考えなくてはならなかった。泣く余裕なんてなかったんだよ」

「そうだとしても、何か他に証拠がないとね」

やっていないことの証明は、やったことの証明より難しい。そして多くの場合、警察はそのことにさして労力は割かないものだ。

「実は一つ気になってたことがある。義両親の息子家庭に関する証言が、どうにも具体的すぎだったとは思わないか。夕食のマカロニサラダとか、夫から洗濯物が干しっぱなしだと注意されたとか」

「どうせあの最悪の夫が両親に愚痴ったんでしょう」

「お昼の情報番組のくだりはどうやって知った？　平日の昼間、夫は仕事で留守だったはずだ」

「それは……」

〈まるで普段から、息子さんの家を監視していたようだ〉

広中の脳裏に、潮崎が珠子に投げつけた言葉が蘇った。あの珠子ならやりかねないが、近所とは言え、覗き見することは不可能だ。

「ともかく、戻って、一から事故の報告書を見直してみよう。何か見つかるかもしれない」

幸いなことに、刑事部屋に橘の姿は見えなかった。二人は別室へ資料を持ち込み、片っ端から目を通していった。

「ちょっとこれを見てくれ」

潮崎がある資料を広中に見せた。それは消防への通報記録だ。

「現場に一回目の救急要請があったのが午後二時十一分、それから五分程遅れて二回目の通報があった」

「通報が重複するのは別に珍しくないでしょう」

むしろ警察や消防では、事故や火事を目撃した場合は、重複しても構わないから躊躇なく通報することを勧めるほどだ。

「だが今回の件は個人の自宅の庭で起こったことだ。付近の住人たちは、救急車が到着するまで事故に気づいていなかった。そうなると通報できた者は限られる」

広中も改めて通報記録を見直した。どちらも携帯の番号から掛けられている。

「二回目の通報が、千夏さんの携帯電話の番号。じゃあ、最初の通報は誰が……？」

「これが、関係者の連絡先を一覧にまとめた資料だ」

広中はその資料を受け取り、一回目の通報の番号を探した。すると資料の一番下にその番号を見つけた。

駿介の母親の携帯番号だった。

「近所とは言え、直接見てもいない事故を、なぜ彼女は千夏さんよりも先に通報できたのかな？」

答えは一つしかなかった。

翌日、広中たちは、駿介が昼休みに入るまで待って、職場近くのカフェでその事実を突きつけた。

「まさか、そんなこと、あり得ませんよ」

潮崎から指摘されたことについて否定はしたものの、口調には迷いも感じられる。

会社を早退した駿介と共に自宅へ向かい、広中は盗聴器発見機で家の中を調べ始めた。

その結果、居間と子供部屋、そして夫婦の寝室も含めて計六つの盗聴器が発見された。

それを目の前に差し出されて、駿介はしばらく言葉を失っていた。

「心当たりは？」

「この盗聴器は、以前父が勤めていた会社の製品です」

彼は既に、盗聴器を仕掛けたのは自分の両親だとはっきり悟っていた。

「盗聴行為について、警察としてはこれ以上関与するつもりはありません。ただ、奥さんの無実を証明するためには、あなたのご両親の供述が必要です。協力してもらえますか」

駿介はなんでもすると答えた。

駿介を伴い、両親の家に向かうと、二人は初め、盗聴器なんて知らないと答えた。

「じゃあ、誰がうちに仕掛けたっていうんだ。いい加減にしてくれ」

たまりかねたように駿介が強い調子で二人を責めた。

すると珠子は傷ついたような顔で、自分たちの仕業であることを白状した。

「でも、あなたのためだったのよ」

「盗聴器を仕掛けることがか?」

嚙みつくような駿介の迫力に、珠子はおろおろと言い訳を始めた。

「だってお前、千夏さんと別れたがっていたじゃない。彼女は自分の苦労を何もわかってない。仕事から疲れて帰ってきても、労《いたわ》りの言葉一つなく、たまの休日にのんびりしたくても、子供の世話を押し付けられるってぼやいていたでしょう」

「そりゃ、たまには愚痴も言うさ。でも本気で千夏と別れるつもりなんかない」

珠子は息子の言葉に衝撃を受けたように、夫の源治の方へ顔を向けた。だが源治は関わり合いになりたくないとばかりに、そっぽを向いた。

潮崎が口を開いた。

「春希君の『ママが殺した』という証言も、あなた方が誘導したんですか」

「誘導なんてそんなことはしていません」

慌てて珠子が否定した。だが本当かどうか怪しいものだ。

「千夏さんを犯罪者に仕立て上げて息子さんと別れさせ、孫の親権も奪おうとした。そういう見方もできますが?」

潮崎は今回も珠子には容赦がない。広中も内心、もっと言ってやれという気持ちで成り行きを見守っていた。

「そんな……そんなこと……あるわけないじゃないですか」

珠子は懸命に否定しようとしたが、息子の駿介すらもはや母親を信じていないのはその顔つきを見れば明らかだ。

「もう本当のことを言ってくれよ、お袋」

駿介がほとほとあきれ果てたというように母親を問い詰めた。

「だって……」

珠子は阿《おもね》るように半笑いを浮かべた。

「しょうがなかったのよ。日本ではどんなに駄目な母親でも、子供の親権は母親が取ってしまうの。もし千夏さんに可愛い孫たちを取られてしまったら、私たちの老後の生きがいが無くなってしまうじゃない――」

「じゃあ、所轄の見立て通り、事故だったということね。子供が、ママが殺したと証言した理由は？」

「恐らく、溺れている息子を必死に助け出そうとしている母親の姿を、押さえつけていると誤解しただけだと思います」

広中は橘にそう報告した。祖父母の誘導があったかどうか、証明はできない。だが、あの最悪の二人なら、やっていても驚かない。

千夏の夫も、最後には妻に付いたが、これから先もずっと、良き夫、良き相棒として彼女の支えとなれるのだろうか。

「わかった。ご苦労様」

橋は顔を顰めながら、頭痛薬に手を伸ばした。

どうやら橋には、片頭痛の持病があるらしい。どんな人間にも弱点はあるものだ。

橋が薬を飲み終わるのを待って、潮崎が口を開いた。

「実はもう一つ気になることが」

義両親に盗聴器の件で聴取した際、盗聴器は自分たちのアイディアではない、弁護士から勧められたと答えたのだ。

「弁護士の名前は？」

「門倉倫太郎《かどくらりんたろう》」

「そう。だとしても、盗聴行為自体は罪に問えない。今回の事件とも関係ないでしょう」

「しかし――」

「この件は終わり」

橋に拒否されて、潮崎は小さく口を窄めた。だが反論はせず、大人しく自席へ引き返していった。

広中は残るように言われる。

「今度だけよ」

橋が警告するように言った。

「何のことでしょう？」

「潮崎が勝手な行動をすることは、私もある程度は織り込み済み。でも、あなたはそうじゃない。なんのためにあなたを彼と組ませていると思ってるの？　もしまた指示を無視して勝手な行動をしても、次は庇えない。あなたたちの行動には班の存続がかかってるの。忘れないで」

「わかりました。ご配慮いただき感謝します」

嫌味たっぷりに頭を下げた広中に対し、橘は無言で下がるように手を振った。

恩着せがましい。庇ったのは自分の保身のためであるくせに。

腹立ちが収まらないまま自席に引き上げた。潮崎が出かける支度をしている。

行先《いきさき》には見当がついた。

広中はちらっと橘の方を窺った。頭痛が治まらないのか、厳しい顔つきでこめかみをマッサージしている。

広中はむしゃくしゃしたまま、潮崎に声をかけた。

「門倉弁護士のところに行くんでしょう。私も行く」


門倉の事務所は、桜田門から程近い一等地に聳《そび》え立《た》つ高層ビルに入っていた。

「離婚専門の弁護士って、随分儲《もう》かるのね」

高層ビルを見上げながら、広中は意外な驚きに包まれていた。

「ここに事務所を構えられたのは、彼の父親の功績によるものだ」

潮崎が解説してくれた。門倉の亡くなった父親は著名な弁護士だった。裕福な依頼人からは高額で仕事を請け負うことで知られ、大物政治家の汚職事件を担当したこともある。その一方で、冤罪《えんざい》事件などは手弁当で引き受けた。

「息子の代になって大口顧客が離れ、経営は厳しくなったという噂だ。そこで離婚専門に舵《かじ》を切ったらしい」

二人はエレベーターで上へ向かい「門倉英一郎《えいいちろう》・倫太郎法律事務所」と金のプレートがかかったガラス製のドアを開けた。

事務所の名前に故人の父親の名前を使い続けるところからも、この事務所は未だに父親の栄光に縋《すが》っていることが窺える。

豪勢な応接室でしばらく待たされている間、飾られている賞状や盾などを眺めていた。そのほぼ全てが、門倉英一郎の功績を称《たた》えるものだった。

ようやく門倉倫太郎が現れた。年齢は四十一歳。スポーツマンらしいスリムな体を高級スーツに包み、日に焼けた肌から覗く白い歯も眩しく、なかなかの美男子だ。

潮崎は前置きを省き、門倉に盗聴の件を確認した。

門倉は大げさに首を横に振った。

「離婚のために材料を揃えるようアドバイスはしましたが、盗聴を勧めたことはありません。まさかそこまでされるとは……。それほど思い詰めていたということかもしれませんが、弁護士としては残念としか言いようがありませんね。今後は間違ってもそのような手段は取らないよう、私からも依頼人に念を押すようにいたしましょう」

再び白い歯を覗かせながら、弁護士として完璧な回答を行った門倉は、背広の袖口から覗かせた金のロレックスに視線を落とした。面会は終了ということだ。

「警察へ協力することはやぶさかではありませんが、次回からは秘書にアポイントを取っていただけると助かります。では、ここで失礼します」

門倉に慇懃《いんぎん》に見送られて事務所を後にし、エレベーターホールでエレベーターを待つ間、潮崎はそこに飾ってあったブロンズの彫像の頭を撫で回した。

「君の言った通りだ」

「私の？」

広中は訳がわからず聞き返した。

「父親の威光があったとしても、離婚専門でここまで豪勢なオフィスを維持できるとは思えないってことさ。欧米と違って、日本じゃ慰謝料は取れても微々たるものだろう。そこから支払われる手数料も大した金額じゃない。そもそも日本の離婚で、弁護士まで立てて揉《も》めるケースは少数派だ」

「それはつまり？」

「何か、表に出せない収入源があるんじゃないか」

エレベーターが一階に到着し、二人はエントランスの高い天井を改めて見上げた。

このオフィスビルの賃料を賄えるほどの収入を考えると、潮崎の推測もあながち間違っていないように思える。

「調べてみる価値はあるかもね」

「面白くなってきた」

潮崎の目が輝くのがわかった。

四

璃子はピンク色のランドセルを揺らしながら、団地の階段をタンタンタンタンと軽快なリズムをつけながら上った。三階の踊り場に到着して、はあっと小さく息を整える。あともう少しだ。再び階段を上っていく。今度は階段の数も数えた。

「一、二、三、四……」

五階に到着する。廊下を進みながら、家の鍵を取り出した。いつもネックストラップで首からぶら下げていて、登下校の際は洋服の中に隠してある。「ぼうはん」のためにそうするのだ、と母親から繰り返し念を押されていた。

『外から鍵をぶら下げてるのがわかっちゃうと、悪い大人にさらわれちゃうかもしれないからね』

璃子は鍵穴に鍵を差し込んだ。ガチッと音がして、鍵が開く。扉を開けると、玄関に母親の靴があった。

「あっ」

璃子は思わず喜びの声を漏らした。だがすぐに「しいっ」と自らに言い聞かせるように、唇に人差し指を当てた。

平日、璃子の母親は仕事で夕方の五時になるまで帰って来ない。今はまだ三時半だ。この時間に家にいるということは、きっとまた具合が悪くなったのだ。

璃子は内側から鍵をかけ、背伸びをしてチェーンもかけた。

思った通り、璃子の母親はダイニングテーブルの椅子に、青ざめた顔で腰を下ろしていた。それでも帰ってきた璃子に気が付くと、「璃子ちゃん、お帰り」と弱々しい微笑みを浮かべた。

「お母さん、具合悪いの？」

「うん、ちょっとね。おやつ、用意してあるから手を洗って食べなさい」

璃子は言われた通り、ランドセルを部屋に置いてから、洗面所へ行って手を洗った。

それから冷蔵庫を開けた。ドアポケットにはいつも、麦茶の入ったプラスチック容器と水のペットボトル、牛乳、それと璃子の好きなオレンジジュースが入っている。普段なら真っ先にオレンジジュースを手に取る。だが、今日は水のペットボトルを取り出した。二リットルのペットボトルの容器は、体の小さな璃子には少し重い。落とさないよう慎重にテーブルまで運び、母親のコップに水を注いだ。

「はい、お母さん、お水」

璃子にコップを差し出されて、具合が悪そうに俯いていた母親は、少しだけ泣きそうな顔になった。

「ありがとう、璃子は優しいのね」

母親の手が璃子の二つに三つ編みされた髪に伸びた。今朝、母が編んでくれたものだ。

「お母さん、頑張るからね」

母親は何度も璃子の頭を撫でながら、涙ぐんだ声で呟いた。

それから少し元気になった母親と、璃子は一緒におやつを食べた。璃子の手の平くらいの大きさのパンケーキだ。上から少しはちみつを垂らす。

パンケーキを食べながら、璃子はいつものように、小学校で今日あった出来事などを、語り始めた。

だが一つだけ内緒にしていたことがある。

璃子は今日、父親の明石蒼汰と会っていた。

十二月になったら、父親の自転車レースを見に行く約束をしたのだ。

璃子がパンケーキを食べ終わると、さくらは夕食まで少し横になりたいと言って自室へ向かった。

璃子は台所でパンケーキの皿と自分のコップを洗い、水切りラックに置いた。それから、自分用のプラスチックの踏み台を脇に除け、茶の間の隅から別の踏み台を運んできた。木製で二段式のそれは璃子には少し負担だ。苦労して台所に運び、慎重に踏み台に上がった。

背伸びをすると、ぎりぎり吊《つ》り戸棚の中に手が届く。

一度母親の部屋の方を窺ってから、璃子は吊り戸棚に手を伸ばした。

＊

吉野はスマートフォンの説明書から顔を上げた。メールの使い方はどうにか習得できたが、インターネットを使っての買い物は、もう少し時間が必要だ。やはり今度、大地に直に教えてもらったほうが早そうだ。

先日、様子が気になって家を訪ねた時、頼んでおくのだった。

吉野は老眼鏡を外し、疲れた目を休めようと窓の外に目を凝らした。

向かいのA棟の周りに、雑草がぼうぼうと生い茂っている。

昔はあんな有様《ありさま》ではなかった。団地の自治会がしっかり機能していたお陰で、月に一度は草刈りが行われ、花壇には季節の花が咲き乱れ、広場には子供たちの歓声が響き渡っていた。

ここ数十年というもの、吉野は団地内での出来事とはできるだけ距離を置くようにしてきた。時代は変わった。かつてのような近所づきあいの文化は薄れ、下手に他所の家に干渉するとお節介だと忌み嫌われる。

それなら無関心を装っていた方が楽だ。

ところが近頃、そんな心境に変化が生まれつつあった。

きっかけはなんと言っても、山城孝蔵とその妻に起こった悲劇だ。

七〇年代、八〇年代、この団地が賑やかだった頃は、各地区の自治会が音頭を執って、団地の広場では納涼盆踊り大会や、今でいうハロウィーンのような仮装コンテストなどの催しが開かれた。大勢の子供たちとその親たちで、団地の賑わいは最高潮に達していた。吉野が妻と共にまだ幼い正樹の手を引いて、そうした集まりに参加した頃から、少しずつ団地の賑わいにも陰りが見え始めていたが、新しく自治会長となった山城が、細やかに団地住人の世話を焼いていた姿は記憶に残っていた。

そんな山城の息子の大地が、長く引きこもりだったことを吉野は知らなかった。息子はパソコンが得意だから、ネットで買い物したい時には遠慮なく言ってくれ、と山城は元自治会長としての顔を崩すことがなかった。

山城の妻が認知症となり、山城が一人で妻の介護をしょい込んでいたことも、ほとんどの住人たちは気が付かないままだった。

妻の首を自分で絞めてしまうほど追い詰められていたなら、なぜもっと早く相談してくれなかったんだ、水臭い。

山城の事件を知った時、吉野は真っ先にそう思った。

しかし山城が、周囲の誰にも家族の問題を隠し続けた心境も、吉野には理解できた。

家族の恥を他人に晒したくなかったのだ。

吉野も、思春期を迎え、グレていく息子の存在を、近所にはひた隠しにしようとした。あのうちは子育てに失敗したのだ、と団地の住人たちに思われたくなかったからだ。

そのせいで息子にはいつも強く当たり、しまいには家を出ていくように言ってしまった。

息子も亡くなり、妻も出て行ってしまい、吉野は思い出の染みついた団地に一人孤独にしがみついている。

あの時、誰かに相談できていたら——。

ふと気が付くと、仏壇が置かれた四畳半の和室に、西日が差し始めていた。

「眩しいだろう、正樹。いまカーテンを閉めてやるからな」

吉野は遺影の中の息子にそう声をかけて、窓のカーテンを半分だけ引こうとした。

「ん?」

再び窓の外に目を凝らした。広場を横切って、団地の駐輪場に近寄る人影を認めた。顔は見えないが、例のあの男に違いない。

背が高く、体つきはがっしりしていて、いつも黒っぽいトレーニングウェアの上下を身に着けている。

あの男はまた、鈴井母子の周りをうろついているのか。

鈴井母子は今年の四月に花園団地に引っ越してきたばかりだ。

あまり立ち入った事情は知らないが、母親のさくらと元夫の明石蒼汰との間にはトラブルがあったと聞く。

吉野は、自転車に乗って立ち去る男の後ろ姿をしばらく凝視していたが、やがてカーテンを引くと、そっと窓の側から離れた。

＊

潮崎のメッセンジャーアプリに、駅に到着したという彼女からの連絡が届いた。

海外旅行用の大きなスーツケースを転がしても、潮崎の家までは十分弱で到着する。

潮崎は鍋にお湯を沸かし始めた。

ペンネの袋にはゆで時間十分と書いてある。ソースは彼女が到着してから仕上げればいい。

「ふうん、アラビアータか。悪くないね」

振り返ると、紺のブレザーの制服を着て、さらさらとした長い髪の少女が立っているのが見えた。

ああ、またいつものが始まった。

潮崎は驚くでもなく、自分より一回り以上も年下になってしまった少女を見つめた。

「でも野菜が足りないよ。やっぱ女子にサラダは大事でしょう」

少女は冷蔵庫を開けて――、そう彼女が冷蔵庫を開けられるということにも、最初程の驚きは感じなかった。

「トマトがあるじゃん。これでなんか作りなよ」

「なんかって？」

「そういう時にこれがあるんでしょう」

キッチンに置かれた潮崎のスマホの画面に、彼女の手が伸びた。冷蔵庫が開けられるのだから、当然、スマホも操作できた。少女の時代にはガラケーしかなかったというのに。

「カプレーゼはモッツァレラチーズがないから駄目だね。お、これいいじゃん。オリーブオイルと……」

途中までレシピを読み上げて、少女は顔を顰めた。

「ああ、駄目だね、これ玉ねぎが入ってる」

「玉ねぎならあるけど」

「女子は口臭を気にするんだよ」

そんなこともわからないのかい？　君は駄目だね、と少女は笑う。

「いいよ、シンプルにトマトを切ってさ、その方が彼女のために一生懸命作りました感がでるじゃないか、君」

それは一体、なんというキャラクターの物真似なのか、と尋ねようとした時、玄関のチャイムが聞こえて少女は目の前からいなくなった。

彼女のスーツケースが狭い玄関の半分以上を占めている。

夏休みと呼ぶには遅めだが、ようやくまとまった休みが取れて、ハワイへ遊びに行っていた彼女からお土産に、「I LOVE HAWAII」と胸にロゴが入ったTシャツをもらった。

シュノーケリングにジェットスキー、そしてカヤックとマリンスポーツを満喫しきった彼女は、潮崎が用意した一本三千円もしない赤ワインで上機嫌に酔っぱらい、ペンネ・アラビアータとトマトのサラダを平らげた。

「ご馳走様《ちそうさま》、すごくおいしかった」

彼女は彫の深い顔を綻ばせた。いい感じに日に焼けた肌がエキゾチックで、白い歯の眩しさに潮崎は目を細めた。

一緒に行く約束をしていた旅行を、直前になってキャンセルしたことに文句の一つも言わず、お土産まで買ってきてくれて、手作りのささやかな晩飯にこんなに喜んでくれる彼女のどこに不満があるだろうか。

潮崎は彼女を正面から見つめた。彼女もその大きな瞳で色っぽく見つめ返してきた。

「別れようか、俺たち」

ドン、と激しい音と共に玄関のドアが閉まった。

平手打ちくらいは覚悟していたが、彼女はただ怒って出て行ってしまった。

「あ～あ、どうして別れちゃったの。あの子、格《いたる》の歴代の彼女の中では一番性格も良くて、気に入ってたんだけどなあ」

再び少女が、潮崎の背後からひょっこり顔を覗かせた。

「いろいろあるんだ。姉貴にはわからない事情が」

潮崎の答えに、少女はちょっと傷ついたような笑みを浮かべた。ああ、まただ。あの日と同じ表情だ。

「はい、はい。確かに私は振ったことも振られたこともなかったわ。てか、それがダメだったのかもね。あの時もっとはっきり言えば良かったのかなあ。あなたには興味ありません、もう私に付きまとわないでくださいって。そうしたらきっと——」

少女の言葉の途中で、潮崎はスマートフォンに手を伸ばした。

「こんな遅くにすみません。はい、時間外なことはよくわかっています。でも、例のあれが見えたらすぐに連絡しろって話だったんで。そう、また見えたんです。彼女はいま目の前で、弟の俺に自分が死んだ時の状況を説明しています」

「——でね、あの人がわあああっとか意味不明な叫び声を上げて、私の体にナイフをね、こうやって、ザクザクザク、ザクザクザクって突き立ててきて、めっちゃ痛かったんだあ——」

岡安晴彦《おかやすはるひこ》の仕事場はタワーマンションの一室にあった。自宅と仕事場を兼ねたその場所は、別れた妻が慰謝料として残していったものだ。

以前は警視庁からの委嘱で警察職員の精神的ケアを担当してきた岡安のクライアントには、今でも警察関係者が多くいる。ドアに精神科クリニックの看板もなく、患者は全て昔から引き続き通ってくる者か、患者の紹介によるものに限られた。

診療は朝十一時から夜の七時までとなっていたが、二十四時間、三百六十五日、患者からの希望があれば、岡安は診察依頼を拒まなかった。

「彼女の存在が幽霊なのか幻覚なのか、その点について、医師の私が言えることは一つしかない」

岡安はもったいぶった口調を気取った。その方が精神科医としての威厳を保てると信じているようだ。今年五十五歳になるが、くりくりした目のせいか、いつも年齢より若く見られて、それが彼のコンプレックスだった。そこで、せめて口調だけでも年相応の印象を相手に与えたいと、こんな話し方になったそうだ。

「幽霊しかり、それらを介して発生すると思われているポルターガイスト、憑依《ひょうい》、呪いといった類の存在は、科学的には証明されていない。一方、幻覚については数多くの臨床例が挙げられている。その原因も様々だ。ある種の精神疾患、ドラッグ、他には過度な疲労や寝不足、一時的なストレス状態に陥った時にも人は幻覚を見ることが報告されている。かくいう私も研修医時代、当直時に何度か亡くなった患者さんの霊を目撃したことがある。もちろんそれは霊でなく、寝不足や疲労が引き起こしたいわば脳のバグとも呼ぶべき現象だがね」

「先生の理屈はよくわかるんですが、それだと、俺が見たものは幻覚で、亡くなった姉の幽霊ではない、ということを証明することにはなりませんよね」

「どういう意味かな？」

「子供の頃、心霊番組に登場したある大学教授は、火の玉をプラズマだと主張して再現実験を行いました。実験ではその通り、発生したプラズマは火の玉のように見えることがわかりました。でも実際に火の玉を見たと主張した人物が、その時目撃したものも本当にプラズマだったかどうかは、教授の実験では証明できない、でしょう？」

「なるほど……それは一理ある」

潮崎に反論されて、岡安はどこか嬉しそうだ。

精神科医としては、潮崎のように理屈をこねまわす患者は本来厄介なはずだ。

その上、夜の十時過ぎという非常識な時間に訪れた患者など、追い返されても文句は言えない。

だが潮崎は知っていた。岡安は理屈をこねくり回す相手と議論、というかこの場合は単なる会話だが、それが大好物なのだ。

結局のところ、岡安は仕事中毒なのだ。加えて、他人への好奇心を抑えきれないという欠点がある。

この性格のせいで、せっかく手に入れた大病院の娘婿という地位を失う羽目となり、時々そのことを自虐的に語ることはあっても、心の底から悔やんでいるようには見えなかった。

「じゃあ君は霊魂の存在を信じているのかい？」

そう直球で問われると答えに詰まる。

「どちらかと言えば、俺もその手の存在には懐疑的な方ですが、例えば同僚との雑談では、幻覚を見たと言うより、霊を見たと話した方が、頭のおかしい奴《やつ》と思われることは少ないですからね」

「精神科医から見れば、別にどちらもおかしくはないよ」

「世間……というか警察では、天と地ほどの開きがあるんですよ。一課の刑事でも、犯罪現場で幽霊を見たという話は五万とあります。鑑識課員の中には、現場で撮影した写真に幽霊が写り込んでいた、なんて話す連中も少なくない。で、誰かがこの手の話をすると、実は俺も、私もといった具合にどんどん話が広がっていく。ところが幻覚を見た、と一言でも漏らし、それが上司の耳に入ったが最後、あいつはヤバい薬でもやってるんじゃないのか、精神状態に問題があるんじゃないのかと不安視され、挙句には捜査から外せと言われるのがオチなんです」

「まあ、怪談話は盛り上がるからね。そう言えば犯人たちの中には、自分が殺《あや》めた被害者の霊を見たと言って出頭してくる者もいるそうじゃないか。警察官にとって怪談というのは、身近な話題なんだろう」

岡安は小さく笑った後、コーヒーに口をつけた。潮崎も勧められたが、泥のように濃いコーヒーに辟易《へきえき》して、一口で止めた。

「先生、患者の俺が言うのもなんですが、こんな遅い時間にカフェインをたっぷり取るのは、依存症の一種なんじゃないんですか」

「ははっ、そうかもしれんなあ」

岡安は素直に頷いたが、その悪癖を改める気はないようだ。

「さて、ここからが本題だ。重要な指摘をさせてもらう」

岡安が心の準備を迫ってきたが、特に緊張は覚えない。岡安とは子供の頃からの付き合いで、カウンセリング中にリラックスする術は心得ていた。

「君がお姉さんの幻覚を見る時は決まって、付き合っている女性との仲が破綻する時だというのは単なる偶然なのかな」

「それは俺がシスコンだという意味ですか」

「いや、いや。ただ君自身、何か関連性があると思い込んではいないのかい？　今夜彼女と別れようというのは以前から考えていた行動だったんだろうか。例えば君は無意識に、過去にお姉さんが現れた時の経験を結びつけて、今夜別れを切り出さなくてはいけないと思ってしまったという可能性は？」

潮崎は答えに窮した。そんな風に考えたこともない。だが岡安の指摘が完全に的外れだとも思えなかった。

過去に付き合った女性たちとは、いずれも長続きしなかった。別れた理由もはっきりしない。彼女たちに不満などなかったはずなのに――。

〈あ～あ、どうして別れちゃったの。あの子、格の歴代の彼女の中では一番性格も良くて、気に入ってたんだけどなあ〉

本当にどうして今夜、別れようなんて言ったのだろう。わからないが、気が付けば彼女にそう告げていたのだ。

「君は昔から難しいことを考える時に、セネカのような顔をするね」

岡安がからかった。

セネカは古代ローマの哲学者で、暴君として有名な皇帝ネロの家庭教師を務めていたが、最後は謀反の容疑をかけられて自死している。岡安が学生時代、東欧を旅行した際に見たセネカの立像は、そんなセネカの生涯を物語るように苦悩に満ちた表情を浮かべていたという。

「もうすぐお姉さんの命日だね。君は毎年、その時期が近づくとお姉さんの幻覚を見る。そして付き合っていた恋人との関係を解消する。それはひょっとすると、自分一人が幸福になってはいけないという、罪悪感の表れじゃないのかな？」

潮崎は急に苦いものが口に広がったような気がした。

五

二〇二三年（令和五年）十月十七日（火）大安　戊申《つちのえさる》

【私は自分が死ぬ覚悟ならある。しかし、私に人を殺す覚悟をさせる大義はどこにもない。マハトマ・ガンディー】

長田は朝から洗濯機を回し、部屋に掃除機をかけた。それから急いで出かける支度を整える。もたもたしているとこの時期はあっという間に日が傾き始める。「秋の日はつるべ落とし」という諺《ことわざ》があることは、花園団地の住人から教わった。つるべとは漢字で釣瓶《つるべ》と書き、井戸で水を汲《く》み上《あ》げる時に使う道具だという。

「最近、休みのたびに出かけるよな。デートか」

慌てて寮を飛び出そうとした時、タイミング悪く同期に捕まった。

「まさか。ただのトレーニングだ」

「ふん、確かに上下スポーツウェアでデートに行く奴もいないか」

同期は長田の頭のてっぺんからつま先までつくづく見回して、不意に興味を失ったように向こうへ行ってしまった。

長田はほっとして、寮の駐輪場へ走った。

潮崎にアルバイトを頼まれたことは、口止めされていたわけではない。しかし誰かに話しても、物好きだなと呆れられるだけだ。

気持ちよく澄み切った秋の空が広がる中、長田は夏のボーナスで買ったばかりのクロスバイクに跨《また》がると、力強くペダルを漕《こ》ぎ始めた。

*

広中の頭の中は、目まぐるしく幾つもの考え事に支配されていた。

あれからいろいろ門倉の身辺を洗ってみた。

家族は妻と小学六年生の娘が一人。自宅は青山のタワーマンションの最上階。所有する車はベンツとポルシェ、趣味はゴルフ。意外にも女性関係の噂はない。人柄に関しても、礼儀正しく育ちの良さを感じさせるというのが、同業者の評判だった。

対して、肝心の弁護士としての評価はあまり高くない。人権派弁護士として鳴らした父親が亡くなってから事務所の代表に就任したが、以降、顧客数は減少の一途を辿った。とりわけ事務所の収益の柱だった大手法人顧客が去ったことで、一時は経営自体も危ぶまれるほどだった。その頃から、離婚専門に切り替えて危機を脱している。

ただし、そのやり口には問題があった。依頼主の配偶者に偽のＤＶ疑惑や精神疾患などの疑いをかけ、依頼主に有利なように離婚手続きを進めるのが門倉の得意技だった。門倉のせいで離婚後、一切子供と会えなくなった人々もいて、相当恨みを買っているのでは、と眉を顰める同業者もいた。

門倉の豪勢な生活は、あくどいやり口で稼いでいるからなのか。それについてはもう少し調べてみる必要がある。

そしてもう一つ、広中の頭を占めていたのは――。

「広中」

しばらく、橘に呼ばれていることに気が付かなかった。何度目かの呼びかけでようやく顔を上げると、橘は例によって感情がこそげ落ちたような眼差しで机の傍らに立ち、広中を見下ろしていた。しかし腹を立てていることは、その声音からはっきり感じられた。

決してわざと無視したわけではないと一言断っておくべきか。

いや、この上司に対してはそんなことをしても無駄だと思い直した。どうせ彼女の言いたいこともわかっている。それは多分、広中の頭を占めていた残り半分と同じものだ。

「潮崎は？」

ほら、来た。

潮崎の行動が気になるなら、彼にＧＰＳ付きの首輪でもしてはどうか、という言葉を呑み込んで広中は答えた。

「さっき出ていきました」

「一人で行かせたの？」

「私はあいつの子守りじゃありません」

咎めるような橘の口調が、癇に障った。

「いいから、探しに行きなさい」

「そう言われてもどこに行ったかなんて――」

反論しかけて、出て行く直前に潮崎が読んでいた報告書があったことを思い出した。

それは一ヵ月ほど前に起こった、ある女性の自殺を扱ったものだ。

都内某所、深夜の歩道橋からその女性は投身自殺をはかった。所轄の調べでも、事件性なしとされた。

「柏木友香《かしわぎゆか》……」

その報告書に目を通して、橘の顔色が変わった。

珍しいこともあるものだ、と広中が驚いている間に、橘はどこかへ電話をかけ、せわしなくメモを取っていた。電話を終えた橘がそのメモを広中に渡した。

一人の男性の名前と住所が書いてある。

「ここへ行って、潮崎が何かやらかさないうちに連れ戻してきて」

「誰なんですか」

「工藤隆一《くどうりゅういち》。元明光《めいこう》新聞の記者」

元記者と聞いて、広中は嫌な予感しかしなかった。

案の定この元記者は、潮崎の姉の都《みやこ》が殺害された事件で、葬儀の席に忍び込み、棺《ひつぎ》に納められた都の遺体の写真を隠し撮りしようとして、潮崎家とトラブルになっていたと橘は語った。

「昔は滅茶滅茶《めちゃめちゃ》でね。スクープのためなら、事件の被害者の病室に隠しマイクを仕掛けるくらい平気だった連中だから」

「それで、この元新聞記者と自殺した柏木さんという女性は、どういう関係なんですか」

「潮崎の事件からしばらくして、今度は工藤の娘がドラッグ中毒のドライバーによるひき逃げ事件で亡くなった。自殺した女性はその時の犯人の妹」

「そこに潮崎はどう絡むんです？」

「それがわからないから心配している。マスコミと潮崎の相性は最悪、元であっても、とりわけ新聞記者とはね。揉め事を起こさないうちに連れ戻して」

本当に私は子守りじゃないんですよ。

そう叫びたい気持ちを堪えて、広中は工藤の住所が書かれたメモを上着のポケットにねじ込んだ。


広中が工藤のアパートに到着すると、二階の工藤の部屋の前で、二人は言い争っているところだった。

「自業自得だと思ってるんだろう」

「ああ、思ってる。親の因果が子に報いとはよく言ったもんだ」

「貴様っ」

工藤が潮崎に摑みかかろうとした。

「ちょっと、二人ともやめなさい」

階段を駆け上がった広中は、慌てて二人の間に割って入った。

工藤の部屋は単なる一人暮らしの男の侘《わび》しさ以上に、早々に人生の終着を迎えてしまった者が放つ、荒《すさ》んだ空気が漂っていた。

生ごみと汗と黴《かび》の臭い、それと工藤の体から発せられるアルコールの臭いが部屋中に充満している。

広中は無言で部屋の窓を開けた。風は冷たかったが、この部屋の空気には我慢できなかった。ウィスキーと日本酒の空き瓶に混ざって、潰れたビールやチューハイの空き缶が散乱する床の上に、広中はどうにか座れる場所を確保した。

娘が亡くなった後、工藤が仕事も辞め、アルコール浸りの毎日を送っていることは何も言われなくてもわかった。この有様では夫婦仲も既に破綻したのだろう。

服は薄汚れ、髪はぼさぼさで、目は落ちくぼみ、無精ひげの工藤は、まだ四十代のはずだが、六十代にしか見えなかった。

工藤は手に提げていたコンビニの袋から、アルコール度数の高いチューハイの缶を取り出した。袋の中には他にもチューハイと焼酎の瓶が入っている。

潮崎は工藤の手から、チューハイの缶を取り上げた。

「おい」

「多少でも頭が働くうちに確認しておきたいことがある」

工藤の抗議を無視して、潮崎が続けた。

「柏木友香さんが自殺したことは知っているか」

「ああ、新聞で読んだ」

広中は部屋の隅に積まれた古新聞の山に気づいた。テレビもラジオも、そしてカレンダーもないこの部屋の中で、新聞だけが工藤と世間を繋ぎとめている唯一の物のように思えた。

「気は晴れたか」

工藤が嫌な顔になった。

「俺が何か絡んでると思ってるのか」

「へえ、まだそういう勘はちゃんと働くようだな」

「そりゃ俺だって、娘を殺した犯人は憎い。正直、復讐《ふくしゅう》してやりたかったし、奴の家族もこの手で八つ裂きにしてやりたいって思ったこともある。だが残念ながら俺にはアリバイがある」

「アリバイ？　お前が一ヵ月前、自分がどこで何をしていたのか、正確に覚えてるっていうのか」

「俺は覚えてなくても、駅の側にある飲み屋の親父なら、彼女が亡くなった時間帯、俺が飲んだくれていたことを証言してくれるはずだ」

潮崎はしばらく、何を言おうか迷うような顔になった。

「そいつを返してくれよ」

工藤は、潮崎が手に持っていた缶チューハイを指差した。爪は伸び放題で、垢《あか》が溜まっている。

潮崎は無言でそれを工藤の前に置き、部屋を出て行った。広中も慌てて後を追った。

「いいの、あのまま放っておいて」

「本人にやめる意志がない限り、周りがどうこう言ったって治らない」

「お姉さんの事件で彼がしたことは確かに酷いけど、あの頃彼はまだ二十代の駆け出し記者で、上から写真を撮って来い、と言われれば断れなかったかもしれないじゃない」

「向こうの肩を持つのか」

「私は常に公平なつもりだけど」

潮崎がいきなり喧嘩腰《けんかごし》になって、広中もついきつく言い返してしまった。

「俺だってあいつの娘が亡くなって、本気でざまあみろとは思ってないさ」

潮崎は少し声のトーンを落とした。

「じゃあ、なぜ工藤さんを訪ねて行ったの？」

「あいつが柏木さんの死をどう受け止めてるのか、それを知りたかった」

「まさか柏木さんの死は自殺じゃなく、工藤さんがやったとでも言うんじゃないでしょうね？」

潮崎は何も答えなかった。

いつも彼が見せる、どこか人をおちょくったような態度は影を潜めていた。むっつりとしたまま、ポケットに手を突っ込んで潮崎が歩き始めた。その背中を見つめながら、広中の心には嫌な予感が広がっていった。


友香が飛び降りたという歩道橋は、彼女の自宅の目と鼻の先にあった。

道路から歩道橋までの高さはおよそ五メートル。手すりの高さは広中の胸程までだ。友香の身長がどれくらいかわからないが、女性一人でも乗り越えようと思えば不可能ではない。

潮崎は身を乗り出すように、歩道橋から道路を見下ろしていた。

昼間は比較的交通量も多いが、夜間はそうでもない。人通りも少なく、落下した彼女の遺体は、走行中のタクシー運転手が発見した。もう少しで危うく轢《ひ》くところだったという。

「被害者家族が、復讐のために犯人を殺害するなんてできると思うか」

ここに来るまでずっと無言だった潮崎が、突然口を開いた。

独り言なのか、広中の反応を求めて発せられた言葉なのか。

恐らくどちらでもないのだろう。彼はただ、何か話したいだけなのだ。

広中は黙って耳を傾けることにした。

「どんなに殺してやりたいと思っても、ごく普通の被害者家族が、実際に手を下すことは難しい。一時の感情としては犯人を殺してやりたいと思っても、多くの時間はただ亡くなった家族のことを考える。もう一度会いたい、でも会えない、犯人が憎い、殺してやりたい、それ以上に亡くなった肉親に会いたい。ほとんどがこの繰り返しで、復讐だけを考えて生きるのは難しい。その代わり怒りは、じわじわとその人間を破壊する」

「だったら、工藤さんも友香さんを殺してはいないということになる。彼はただ壊れてしまっただけ。そうでしょう?」

「俺は直接手を下すことは難しいと言っただけだ。他の手段があれば、被害者家族だって犯人への復讐は躊躇わない」

潮崎の思いのほか強い口調に、広中は一瞬たじろいだ。

彼は何を言おうとしているのか。

並んで立つ二人の体を、冷たい夜風が吹き抜けていった。

潮崎の手すりを摑む手が小刻みに震えている。寒さのせいとは思えなかった。

「永山《ながやま》基準……知ってるだろう」

永山基準とは、昭和五十八年、四人を殺害した永山則夫《のりお》に死刑判決を下すにあたって最高裁が示したものだ。犯行の罪質、動機、態様（特に殺害方法の執拗《しつよう》さや残虐さ）、結果の重大性（特に殺害された被害者の数）、遺族の被害感情、社会的影響、犯人の年齢、前科、犯行後の情状等の要件を総合的に勘案した結果、やむを得ないと判断された場合は、死刑も選択肢に入れるべきだというものだ。

とりわけ重要視されたのは、殺害方法の執拗性や残虐性、それと被害者の数だった。ところがいつからか、被害者の数だけが独り歩きするようになった。

「よく、三人以上殺害すれば死刑は確実だが、一人だけなら難しいと言われるだろう？　でも過去には、一人を殺害しただけで死刑を求刑された例はある。犯行理由が身勝手で、殺害方法も極めて残虐だと判断されれば、死刑は求刑されるんだ。だから俺たち家族はそこに望みをかけた」

しかし潮崎の姉を殺害した犯人に下された判決は懲役十五年だった。被害者が一人であることや、初犯であったことなどが考慮されたのだ。

「一方的に好意を抱いて姉に付きまとった挙句、拒絶されたから刃物でめった刺しにして殺害した。どうしてこれが、身勝手でもなく残虐でもないと言えるんだ？」

潮崎は手の震えを抑えようとするかのように、歩道橋の手すりを強く握り直した。

向こうからやってくる車のライトが、二人の姿を明るく照らし出した。その光が潮崎の横顔に浮かんだ表情を一瞬浮かび上がらせたが、広中がそこに何かの感情を読み取るよりも早く、暗い影の向こうへと押しやってしまった。

昔から知っているようで、実際にはペアを組むようになってから一ヵ月にも満たない二人の間柄では、潮崎が今、何を考えているのか理解することは難しい。

ただ一つだけわかっていることは、潮崎が今、非常に危うい状態であるということだ。

橘がしきりと口にしていた潮崎から目を離すなというのは、ひょっとするとこういう意味も含んでのことだったのだろうか。

「司法が被害者家族の意志を汲んでくれないなら、彼らは復讐を考えるしかない。この考えに賛同する被害者家族は多いだろう。だが実際に行動に移すとなれば、それは別の話だ。俺たちは……」

必死で理性を掻き集めようとするかのように、潮崎は遠くへ視線を投げながら声を振り絞った。

「殺人犯たちとは違う……。なぜ人を殺してはいけないのか。理屈じゃない。どんな状況に置かれようと、絶対に越えてはいけない一線というものが人にはあるんだ。ここで踏みとどまれないなら、それはもう人ではない……」


一夜明けて、二人は友香の元同僚に話を聞きに行った。

職場近くの公園のベンチで、厚手のフリースとひざ掛けで防寒した元同僚は、持参してきた弁当を広げた。

「外で食べるには少し寒いんじゃないですか」

「ここの方が気楽で」

元同僚は寂しそうに広中に笑い返した。

彼女と友香とは共に契約社員で、働き始めたのが同じ時期だったことから、よくこの公園でお昼を一緒に食べていたのだという。

「自殺したなんてまだ信じられなくて……。物静かな人だったけど、いつも笑顔で会社の人の評判も良かった。ただ、あまり自分のことはしゃべりたがらなかったかな。プライベートで遊びに行ったこともなかったし。あ、でも、婚約者の話をする時は本当に嬉しそうでした」

「どんな人だと？」

「誰にでも優しくて偏見のない立派な人だって。彼の実家がお惣菜《そうざい》屋さんで、結婚したらそこを手伝うことも」

元同僚は、一度だけ聞いたというその惣菜屋の名前を憶《おぼ》えていた。

「ネットの口コミを検索したら、メンチカツがおいしいって書いてあったから、今度買いに行くねって……」

元同僚はそのまま言葉を詰まらせた。


老舗商店街の一角に店を構える惣菜屋は、口コミ通りなかなか繁盛している様子だった。お昼のピークを過ぎて、夕方まで少し暇な時間帯だという元婚約者から、店の奥で話を聞くことができた。

「早速ですが、友香さんのお兄さんの事件については知っていたんですか」

「はい。彼女の方から、正式に交際を始める前に話してくれました」

「抵抗は？」

「驚きましたが、彼女が人を殺したわけじゃありません」

元婚約者が力強く答えた。

「ご両親も彼女のお兄さんの事件については知っていたんですか?」

潮崎が店に立つ元婚約者の両親を窺った。

「承知の上です。これも彼女の方から、後でわかってお互い不愉快な思いをする位ならと言って、両親には話してあります。両親も俺と同じ考えでした」

「なにもかも承知の上でプロポーズされたと?」

「それなのに突然、婚約を破棄したいと言って。理由は聞いても答えてくれませんでした。それで言い争いになって、俺も頭に血が上ってそのまま別れたんです」

「それは例の歩道橋の近くでの話ですか」

「ええ、そうです。いつものように彼女を送っていった途中の出来事で……」

元婚約者は顔を歪《ゆが》めて俯いた。

友香が飛び降りる数分前に、歩道橋の近くで言い争う男女の声が聞こえたという目撃情報は、報告書にも書いてあった。元婚約者の証言が正しければ、男性は彼で、女性は友香だったということになる。

広中は元婚約者の様子を観察した。

友香の死を心から悲しんでいるように見え、演技とは思えない。

二人は帰り際に、評判のメンチカツを買った。

潮崎は途中で頬張り始めたが、流石に広中は躊躇した。だが手に持ったポリ袋から漂う香りが空腹を刺激する。

「元婚約者が心変わりして、別れ話のもつれから彼女を突き落としたという可能性は？」

他殺説には懐疑的な広中だったが、刑事として一応その線は無視できない。

潮崎はメンチカツを咀嚼《そしゃく》しながら、ゆっくりと首を横に振った。昨夜よりは気持ちが落ち着いているようで、広中は安心した。

「あの歩道橋から誰かに突き落とされたとしたら、遺体はもっと歩道橋から離れた場所に落ちるはずだ」

報告書では、遺体は歩道橋から一メートル程離れた場所に横たわっていた。

「それならやっぱり自殺で決まりなのね」

「正確にはそれも違うと思う」

「じゃ、どういうこと？」

「憎しみの連鎖を断ち切ることは容易じゃないってことさ」

広中が混乱するような言葉を口にして、潮崎はメンチカツの残りを平らげた。

友香は生前、質素なアパートの片隅で、母親と二人暮らしだった。

訪ねて行った潮崎と広中は、まず、友香の骨箱とその父親の位牌《いはい》が置かれた仏壇に手を合わせた。

「息子さんから、連絡は来ていますか」

友香の母親と向き直って、潮崎が尋ねた。

友香の兄はアルコールと薬物を使用して車を暴走させ、工藤の娘を撥ねて逃げた。当然、危険運転致死傷罪により、重い実刑が科されることが予期されたが、結果は危険運転とまでは呼べない、として準危険運転致死傷罪が適用され、懲役十一年の判決が下った。

司法の理不尽さとしか言えない結果だった。工藤の心中は計り知れない。

「時々手紙が来ていましたが、もう出さないようにと返事を書きました」

「それは娘さんの結婚が理由ですか」

母親は小さく頷いて、目頭を押さえた。

友香の結婚が決まり、息子とは縁を切ることを決めたのだという。

息子の事件の後、母子は母親の旧姓で暮らしていたが、いつもどこからか息子のことが漏れて、そのたびに引っ越しをし、友香も職場を転々とした。

「それでもここ数年は、やっと落ち着いて暮らせるようになって、友香もあんな素晴らしい人と……ようやく幸せになってもらえると思っていたのに」

母親の頬を涙が落ちていった。潮崎がポケットからティッシュペーパーを取り出し、差し出した。

「すみません」

「自殺の理由に何か心当たりは？」

広中の問いに、母親は力なく首を振って、再び溢れ出した涙をティッシュペーパーで拭った。

「そう言えば……亡くなる数日前、お隣の奥さんと何か立ち話をしていて、戻ってきたら顔が真っ青になっていたことがありました。理由を尋ねましたが、何も答えてはくれませんでした

「……」

「お隣の……」

潮崎の顔には、何かに気が付いたような表情が浮かんでいた。

「娘さんの部屋を見せてください」

潮崎はそう断って、友香の部屋に入った。

元婚約者の家にもうすぐ引っ越す予定だったという室内は、荷物が綺麗に片づけられていて、新調したばかりに見えるスーツケースが、コーヒーテーブルの傍らにぽつんと寂しげに置いてある。その上に、白い小さなハンドバッグが載っていた。

「いいですか」

潮崎が母親を振り返る。

「どうぞ、構いません」

潮崎はハンドバッグを開け、中身をひとつひとつテーブルの上に並べていった。

ハンカチ、財布、手帳などを取り出した後、さらにハンドバッグを逆さにして振った。一枚の名刺が滑り落ちてきた。


すっかり日が落ちた頃、潮崎と広中は再び、工藤のみすぼらしいアパートを訪ねて行った。チャイムは壊れている。ノックをしても応答がない。留守のようだ。

「そうなると、あそこだろうな」

広中にもそこがどこなのかわかった。

友香が亡くなった晩も、工藤が酒を飲んでいたという駅の近くにある居酒屋だ。

二人が睨んだ通り、その店に工藤はいた。うちも外も煤《すす》けて見えるその店は、俗にせんべろと呼ばれ、木製のテーブルと椅子だけが殺風景に並べられている。近くに工場が多く建ち並んでいるせいか、作業服を着た客たちで賑わう店内の隅の方で、工藤は背中を丸めながらコップ酒に口をつけていた。

「お前のだろう」

店主の話では、既に日本酒をコップ二杯空けているという。

広中たちが目の前に立って、ぼんやり顔を上げた工藤だが、その瞳は焦点を結ばなかった。

潮崎は友香のハンドバッグから見つけた名刺を差し出した。

そこには工藤が昔勤めていた新聞社名と、偽名が印字されていた。

「さあ、知らないな」

工藤は惚《とぼ》けて、目の前のコップ酒を啜った。

「友香さんの家の隣人が、取材に来た記者は酒臭かったと教えてくれたぞ」

隣人は新聞記者が来たことを友香に話した。すると友香の顔色が変わり、隣人に名刺をくれるよう頼んだという。

「お前のところに、友香さんから連絡があったんだろう。彼女はきっと、もう兄とは関係ない、だから近所に噂をばら撒かないでくれとお前に頼んだ。違うか」

突然、ガス欠を起こしたかのように、工藤の体が大きく震えた。

「近所の人たちには知る権利があるはずだ……」

工藤の手が再びコップ酒に伸びた。潮崎はそれを遠ざけ、広中を振り返った。

「水をもらってきてくれないか」

広中が店主に頼んで水を持ってくると、工藤が言葉を振り絞るように、真実を打ち明けている最中だった。

「――まさか自殺するなんて思わなかった。婚約が破棄されて、あの場所に居づらくなればいい。そのくらいの気持ちだった。だってそうだろう。俺の娘だって生きていれば、今頃は結婚して子供が生まれていたかもしれない。それなのに犯人の妹が幸せになっていいのか」

「未必の故意というわけだな」

潮崎が冷徹に言い放つ。

「違う、そんなことじゃない」

工藤の血走った目が、救いを求めるように潮崎と広中を交互に見つめた。

「いいや、お前は、自分たちのペンの威力を十分にわかっていた。それをうまく使えば、人の命なんてどうにでもなることも。ずっとそういう世界で生きてきたんだろう？　だからそれを殺人の凶器に使ったんだ」

工藤の体が硬直した。自分が犯した行為に、殺人という名前を付けられて、初めてその罪深さを悟ったのだろう。

「法律上は罪に問われなくても、お前は立派な人殺しだ。お前の娘を殺した加害者と何が違う？」

怒りのせいなのかアルコール切れのせいなのか、テーブルの上で強く握りしめられた工藤の拳は、制御不能なほどに揺れていた。

「あんたならわかるはずだ。酒を飲んで薬物まで検出されたのに、運転に支障があったとまでは言えない。あの裁判官はそう言ったんだ。信じられるか」

「判決の理不尽さに腹が立ったことは理解できる。俺だって姉を殺した犯人が死刑になることを望んだ。それこそが俺たち家族にとっては唯一の希望だった。あいつが死刑にならないとわかって、親父は絶望した。もし今犯人と再会したら、俺だって怒りを抑えきれるか自信がない。だが犯人の家族にその怒りをぶつけるのは違う。俺たちは……、俺たちだけはあっち側へ行っちゃ駄目なんだ！」

最後の一言は、潮崎の魂の叫びのように聞こえた。当然ながら工藤の心にも深く突き刺さったに違いない。

「俺は、俺はこれからどうしたらいいんだ……」

工藤は深く上体を折って、額をテーブルに擦《なす》りつけながら呻《うめ》いた。工藤の前に、潮崎は水の入ったコップを移動させた。

「もう酒に逃げるな。本気で罪を償うつもりがあるなら、これから一生シラフで苦しみ続けるんだ。それこそがお前の刑罰で、亡くなった彼女への唯一の罪滅ぼしだ」

それから潮崎は、一枚の名刺をテーブルに置いた。

「辛いならここへ行って相談しろ。治療も受けろ」

精神科医・岡安晴彦。

名刺に印刷された名前を見て、広中は思わず息を呑んだ。その医師は、父親の主治医だった人だ。

テーブルに突っ伏したままの工藤を残して店を出ると、冷たく乾いた風が吹きつけてきた。さっさと歩調を速めた潮崎を追いかけながら、広中は聞かずにはいられなかった。

「どうして、岡安先生の名刺を持っていたの？」

「君のお父さんに勧められて、何度かカウンセリングを受けたことがある」

広中は初めて聞く話だった。

「お姉さんの事件のことで？」

潮崎が控え目に頷いた。この話題には触れられたくなさそうだ。

事件の後、潮崎がどんな人生を歩んできたのか。これまで広中は考えないよう努めてきた。だがそこへ岡安晴彦という、二人を結びつける新たな人物が登場した。話をするのは今しかない。

「あの晩、どうしてうちへ来たの？」

「話せば長くなる」

「私にはそれを聞く権利がある」

広中は引くつもりはなかった。沈黙が続く。辛抱強く待った。とうとう潮崎が根負けしたように、ため息を漏らした。

「母の四十九日が終わり、父の中で何かが壊れてしまった」

潮崎の父親の昇は自宅に灯油をまいて、潮崎と無理心中を図ろうとした。潮崎は夢中で自宅を飛び出し、広中の父に助けを求めたのだ。

「それから君のお父さんの勧めで、父は岡安先生のカウンセリングに通うようになった。良くなっているように見えた。希望もあった。犯人が極刑に処されることだ。だがそれが叶《かな》わないとわかって、本当に絶望した」

潮崎の歩調がのろくなった。当時の記憶を辿る作業が、彼の歩みを邪魔しているように見える。

「裁判が終わって一ヵ月ほど経った頃、俺が学校から戻ってくると家の中が綺麗に片付いていて、仏壇に父の書き置きが置いてあった。祖母の所へ行くようにって……」

広中は何か慰めの言葉を口にしようとして思い留まった。彼の傷跡をこじ開けてしまったのは自分だ。権利など振りかざすのではなかったと反省した。

「前にも話したと思うが、祖母と暮らすようになった俺の元に、君のお父さんはよく訪ねてきてくれた。祖母は俺を懸命に育ててくれたが、十代の男の子の世話は大変だったと思う。君のお父さんはそのことをよくわかってたんだ。ファミレス以外にもいろんなところに連れて行ってくれたよ。授業参観にまで来てくれた……何も知らない同級生たちにそっくりだなって言われて」

潮崎の顔が綻んだ。心の底から楽しい思い出だったに違いない。

「あの頃は、それも警官の仕事の一部なんだろうって、そんな感想だった。だから恩返しのために、俺も警察官になって、誰かのために親身になろうと考えたんだよ。ところが警察官になって、普通の警察官はあそこまでしないことを知って驚いた」

広中の脳裏に、在りし日の父親の姿が蘇った。

「父はそういう人だったから……」

非番の日も、仕事で知り合い、気になった人物には休日を返上して会いに行くことはしょっちゅうだった。警察官とはそういうものだ、と広中は幼い頃から母親にそう言い聞かされてきた。表向きは納得したものの、本当は他人のことより、娘や息子たちのことにもっと多くの時間を割いて欲しかった。潮崎の衝撃的な話を聞いた後でも、その思いは変わらなかった。

「君は？」

「私が何？」

突然の質問に広中は少し狼狽《うろた》えた。父親と同じように、潮崎と全力で向き合えるのか。そう問われたような気がした。

「いや、いいんだ、別に……」

潮崎が目を逸らした。

駅の高架下までやってきて、電車が二人の頭上を走り抜けて行った。

広中は何か話題を繋ごうとした。

「岡安先生の所にはまだ通ってるの？」

「……いや、もう通ってないよ」

広中は直感的に嘘だと思った。

「なぜ隠すの？」

突然、心を閉し始めた潮崎に、広中は戸惑いを隠せなかった。

「この先も一緒に仕事をするなら、そういうことは打ち明けてくれなきゃ困る。パートナーなんだから」

最後の言葉は取ってつけたようで、自分でも虚《うつ》ろに聞こえた。

潮崎は黙って歩き出し、駅の前を通り過ぎようとした。

「どこへ行くつもり？」

「橘さんには、気づいたら勝手にいなくなっていたと言えばいい」

振り返りもせず投げつけられた潮崎の声には、広中を怯《ひる》ませるのに十分な冷たさがあった。

六

吉野がチャイムを押すと、「どちら様ですか」と用心深い声が聞こえた。

「五〇二の吉野です」

「すみません、すぐに開けます」

チェーンを外す音がして、鍵が開けられると、ドアがゆっくり開いて、鈴井さくらが姿を現した。端正な顔に上品な微笑を湛えている。

「どうぞ、お上がりください」

吉野に部屋に入るよう勧めてから、さくらは後ろを振り返った。

「璃子、吉野さんよ」

するとすぐに璃子が自分の部屋から飛び出して、吉野のところに走ってきた。

「こんにちは」

「こんにちは。小町もこんにちは」

璃子は吉野と、吉野が手に持っていたペットキャリーの中の小町に、かしこまった態度で挨拶をした。母親に似て顔立ちが整っていて、仕草にも愛くるしさが滲みだしている。吉野は目を細めながらペットキャリーを下ろして、早速小町を外に出してやった。小町は警戒する素振りも見せず、するりと璃子の足元にすり寄った。

「いらっしゃい、小町。あたしのお部屋を見る？」

小町を抱き上げると、璃子は自分の部屋へ連れて行った。ポニーテールに結わえた髪に虹色のヘアアクセサリーが揺れている。

吉野は思わず笑みを漏らした。

もし孫がいたらあんな感じなのだろうな、と想像せずにはいられなかった。

璃子は「鍵っ子」だった。両親は離婚し、母親は弱い体を押して日中は働きに出ている。昼間、璃子は一人で留守番していることが多かった。

そんな璃子を時々自宅に招き、小町と遊ぶ姿を見守ることが、近頃の吉野には楽しみの一つになっていた。

「どうぞ」

ダイニングチェアに座った吉野に、さくらがお茶を出してくれた。槌目《つちめ》模様の茶器に入った冷たい麦茶だ。

吉野は礼を言ってお茶に口をつけた。香ばしい麦の香りが鼻に抜けていく。一瞬、まだ妻と正樹と三人で暮らしていた頃の光景が蘇った。

「温かい方が良かったですか」

急に黙り込んだからか、さくらから不安そうに声をかけられた。

「い、いいえ、ただ懐かしいと思って。ひょっとして、薬缶《やかん》で沸かしてるんですか」

「ええ、手間ですけど、璃子もこっちの方がおいしいって言ってくれるので」

そう答えながら、さくらも自分のグラスに手を伸ばした。

「これは、いつも小町が食べている餌と、おやつ、あと猫じゃらしとかお気に入りのおもちゃが入っています」

吉野は持参してきた紙袋をさくらに渡した。

「後でトイレと猫砂も持ってきますので」

「はい、お願いします」

他に細かな注意点を告げると、さくらはそれらをわざわざノートに書きつけていった。几帳面《きちょうめん》な性格が窺えて、吉野はいっそうさくらに好感を持った。

「本当にご迷惑じゃありませんか」

吉野は今日の午後から明後日《あさって》の午前中まで、親戚の用事で大阪へ行かなければならなかった。小町は連れていけないため、ペットホテルに預けようと考えていたのだが、そんな時、さくらの方からうちで預からせてもらえないか、と申し出があったのだ。

「とんでもない。こちらこそ璃子がいつもお世話になっていて、本当にありがたく思っているんです。璃子は小町が大好きですから、むしろお世話させてもらえるなんて、感謝しています」

さくらが微笑んだ。見た目が美しいだけでなく、心持ちも素晴らしい女性だ。

璃子が自分の部屋から戻ってきた。その後ろから小町がついてくる。もうすっかり、この家に馴染んでしまったようだ。

「小町があたしのベッドで一緒に寝るって」

璃子は嬉しそうにさくらに報告しながら、テーブルの上の母親のコップに手を伸ばした。喉を鳴らして飲み干すと、ぷはあっとふざけて吉野に笑って見せる。

吉野は目尻が自然と下がるのがわかった。

さくらは冷蔵庫から麦茶ポットを取り出して、自分のコップに麦茶を注ぎ直すと、吉野にも「お代わりは?」と尋ねた。

「いいえ、もう十分です」

吉野は立ち上がり、小町のトイレを取りにいったん自宅へ戻ろうとした。

その時、例の男のことを思い出した。

璃子が自分の部屋に引っ込んだことを確認して、明石らしい人物が団地の周囲をうろうろしているようだ、と伝えると、さくらの表情に怯えの影が過った。

「差し出がましいようですが、警察に相談されてはどうでしょう?」

吉野としては親切心から出た言葉だ。

さくらは困ったように目を伏せた。

「吉野さんにまでご心配おかけしてすみません。ただ、娘にとっては父親ですから、あまり大事にもしたくなくて……」

「そうですか。もし私で力になれることがあったら、なんでもおっしゃってください」

「ありがとうございます」

力強く請け負った吉野に、さくらは今にも泣きそうな顔で頭を下げた。

＊

さくらにとって、明石は憧れの存在だった。

ロードレースというマイナーな競技ながら、明石は高校、大学とスター選手で、女性人気も高かった。

そんな彼に選ばれたのだ。自分は特別だという優越感がさくらにはあった。

しかし明石に、かつてのような輝きはもう無くなっていた。

さくらの幸せは壊れてしまった。

こんなはずじゃなかったのに。

私はもっと幸せになれたはずだったのに――。

『――ふざけたことほざきやがって。これ以上俺の邪魔をするなら、お前の大事なものを奪ってやるからな』

電話の向こうから聞こえる男の怒号に、さくらの追想が打ち破られた。

やめて、そんな恐い言い方しないで。

涙が溢れそうになった。

どうしてこんな酷いことばかり言うようになったのだろう。

『そうやって泣き真似してみせれば、みんなが同情してくれると思ったら大間違いだ。俺に逆らったら、お前の人生なんて簡単に破滅させられるんだぞ』

破滅させる?

男の最後の言葉に、さくらの心がすっと凍り付いた。

私が何をしたの?

信頼した私が悪いの?

いいえ、違う。

私は何も悪くない。
私はいつだって懸命に尽くしてきた。
そんな私はもっと報われるべきだ。
今の娘との生活を、破壊させるわけにはいかない。
さくらは覚悟を決めた。
そっちがその気なら、こっちにも考えがある。
いつまでも好きなようにはさせない。
私の人生を破滅させるつもりなら、この男の人生も破滅させてやる。
そう、こっちには切り札がある。
「警察に言うから。そっちがこれまでしてきたこと全部、警察に話してやるから！」
さくらはそう叫んで、電話を切った。

＊

トウゴマ（唐胡麻《とうごま》）
英名：castor bean
学名：*Ricinus communis*
トウダイグサ科トウゴマ属の多年草。
原産　アフリカ、西アジア。
種子からはひまし油（蓖麻子油《ひましゆ》）が作られ、第二次世界大戦中は戦闘機などの機械油としても用いられた。種にはリシン《ricin》という毒性タンパク質が含まれ、猛毒である。

リシン（ricin）

トウゴマの種子から抽出される　―中略―　人の致死量は1-10μg/kgとされ、摂取経路によって異なる。経口摂取よりも非経口摂取の方が毒性は強い。経口摂取の場合、四～十時間程度で吐き気、嘔吐《おうと》、腹痛などの症状が現れ、その後重度の脱水症状に至ることがある。解毒剤は存在しない。

関連情報：ゲオルギー・マルコフ暗殺事件（一九七八年）

〈WEB版　エンサイクロペディアより〉

＊

大地の部屋は東に面していて、十一月の今の時期は、午後三時を回るともう薄暗くなり始めた。履歴書を書いていたのだが、手元が暗くなってきて卓上ライトに手を伸ばした。

ふと、正面の窓の外に目を向けると、向かいのB棟の出入り口から、慌てた様子の吉野が飛び出してくるところだった。胸元にはしっかりとペットキャリーを抱き抱えている。あの家は確か猫を飼っている。吉野に抱かれて、ベランダに出てきたキジトラを何度か目撃したことがあるから間違いない。

あの猫に何かあったのだろうか。

大地は立ち上がって、窓の側へ近寄った。

吉野は膝を庇うようによたよたと走りながら、団地の外に停まっていたタクシーに乗り込んだ。

大地は走り去るタクシーをしばらく見送っていたが、やがて興味を失って、机の前に戻った。再び履歴書を書く作業に取りかかる。就労支援の担当者は、パソコンで作成しても構わないと助言してくれたが、ペンで文字を書いてみたくなったのだ。半分も埋めないうちから、中指のペンを押し当てていた部分が痛くなった。ふっと息を吹きかけ、親指で撫でると皮膚が少し硬くなっている。

それだけのことなのに、なんだか嬉しくなった。

大地は再び手を動かし始めた。

＊

吉野は鈴井宅のチャイムを鳴らした。時刻は夜の十時を回っている。だがどうしても今日中に話しておきたいことがあった。

「どちら様ですか」

ドアの向こうから、相変わらず用心深いさくらの声がした。

「吉野です。夜分遅くにすみません。ちょっとだけよろしいですか」

「……はい」

戸惑うような声と共にチェーンの外される音が、夜の団地の静かな廊下に響き渡った。

七

二〇二三年（令和五年）十一月八日（水）先負　庚午《かのえうま》

【地獄から光へ到《いた》る道は遠く、また険しい。　ジョン・ミルトン】

手押し車を押す高齢女性とその息子を、長田は晴れやかな気持ちで送り出した。

九月に、鈴井璃子がポーチを落としたと交番にやってきて、その特徴を聞いた時から長田はひょっとして、と思っていた。

いつも決まった時間に落とし物を届けに来る手押し車の高齢女性が、花園団地の敷地で拾ったと持ってきたポーチ。あれは多分璃子のものだ。

女性の家族に確認したところ、家族もそのポーチに見覚えはないと答えた。

長田がそのポーチの持ち主が見つかったかもしれないと告げると、家族は途端に困った声を上げた。

高齢女性がそのポーチをどこかに隠してしまったというのだ。尋ねてみても、本人はもうポーチの存在さえ忘れてしまっていて、見つかるかどうかわからないという返事だった。

それが今日、見つかったと言って、わざわざ交番まで返しにきてくれた。

長田は早速、届け出に書かれていた連絡先の電話番号へ連絡した。それは璃子の母親さくらの携帯電話の番号だ。

数回の呼び出し音の後、留守番電話に変わった。

長田は用件を残して電話を切った。

*

吉野が部屋に鍵をかけると、足元のペットキャリーの中で、小町が心細そうに小さく鳴いた。

「大丈夫、今日は注射じゃないよ」

吉野は小町を安心させるように優しく声をかけると、ペットキャリーを持ち上げた。そこへ、タンタンタンタン、と軽快で愛らしい足音が、団地の階段を駆け上がってくるのが聞こえた。

「お、小町、璃子ちゃんが帰ってきたぞ」

廊下の角を曲がった璃子は、吉野を見つけると全力で駆け寄ってきた。胸に斜め掛けしたピンク色の水筒がカタカタと音を立てる。

「お帰り、璃子ちゃん。今日は早いんだね」

吉野は腕時計を見た。午後の一時半を指そうとしていた。

「うん、今日は四時間授業だったの」

璃子は息を弾ませながら答えると、ペットキャリーを覗き込んだ。

「小町お出かけするの？」

「うん、ちょっと動物病院にね」

「小町病気？」

璃子が不安そうに顔を上げる。

「違う、違う。病気になる前に、悪いところがないかお医者さんに診てもらうんだ」

慌てて吉野が説明すると、ほっとしたのか、璃子はキャリーケース越しに小町に手を振った。

「小町がんばってね。またお泊りしにきてね」

先日、小町を璃子に預かってもらった。猫の中には環境が変わることを嫌がり、ペットホテルでさえ神経質になる子も多いが、璃子の話によれば小町は、まるで我が家のように寛《くつろ》ぎ、ご飯もぺろりと平らげたそうだ。

「今日は、お母さんは？」

吉野はつい、探るような調子で尋ねてしまった。

「うん、お休みでおうちにいるの」

璃子が屈託なく答える。

良かった。少女はきっと何も気づいていない。

「そうだ、今日は水道が止まってるよ」

「知ってる。昨日の夜のうちにお風呂にお水もためておいた」

璃子がしっかりとした口調で答えた。

吉野はペットキャリーを持ち上げた。

「じゃあ、また後でね」

「行ってらっしゃい。小町もバイバイ」

璃子の声を受けて、吉野は歩き出した。

背後で璃子が鍵を開け、ドアを開ける音がする。

璃子の嬉しそうな声が廊下に響いたのは、吉野が角を曲がろうとした時だった。

「お父さん！」

吉野が振り返ると、ちょうど璃子の自宅のドアは閉まるところだった。

＊

「鈴井さんから連絡はありましたか」

鈴井さくらの携帯にポーチの件で伝言を残した翌日、交番に出勤した長田は先輩警官に尋ねた。長田が退勤した後に、ポーチの件で連絡があるかと思っていたが、先輩警官は書類を整理しながら、ない、と簡潔に答えた。

落とし物を引き取りに来るだけなら別に急ぎでもないのだが、璃子はあのポーチをとても大事にしていた様子だった。

母親から見つかったと聞けば、すぐにでも交番へやってくるのではないかと思っていただけに少し意外だった。

午前中も連絡がなく、昼を過ぎて、長田は交番内の時計に目をやった。

三時になろうとしている。

小学一年生なら、そろそろ家に戻っている頃だろう。どうせ巡回のついでだ。鈴井宅まで直接届けに行くことにした。

長田はポーチと必要な書類を持って、団地へ続く坂道を急いだ。

いつの間にか、周囲のケヤキの大木がすっかり色づいている。

坂を上り切ってほっと一息つくと、電動の草刈り機の甲高い音が耳についた。

作業していたのは、B五〇二号室の吉野とB一〇一号室の浜谷の他にもう一人、長年引きこもりだった山城大地の姿も見えた。

「精が出ますね」

長田が声をかけると、吉野が草刈り機のスイッチを止めて、足元に置いた。

「やあ、ご苦労様」と吉野は愛想よく笑い、地面にしゃがみ込んでいた大地の方は、視線こそ合わさなかったが「ども」とぼそりと呟いた。

「あらあ、お疲れ様」

背後から浜谷が声をかけてきた。

「もう足の具合は大丈夫なんですか」

「うん、この通りすっかりよ」

以前見かけた時は杖を突いていたが、浜谷はもう元気そうにケヤキの葉を箒でかき集めていた。

「やっぱりねえ、遠くの親戚より近くの他人って言うでしょう」

それまで自治会の活動など興味もなかったが、浜谷は考えを改めたのだという。

「吉野さんに声をかけてもらってね。それで」

「若い人も手伝ってくれるから助かるよ」

吉野が首のタオルで汗を拭いながらその働きぶりを褒めると、大地は恥ずかしそうに「そんなことないっす」というようなことをもごもご口にして、刈り取った雑草や落ち葉をゴミ袋に詰め始めた。

大地は吉野に誘われて、少しずつ外の世界に触れるようになっていた。最近では団地の自治会の仕事を手伝うようになり、メンバーからは期待の若手と呼ばれているらしい。

「大地君、そっちが終わったら花壇の球根も抜いちゃってくれるかな」

「っす」

吉野の言葉に大地が頷いた。

「なんの球根ですか」

長田が花壇の方を窺った。

「スイセンだよ」

「へえ、スイセンなら交番に持って帰ろうかな。プランターに植えておけば花が咲きますよね？」

「花は綺麗だけど、スイセンには毒があるから注意が必要だよ」

「え、毒が？」

長田は驚いて聞き返した。

吉野は刈り取った雑草の中から細長い葉っぱを摘まみだして、長田に見せた。

「何かに似てないかい？」

「そう言えば……ニラのように見えますね」

「そう。間違えて食べると大変なことになる。スイセンの毒はリコリンやタゼチンなどのアルカロイド系で、食べると嘔吐、下痢、頭痛などの症状が現れて、稀《まれ》に死に至ることもある恐ろしい植物なんだよ」

吉野は手に持っていた葉を、雑草を詰めたゴミ袋の中に放り投げた。

「こいつはね、葉っぱだけじゃなく、茎や球根にも毒がある。ほら、いつだったか、C地区の敷地で野良猫の死体が見つかったじゃないか。あれもスイセンだったんじゃないかな。他の猫ちゃんや小さい子たちが間違って口にしないためにも、球根から処分しといたほうがいいだろう？」

吉野は首にかけたタオルで額に浮かんだ汗を拭い、ペットボトルの水で喉を潤した。

「スイセンだけじゃなく、毒性のある身近な植物は多いんだ。有名なのはトリカブトだが、他にも、アジサイ、スズラン、ヒガンバナ……それからトウゴマなんかも大きな園芸店に行けば、簡単に手に入るからね」

「吉野さん、詳しいんですね」

長田は感心して呟いた。

「吉野さんはね、昔、先生だったんだよ」

浜谷が教えてくれた。

「高校で生物教えてたんだよね」

「あ、いや、もう昔の話だよ」

吉野はなぜか急に、その話題を嫌うように草刈り機を手に取った。再び草刈り機の騒々しい音が、団地の広場に響き渡る。

会話も無くなり、長田は「では、これで」と三人に声をかけて、B棟の出入り口を潜った。階段を上がっていくにつれて、草刈り機の音は少しずつ遠くなっていった。代わって、薄暗い団地の中に、長田の足音がこだました。

三階の踊り場で、軽く息を整えた。

学生時代はラグビーで鳴らし、警察官となった今も体を鍛えている彼でも、五階まで一気に階段で上がるのはきつい。

先ほどの吉野などは、高齢に加えて近頃は膝も悪くなっていて、この階段の上り下りは大変だろう。

一階には空き部屋もあり、そこに移る選択肢もあったが、家族の思い出が残る部屋をそう簡単には捨てきれないようだった。

人には色々な人生がある。

新宿の交番時代、彼氏に殴られたと言って訪ねてきた風俗嬢のことを、長田はなぜか思い出した。

『腐れ縁でさ、別れらんないんだよね』

ほとんどヒモのような男との関係を、半ば自嘲気味に彼女は零した。相談に来たのはその一度だけだ。特別美人だったとかスタイルが良かったとかいうこともなかったのに、長田には妙に気になる相談者だった。

彼女はあれからどうなっただろう。今頃また、彼氏に暴力を振るわれているのではないだろうか。そう考えると眠れない晩もあった。

相談に来た人間のその後が気になっても、新宿の交番ではそれ以上踏み込むことはできなかった。

先輩たちからも割り切るようにと言われた。

多分それが正解なのだろう。新宿時代はできるだけ心を無にする術を身に着けた。

でも花園交番に異動となって、割り切れない感情もあることを思い出した。

五階へ到着した長田は、鈴井家の前に一人の女性が立っていることに気づいた。

落ち着かない様子が窺える。

「どうかされましたか」

長田に声をかけられ、女性ははっとしたように振り返った。

「警察の方ですか。あの、璃子ちゃんのうちに何かあったんでしょうか」

彼女は璃子の小学校の担任だった。

今日、璃子は小学校を無断欠席したという。母親の携帯にかけても繋がらず、心配なので様子を見にきたのだ。

「でも、幾らチャイムを鳴らしても応答がなくて……」

長田は嫌な予感がして、ドアをノックした。

「鈴井さん、花園交番の長田です。鈴井さん、中にいらっしゃいますか」

長田の声が、団地の廊下に不気味に反響するだけだった。

＊

広中の携帯が鳴った。見覚えのない電話番号だ。

「すみません、潮崎さんに電話しても繋がらなくて」

長田だった。声に動揺が滲んでいる。

「何かあった？」

「先ほど、鈴井母子の遺体が発見されました」

一瞬、耳を疑った。

「いま、鑑識が入っています。担当刑事の話では、今の所、外部から侵入した痕跡もなく、自殺か他殺かもまだはっきりしないそうです」

「わかった、すぐに行く」

急いで潮崎の携帯に電話した。

どうしてこんな肝心な時にいなくなるのだろう。

苛立つ広中の耳に、長い呼び出し音が響いた。


広中が現場に到着すると、周囲は闇に包まれていて、パトカーの赤いランプがやけに目に止まった。警察関係者の他に耳の早い報道関係者、そして野次馬の姿も見える。花園団地の住人たちの中にも、部屋の窓越しやベランダに出てこちらを窺っている者が確認できた。B棟の吉野、浜谷、そしてA棟の大地の顔も見える。

長田が先に広中を見つけて駆け寄ってきた。

彼は手短に、二人の遺体が発見された時の状況を説明した。

「長田さんが第一発見者？」

「そうなります」

長田はまだ少し青ざめた顔をしていたが、声は落ち着いている。

ドアを叩いても応答がなく、長田は自治会長立ち会いの下、合鍵を使って部屋に入った。

そこでまず、ダイニングテーブルの近くで倒れていた娘の璃子の遺体を発見する。

母親の方は浴室で発見された。

「側に練炭があり、浴室ドアの通気孔にはガムテープで目張りがされていました」

娘も亡くなったということは、無理心中ということか。

広中は、最後にさくらと会った時、元夫からのＤＶと付きまといを訴えていたことを思い出した。

警察へ届けるよう説得はしたが、どこか気の進まない顔つきだった。本当はもっと切迫した状況だったのだとすれば、見抜けなかったことに悔いが残る。

現場の五階の部屋のベランダへ視線を移した。鑑識の上着を着た男性が作業していた。刑事課としては一応、事件性も疑ってはいるようだ。

「ドアには鍵だけだったのか」

背後から出し抜けに声がした。

驚いて振り返ると、潮崎が立っていた。広中の留守電を聞いてやってきたらしい。

ぼさぼさの髪に充血した目をした彼は、コートのポケットに手を突っ込みながらゆっくり近づいてきた。しばらく髭もあたっていないようだ。

「どこに行ってたの？」

咎める広中を無視して、潮崎はさっきの質問を長田に向かって繰り返した。

「ドアには鍵だけです」

「前に訪ねた時、ドアにはチェーンがかかっていたと話していたよな」

潮崎が今度は、広中に向き直った。

「ええ、鈴井さんはかなり用心していたみたい」

「室内の状況は？　争った跡や被害者たちの着衣の乱れなどは？」

潮崎が再び長田に尋ねた。

「室内は綺麗に整頓されていて、特に争ったような形跡は見られませんでした。着衣の乱れもありません」

長田は落ち着いた様子で、当時の状況を振り返った。

「それなら顔見知りの犯行で、犯人は母親に招き入れられて部屋に入ったのかもしれない。犯行を終えた後は、部屋にあった鍵で施錠して逃走した。だからチェーンはかかっていなかったんだ」

「それだけで他殺と決めつけるのは少し乱暴すぎる」

「それだけじゃないさ。璃子ちゃんはどこに倒れてたって？」

「台所のダイニングテーブルの傍らです」

長田は、広中に説明したのと同じ内容を潮崎に話した。

「表情は苦しそうだった？」

「いいえ、そうは見えませんでした。眠っているような……あ、でも、口の周りに、乾いた白い泡のようなものがこびり付いていました」

「泡……」

潮崎が一瞬考え込んだ。

「それなら無理心中じゃない」

「どうして断言できるの？」

「第一に、死ぬ前にせめて汚れた顔くらい拭いてやるのが、母親としての人情ってものじゃないのか」

「心中を考えるくらいだったら、精神的にはかなり追い詰められていたはず。いくら母親だって、そんな時に子供を気遣う余裕はなかったのかも」

「じゃあ、二つ目。なぜ二人は同じ死に方をしなかった？　璃子ちゃんの口に泡が付いていたのは、毒物を盛られた可能性がある。それなら、母親も同じ毒物を飲めば良かったはずだ。あるいは二人で一緒に浴室へ行き、練炭自殺を図るという手もあった。それなのになぜ死に方を変える必要があったんだ……？」

広中と長田は、どちらも潮崎の疑問に答えることができず、黙って顔を見合わせた。

「これは他殺だ。賭けてもいい」

戸惑う二人に、潮崎は言い切った。

＊

大地の部屋の窓に、明滅するパトカーの赤い光が反射していた。

鈴井母子の部屋から遺体が見つかったらしい。

吉野から知らされた大地は、自分の部屋のカーテンの隙間から、外の様子を窺っていた。大勢の警察官たちに混じって、以前、大地を訪ねてきた広中と潮崎の姿も確認できた。二人の傍らにいる背の高い制服警官は、確か長田というやつだ。

どうやら無理心中らしい、とそれも吉野から聞いた。

大地は、母子が暮らしていた部屋のベランダを見上げた。あそこで、洗濯物を取り込みながら、傍目にも楽しそうにしていたのに。あれはつい、数週間前のことだった。

人の命はなんて脆《もろ》く儚いのだろう。

たとえ誰であっても死からは逃れられない。

窓から離れようとして、ふとそこに映る中年男の顔に気づいた。額に深い皺を刻み、落《お》ち窪《くぼ》んだ暗い目をした男の口角が、一瞬持ち上がる。皮肉なものだ。こんな醜い自分にもそれは平等にやってくる。

どれほど美しく、幸福で、恵まれた母子であっても、死だけは彼女たちを特別視したりはしないものなのだ。

八

鑑識や刑事課のその後の現場検証では、母子の死に事件性はなく、無理心中であろうと一度は決着がつきかけた。

ところが今日になって、花園警察署に特捜本部が立つという話が、広中の耳に飛び込んできた。

広中は、事件を管轄する花園警察署に電話を掛け、刑事課時代の上司の係長を捕まえた。

「何か新たな手掛かりが見つかったんですか」

『鈴井母子の体内から、同じ成分の睡眠薬が検出された』

ではやはり、心中だったのか。

『さらに娘の璃子ちゃんの体内からだけ、ある毒物も検出された』

「毒物……」

続いて係長の口からその名前が告げられる。

『リシンだ』

「え……暗殺とかにも使われるあの?」

『ところが、母子の家のどこからもリシンは発見されなかった。ダイニングテーブルの上には、飲みかけの麦茶が入ったグラスも残されていたが、検出されたのは睡眠薬だけだった』

「つまり、リシンは何者かが外部から持ち込み、璃子ちゃんに飲ませた……? 犯人の目星はついてるんですか」

『一つ、有力な証言がある。母子と同じ階に住む吉野さんの証言だ』

「その人なら知っています」

『彼が言うに、事件のあった日、小学校から帰ってきた璃子ちゃんと廊下で少し立ち話をして別れた。時刻は十三時半頃。それから璃子ちゃんは自分の家に入り、その時「お父さん」と声を上げたと言うんだ』

「明石蒼汰……」

広中は思わず、璃子の父親の名を呟いた。

彼が鈴井母子の家の前で、脅すような声を上げていたのは、二ヵ月ほど前のことだ。

「明石が犯人ですか」

『さあ、わからん。これ以上は特捜本部に聞いてくれ』

係長は電話を切った。


特別捜査本部には、捜査一課から殺人犯捜査係だけが派遣された。別れたとは言え、重要参考人の明石は被害者の身内だ。当然、「犯罪被害者家族心理分析班」も出番となるべきだった。しかし声は掛からなかった。

「こんな時こそ俺たちの出番じゃないんですか」

これまで被害者家族を被疑者扱いして、散々トラブルになってきた反省から生まれたのが「犯罪被害者家族心理分析班」だったはずだ。潮崎は橘にそう訴えた。

「今回は被害者家族ではなく、百パーセント被疑者だと特捜本部は見ている。うちの出番はなしよ」

「そこをねじ込むのがあんたの仕事でしょう」

「口の利き方に気をつけなさい」

感情的な潮崎に触発されたのか、いつもは無表情な橘の顔に不快感が滲んだ。

「我々の仕事は指示があるまで待機すること」

「それじゃ俺たちのいる意味がない！」

潮崎は橘の机を叩くと、そのまま部屋を飛び出していった。

広中は後を追おうとした。

「行かなくていい。しばらく放っておきなさい」

「しかし――」

橘は広中に、もっと近くに寄るよう手招きすると、周囲に聞かれないよう声を落とした。

「この事件、担当は広中理人検事よ」

広中と橘の視線が交錯した。

それ以上、橘の発言の意図を確認する必要はなかった。

刑事部屋を抜け出した広中は、兄の理人に電話をかけた。

「捜査状況を教えて」

『あのな、検事から情報を取ろうとする刑事なんて聞いたことがないぞ』

「特捜本部は明石さんに参考人聴取をしてると聞いたけど、何か決め手はあるの？」

兄の軽口を聞き流して、広中は尋ねた。

『動機はある』

「でも本人は否認してるんでしょう?」

『ああ。それどころか、元妻へのDVさえ否定して、自分は嵌められたんだとまで言い出してる』

嵌められた?

自己の行為を正当化し、何も悪いことはしていないと言い張ることは、DV加害者にはよくあることだ。

『当日のアリバイはないし、日頃から明石らしき人物が、被害者母子の周辺をうろついていたという証言も、団地の住人たちから上がってきている。奴で間違いないだろう』

「璃子ちゃんの体内から検出されたリシンの入手経路は?」

『捜査中だ。だが、母子の体内から検出された睡眠薬と同じものを、明石がロードレーサー時代、怪我をした時に処方されていたという話がある。今そっちの裏取りを行っている』

理人の口ぶりからは、明石の立件に向けてかなり自信たっぷりなことが窺える。

『それと、奴に犯行を認めさせるため、ある揺さぶりをかけるつもりだ』

「どんな?」

『被害者たちの通夜と告別式に参列させようと思う。そこで明石の反応を観察してみるつもりだ。奴が犯人なら、感情的な動揺が現れるに違いないからな』

「それなら私たちも参列させて」

『馬鹿言え。いくら検事でも、特捜本部の方針にあれこれ介入はできない』

「私だって一課の刑事なの。そんな誤魔化しが通じると思う?」

特捜本部が立つような凶悪事件の場合、検事は発生当初から捜査に参加する。解剖にも立ち会うし、捜査会議にも加わり、捜査幹部たちと共に捜査方針を決める。

『とにかく駄目だ』

「お願い」

広中は理人の説得を続けた。

「潮崎なら、明石が犯人かどうか見抜けるかもしれないでしょう」

潮崎の名前を出したことで、電話の向こうで理人が渋い顔をしたのはわかった。

『犯罪被害者家族心理分析官か……』

理人の呟きには、渋々ながらも潮崎の能力を認めざるを得ない響きが混じっていた。

『……わかった、なんとかしてみる』

「ありがとう」

『ああ、それと、被害者のスマートフォンが見つかっていない。特捜本部では犯人が持ち去ったと見ている』

最後に理人はそう言って電話を切った。

＊

潮崎にとって、姉が殺された夜のことは悪夢でしかなかった。二十年以上の月日が流れた今になっても、あの夜の記憶は鮮明に残っている。

小学生だった彼は自室でゲームをしていた。お腹の虫が鳴る。ゲーム機の電源を落とし、部屋のドアを開けると、揚げ物のいい匂いが鼻孔をくすぐった。鶏の唐揚げだ。踊るように階段を下りて行くと、エプロンを外した母が帰りの遅い姉を心配して、アルバイト先に電話をしようとするところだった。

今朝、背中越しに聞いた姉の言葉を思いだした。

早く帰れるように店長さんにお願いするから。

そこへいつもより三十分近くも早く父が帰宅した。その手には、大きなケーキの箱が……。

突然、家の電話が鳴った。

「え、警察? はい、そうですが……、え、どういうことですか、意味がよく……」

明らかに気が動転している様子の母から、父が電話を代わった。

父もしばし絶句してから、気を取り直すように「わかりました。すぐに向かいます」と言って電話を切った。

そして潮崎を振り返った。

「お姉ちゃんが事故に遭ったみたいだ。これからお母さんと警察に行ってくる。すぐおばあちゃんに来てもらうから留守番していなさい」

両親が出かけて行き、やってきた祖母と二人で夕飯を済ませ、潮崎はテレビの前に陣取った。ちょうど、大好きなバラエティ番組をやっていた。祖母も傍らに座っていたが、潮崎が腹を抱えて笑っている間、彼女は沈痛な面持ちで時計ばかり気にしていた。

居間の時計が夜の十時を指した。潮崎は欠伸をした。両親からはまだなんの連絡もない。姉は大丈夫なのだろうか、と初めて不安になった。

警察というのはどこの警察なのだろう。近くにあるT警察署なら、もうとっくに行って帰って来られるくらいの距離だ。

それにどうして両親は警察に向かったのだろう。姉が事故に遭ったというなら、普通は病院に向かうのではないだろうか。

潮崎の中で疑問が大きく膨らみ始めた頃、玄関のチャイムが鳴った。

玄関のチャイムが聞こえて、潮崎は現実に引き戻された。ここは彼のマンションのリビングだ。

確かにいま、チャイムの音が聞こえたような気がしたのだが……。

耳を澄ましたが、コトリとも音はしない。

もしかすると自分はまだ、過去の幻影の続きを見ているだけではないのだろうか。

テーブルの上に、飲みかけのウィスキーのグラスがある。手を伸ばすとそれには形があり、重さも感じられた。

以前から兆候はあったものの、近頃は頓《とみ》に現実と幻覚の境界線が曖昧になってきていた。仕事中も自分がどちらの世界にいるのかわからなくなることが多い。そろそろまた、岡安に診てもらうタイミングだろうか――。

不安に唇を指で撫でた時、またしてもチャイムの音が聞こえて、潮崎の意識は過去との境界の向こうへ漂い始めた。

玄関のチャイムを聞いた潮崎は、てっきり両親が帰ってきたのだと思い、なんら疑うことなく、玄関へ飛び出していった。

一瞬、家の外の明るさに瞬きをした。

よく見ると家の周りは、大勢の人々に取り囲まれていた。皆口々に何かを叫んでいる。脚立に乗り、塀越しにこちらを窺うカメラや、中には家の庭先にまで入り込んで、フラッシュを焚《た》いている者もいた。

え、なにが、どういうこと——。

狼狽える潮崎の前に、一人の男が立った。

「東日《とうにち》新聞の者だけど、お姉さんが殺害されたことについて一言、今の気持ちを聞かせてくれるかな？」

さ・つ・が・い・さ・れ・た——。

潮崎の頭の中では、その言葉が文字を結ばなかった。

呆然となった彼に、新聞記者がさらに追い打ちをかける。

「犯人に心当たりは？　お姉さんの彼氏とか——」

そこへようやく祖母がやってきた。彼女は悲鳴にも似た声で記者を怒鳴りつけると、潮崎の腕を摑んで中に引きずりこんだ。そしてドアに鍵を掛けた。

その後もしつこく玄関のチャイムは鳴り続けた。

ピンポン、ピンポン、ピンポン、ピンポン、ピンポン――。

しつこく何度も鳴らされるチャイムの音で、ようやくこちら側が現実の世界だと確信した。

潮崎は玄関へ行き、鍵を開けようとした。

〈東日新聞の者だけど、お姉さんが殺害されたことについて一言、今の気持ちを聞かせてくれるかな？〉

あの夜の記者の声が耳の奥に蘇る。潮崎は再び小学生だった自分に戻りそうになった。

するとドアの向こうから、広中の怒鳴り声が聞こえた。

「潮崎、いるのはわかってる。面倒くさいからドアを開けなさい！」

＊

広中の苛立ちは頂点に達しようとしていた。

第一は事件に対する世間の反応に対してだ。

誰もが明石に疑惑の目を向けている。警察発表に則《のっと》って報道する新聞社とは違い、テレビや週刊誌などは独自取材と銘打って、明石を元夫Aと表記し、怪しさを盛んに仄めかしていた。

この仄めかしというのが曲者《くせもの》だった。もし明石が犯人ではないということになっても、自分たちは彼を犯人だと決めつけたわけではないと幾らでも言い逃れができる。

さらに悪質なのは、捜査関係者がこの世間の騒ぎを、逆に明石逮捕の決め手に利用できると考えていることだ。

警察からのプレッシャーに加えて、世間の疑いが自分に向けられているとなれば、普通の人間なら動揺を隠せない。そうして追い詰められるうちに、犯行を自供するかもしれない。そんな思惑が透けて見える。

だが今最も腹を立てていることは、潮崎の携帯の電源がずっと切れていることだ。

駄目で元々という気持ちで、直接潮崎の住むマンションの前までやってきた。外から見ると、潮崎の部屋の窓に明かりが見える。

「あいつ……」

家にいながらずっと携帯の電源を切っていたのだとわかり、我慢の限界がきた。

ピンポン、ピンポン、ピンポン、ピンポン、ピンポン。

部屋のチャイムを鳴らしても反応が無いので、ドアを拳で叩いて怒鳴った。

「潮崎、いるのはわかってる。面倒くさいからドアを開けなさい！」

ガチャッと鍵を外す音が聞こえ、ようやくドアが開いた。

潮崎は胸に「I LOVE HAWAII」と書かれたグレーのTシャツと黒い短パン姿でそこに立っていた。髪はぼさぼさで髭も伸び、目は充血している。

文句はいろいろあったが、ぐっと呑み込んだ。今は時間がない。

「これから鈴井さくらさんと璃子ちゃんのお通夜に行く。十分で支度して」

広中はそう告げると、叩きつけるようにドアを閉めた。

葬儀場の正面に二つの棺が並ぶ。一つは普通の物より小さい。胸が詰まりそうだ。

祭壇に飾られた少女の遺影には見覚えがあった。以前、花園交番に落とし物をしたと現れた時、恥ずかしそうにお下げ髪を揺らしていたあの少女だ。

広中は感情を呑み込んで、会場内を見回した。

百名近い参列者の中には、さくら側の親族、璃子の小学校の同級生とその保護者、教職員、そして吉野を中心とした花園団地の住人たちの姿も見える。

明石はそんな参列者からぽつんと離れて、会場の隅の椅子に座っていた。周囲に彼の親族の姿はない。さくら側の親族の強い意向で、明石以外の参列は見送られてしまったのだ。

さくら側の親族たちは当初、明石の参列にさえ難色を示していた。そこを説得したのは、被害者支援で入っていた警察官だった。現時点で明石は参考人でしかなく、璃子の父親であることに代わりはない。最後のお別れくらいさせてあげてはどうか。

親族たちは渋々明石の参列を認めはしたが、彼の席を自分たちから離れたずっと後方に配置するよう要請した。

実はそこにも、特捜本部の思惑が隠されていた。明石を孤立無援にし、周囲からの冷ややかな視線に晒すことで、さらに彼の動揺を誘おうという作戦なのだ。

確かに明石は怪しい。だがまだ決定的証拠も見つかっていない今の時点では、彼もまた被害者家族だ。こんな仕打ちが許されるはずはなかった。

こんなことをしているから、警察と被害者家族との溝は深まっていってしまうのだ。

〈それじゃ俺たちのいる意味がない！〉

潮崎が橘に腹を立てたのも無理はない。

いつになったら警察は学習するのだろう。

広中は今ほど、自分が所属する組織が嫌になったことはなかった。

そう言えば潮崎の姿がまた見えなくなっていた。

「まったく……」

今度はどこに姿を消したのか。受付の方まで探しに行くと、意外な人物の姿を見つけた。

弁護士の門倉倫太郎だ。受付に香典を渡し、記帳を行っている。

「気づいたか」

いつの間にか潮崎が広中の隣に立っていた。

「どうして彼がここに?」

「直接聞いてみよう」

門倉は参列する気はないのか、受付から回れ右をして会場を後にするところだった。その行く手に立ち塞がるようにして、潮崎は声をかけた。

「門倉先生、先日はどうも」

門倉は一瞬、潮崎に怪訝な眼差しを向けた。

「ああ、この間の刑事さんでしたか」

門倉は如才なく白い歯を覗かせる。

「もうお帰りですか」

「この後、顧客と会う約束がありましてね」

「亡くなられた鈴井さくらさんも、先生の顧客だったんですか」

「離婚の際に相談に乗ったくらいですが」

「相談というのは、離婚を有利に進めるために盗聴をアドバイスしたとか、そういうことですか」

「だからその件は、私は関係ないと申し上げたはずですよ」

門倉は微かに苛立ちを見せた。

「そうですか。お引き留めしてすみませんでした」

潮崎はあっさりと門倉に道を譲った。広中は会場を出て行く門倉の背中を見つめた。何か妙に引っかかる。過去に顧客だったという理由だけで、弁護士自ら通夜に香典を持参してくるものなのだろうか。もう一度、さくらとの関係を調べてみる必要がありそうだ。

やがて定刻となり、通夜が始まった。

会場のあちこちから、啜り泣く声が上がる。

焼香となり、参列者は順に祭壇の前に設けられた焼香台へと進み出た。璃子と同い年位の少女が、母親に付き添われながら覚束《おぼつか》ない手つきで焼香を捧《ささ》げると、さらに参列者の涙を誘った。

明石は祭壇の璃子の遺影を一心不乱に見つめていた。一方、元妻のさくらの遺影には一度も目を向ける様子がない。やがて焼香は彼の番になった。傍らに寄り添う犯罪被害者支援室の担当者に促され、ようやくのろのろと立ち上がる。ふらつきながら焼香台に歩み寄るその姿は、魂がすっかり抜け落ちてしまったかのようだった。

明石は焼香台の前で目を瞑り、頭を垂れて手を合わせていた。まるで彼の周りだけ永遠に時が止まってしまったかのように、ずっとその場を離れることはなかった。

＊

葬儀の当日、潮崎は早めに会場へ入った。昨夜、潮崎たち警察が引き揚げた後で、明石とさくらの父親との間でひと悶着《もんちゃく》あったと聞いたからだ。

互いに相手を罵り、あわや摑み合いとなりそうになったところを、親族たちによって引き離された。その二人も既に会場に姿を見せている。今の所、十分な距離を取っているが、いつまた導火線に火が点くかわからない。

会場内に不穏な空気を残したまま、葬儀は執り行われた。

僧侶の読経が終わると、参列者たちによって、棺の中に色とりどりの花が手向けられていく。

参列者たちの冷たい視線を一身に浴びながら、明石が璃子の棺に近寄った。彼が手にしていたのは、愛らしいピンク色のカーネーションだ。

明石は棺の上に身を乗り出し、娘の顔に優しく触れた。その頬を涙が濡らしている。

「苦しかっただろう、璃子。ごめんな、守ってやれなくて、ごめんな……」

明石のその言葉を聞いた途端、潮崎は自分の父の姿を思い出した。

気が付けば潮崎が立っているのは、姉の葬儀の場だった。

厳かなレクイエムと共に、あちこちから啜り泣きが響く。

棺の周りには姉の同級生たちが集まっていた。泣きながら、姉の名を口々に叫び、花を添える。

中でもひと際、一人では立っていられないほどわあわあと泣いていたのは、姉とは大親友だった子だ。

その子は後に、マスコミにうまくそそのかされ、姉と一緒に撮影した一枚のプリクラ写真を提供する。その中で姉は薄く化粧をして金髪のウィッグをつけていた。

それまでは同情的だったマスコミや世間の声は、このプリクラが公開されて以降一転する。こんな派手な見た目の子だから犯罪に巻き込まれたのだ、被害者が加害者を誘惑したに違いないなど、激しいバッシングの渦に晒された。潮崎たち家族も例外ではない。世の中の悪意が全て向けられたような日々が始まったのだ。

皮肉にも潮崎家にとって、姉の葬儀の日が最後の安らぎの日となった。

会場の外にはハイエナのようにマスコミ関係者がうろつき回っていた。彼らを締め出してくれたのは、当時、犯罪被害者支援室で潮崎一家を担当していた広中の父親の隼人だ。彼は唯一の防波堤のようにいつも潮崎たちと行動を共にし、気持ちに寄り添ってくれた。

そんな彼の行動の中で、ひと際忘れがたいものがある。

いよいよ出棺となった時のことだ。隼人が葬儀会社の担当者に頼み、先に親族以外の参列者を会場の外に出して、親族だけで姉と最後のお別れができるよう仕切ってくれたのだ。

憔悴《しょうすい》しきって立っていることさえやっとの母を気遣いながら、それまで気丈に涙を堪え、参列者に対峙《たいじ》していた父の昇は、そこで初めて感情を露わにした。

昇は無骨ながら優しい手つきで棺に入った娘の顔を何度も何度も摩《さす》り、涙ながらにこう繰り返した。

「痛かっただろう、都。痛かったよな……、すまない、守ってやれなくてすまなかったな……」

「いやだ、まだ連れて行かないでくれ、璃子、璃子────ッ」

明石の絶叫とも呼べる声が、潮崎を現実に引き戻した。

いつまでも娘の棺の側を離れようとしない明石に、葬儀会社の担当者が離れるよう促していた。だが明石は頑なに棺の側を離れようとしない。

「いやだ、娘はどこへも連れていかせない。ずっと俺と一緒にいるんだ！」

明石に、白髪の年配の男性がそっと近づいた。肩に手を置き、一言、二言囁く。

明石はその男性の言葉に頷くと、体を支えられるようにしながら、ようやく棺の前から離れた。

潮崎はその男性に注目した。さくら側の親族ではない。明石の親族という感じでもなかった。明石はその男性を信頼しているのか、肩を抱かれ、隅に連れて行かれながら、掛けられる言葉に何度も何度も頷いていた。

潮崎が受付に行って、あの男性の身元を確認しようとした時、若い男が璃子の棺に近寄っていくのが見えた。

洗いっぱなしのように艶がなく、耳にかかるような長さの髪と、いかにも急ごしらえした感じのサイズの合わない喪服……。

週刊誌の記者だ。

潮崎は直感した。

途端、頭の中で何かが切れた。

「お前なにやってるんだ！」

潮崎は怒号と共に男に歩み寄ると、相手が身構える暇を与えず、顔を殴りつけた。

悲鳴が上がった。

誰かが潮崎の体を押さえようとする。

潮崎はそれを払いのけ、なおも男に摑みかかろうとした。逃げようとした男の上着の袖の中から、小型のカメラが滑り落ちる。

思った通り、男はこっそり棺の中の遺体を隠し撮りしようとしていた記者だった。

潮崎は記者の胸倉を摑んだ。

「ボイスレコーダーも出せ」

「持ってない」

「それなら力ずくで取り上げる」

「はっ、脅しかよ。そっちが言った通り、こっちは全部録音してるんだぞ。警察が記者に暴行を働いた、これが証拠ですって、世間に公表してやるからな」

記者が開き直ったように反論した。

「ああ、上等だ」

潮崎は笑っていた。

「録音を出したきゃ出せばいい。ただし、自分たちに都合よく切り張りして編集するなよ。少女の遺体をこそこそ隠し撮りしようとして、刑事に怒鳴られた場面を聞いた世間がどっちの味方になるか試してみようじゃないか、ええ？」

「潮崎、もういい、そこまでにして」

広中の声が聞こえたような気がした。

しかし潮崎はそれを無視した。

「やめなさい」

記者の体を摑む潮崎の手を、誰かが引き剝がそうとする。

潮崎は乱暴にその手を払いのけた。骨と骨がぶつかったような感触があった。

「いたっ」

広中の悲鳴で、潮崎はようやく我に返った。

気が付くと、広中が手首を摩りながら、呆然と潮崎を凝視している。

「すまない、つい……」

潮崎は自分がしたことに気が付き、広中から目を逸らした。

記者が逃げ出そうとした。潮崎にはもう彼を追う気力は無くなっていた。

＊

潮崎に突き飛ばされたことはショックだったが、広中は週刊誌の記者を捕まえることを優先した。この騒動が会場の外にいる他のマスコミに知られたら、大事になってしまう。そうなる前に手を打たなければならなかった。

広中が追いつくより先に、会場の玄関で一人の男性がその記者の前に立ち塞がった。四十前後くらいのその男性の腕には、新聞社の腕章がついている。

騒ぎが大きくなってしまった。

広中は舌打ちしそうになった。

「おい、本当に録音したのか」

新聞記者が若い記者に詰め寄った。

「はい……」

その迫力に気圧《けお》されたのか、若い記者は後じさりながら頷いた。

「こっちへ渡すんだ」

「でも……」

「俺たち取材する側にだってルールはあるんだ。もう少し死者を敬え！」

先輩記者から一喝されて、若い記者は顔を青ざめさせながら、胸ポケットに隠していたボイスレコーダーを手渡した。

「この音声ファイルは消すぞ」

新聞記者は相手の返事も待たずにボイスレコーダーを操作し、録音を消去するとボイスレコーダーを若い記者に返した。

「帰ったらお前んとこの編集長にはこう言っておけ。東日新聞の馬鹿に邪魔されて取材できませんでしたってな」

東日新聞の記者はそのまま会場の外に戻ろうとして、一瞬こちらを振り返った。その時、記者と潮崎の視線が交錯したように、広中には見えた。

＊

「納得できません」

潮崎は内心の不満を隠そうともせず、目の前に座る橘を不遜な眼差しで見下ろした。

いったんは丸く収まったかと思った騒動だったが、恐らく現場の警備にあたっていた警察官から報告が上がったのだろう。

葬儀から一夜明けて、潮崎と記者のトラブルは上層部の知るところとなってしまった。

その結果、潮崎はしばらく謹慎するよう言われたのだ。

「葬儀の様子を隠し撮りしたのは向こうです」

「だからって警察官が暴力に訴えたらどうなるかわかっているでしょう」

橘は一切の妥協も許さぬように答えた。

「幸い先方は、被害届は出さないそうよ。運が良かったと思いなさい」

「被害届を出せば、却《かえ》って自分たちが世間から叩かれると思ったからでしょう」

「いい加減にしなさい。処分が決まるまで、自宅待機を命じます。これでも十分寛大な処置なのよ」

「ご配慮痛み入ります」

潮崎は皮肉もたっぷりに言い返すと、苛々と橘の目の前に警察手帳を叩きつけ、そのまま部屋を出て行った。

広中が口を挟む余裕もなかった。

他の係の連中が、好奇心の混じった視線で、こちらを窺っている。広中が睨みつけると、慌てて視線を逸らした。

しかし、困ったことになった。

潮崎の言う通り、今回の一件はどう考えても記者の方が悪い。

そうだとしても、警察官である潮崎がいきなり殴りつけたのだから、訴えられ、懲戒処分が下されても文句は言えなかった。

せめてもの救いは、あの騒動を知った他のマスコミが、どうやら沈黙を守ってくれそうなことだけだった。


潮崎が自宅待機を命じられて数日が経った。広中は、潮崎のいない空間に慣れるどころか、目の前のぽっかり空いた席が目障りだった。

被害者家族の心情に向き合うのは得意でも、自分自身の心の整理は苦手な彼とどう接すればいいのか。もうわからなくなっていた。

潮崎には一日一回、定時連絡を入れる義務があったが、その連絡もない。

どうやら本当にクビになりたいようだ。

勝手にすればいい。

回ってきた書類に集中しようとした時、ふと顔に影が落ちた。

いつの間にか、橘が傍らに立っていた。

「潮崎が電話に出ない。居場所に心当たりは？」

「さあ、寝てるだけじゃないですか」

広中はわざと何気ない風を装った。

「もし心当たりがあるなら、さっさと探してきなさい」

「だからそんなものはありません。何度も言うように、私はあいつの子守りじゃないんです」

「このままじゃクビになるわよ」

「はっ、今さら心配ですか」

広中は呆れて言い返した。ここに来て、フラストレーションは頂点に達していた。

「そう言えば、この班は潮崎の班だって最初に言ってましたよね。彼がクビになったら自分の出世に影響するのが心配なんですか」

橘の表情が一瞬変わったように思えた。

「いいから探しなさい。これは命令よ」

橘はそう言って、部屋を出て行った。

なんなのよ、まったく。

広中は苛々しながら、乱暴に机の上の書類を脇に除けた。

誰かが潮崎宛に電話だと叫んだ。

広中は一つため息をついた。

「出ます」

そう答えて、目の前の受話器を取り上げた。

その耳に、新宿署の少年係です、と名乗る声が聞こえた。

「菅原真治という少年をご存じですか」

「菅原真治……？」

以前、潮崎とファミレスで会った子だと思い出した。

「実は繁華街で補導したんですが、両親ではなく、警視庁の潮崎刑事に迎えに来て欲しいと本人が話していまして」

「わかりました。潮崎の代わりに私が行きます」

電話を切って、広中はまた大きくため息をついた。

「まったく、もう」

どこまで私に尻ぬぐいさせるつもりなのだろうか、あの男は。

潮崎への苛立ちを募らせながら、広中は新宿署へ急いだ。


新宿署の少年係の刑事は気を利かせて、広中と真治を別室で二人きりにしてくれた。

「潮崎刑事はちょっと手が離せなくて、私で良ければ話を聞くけど」

広中はそう水を向けてみたが真治は答えなかった。

男兄弟の中で育ち、末っ子の博人の世話もしてきたが、こういう時にどう言葉をかけていいかわからなかった。

「お腹空かない？」

真治は不貞腐《ふてくさ》れたような表情でそっぽを向いた。

話はしたくない、か。

「ちょっと待ってて」

広中は近くのコンビニへ買い物に行った。

家では大豆ミートばかりだと零していたことを思い出し、フライドチキンやコーラや、生クリームたっぷりのデザートに、スナック菓子を買い込んできた。

「それと、ブリトーもある。ひき肉とチーズたっぷりのやつ。嫌い？」

広中がブリトーを差し出すと、ようやく真治の表情が和らいだ。

しばらく、真治が旺盛な食欲を発揮させ、ブリトーを頬張る様子を眺めていた。

「食べ終わったら、家に連絡して、誰かに迎えに来てもらいましょう」

「嫌だ。もうあんな家には帰りたくない。お父さんもお母さんも……最悪だよ」

「何があったの？」

「毎晩のように喧嘩ばかりしてる。お母さんはちょっとでもお父さんの帰りが遅くなると、また浮気してるんだろうって詰《なじ》るんだ。最初の頃はお父さんは黙ってた。でも最近、そんなに疑うならなぜ離婚しない？　どうせ俺の金が目当てなんだろうって言って……」

真治はフライドチキンを手に取ると、両親への憎しみをぶつけるような顔でかぶりついた。

子供の前で両親が罵り合うのは酷だ。娘を殺され、一度は、家族で一緒に悲しみから立ちなおろうと試みたが、今や家族はバラバラのようだった。

使い捨てのおしぼりで手についた油を拭きながら、感情の行き場を持て余すように真治はそれをくしゃくしゃと丸めた。

ファミレスで会った時は、平気なふりをしていただけだったのか。

自分の子供時代を振り返るまでもなく、家族のバランスが崩れた時、真っ先に影響を受けるのは子供たちだ。

真治の置かれた状況には同情せざるを得ない。

とは言え、必要以上に肩入れすることは避けたかった。

本人が嫌がったとしても、未成年の真治のことは親に任せるべきだ。

広中は真治の家に連絡を入れた。

母親はすぐに迎えに行くと答えた。心配していることは声音からよくわかった。

だが、広中は躊躇った。

「あの……お母さん、本人の気持ちが落ち着くまで、一晩私のうちで預かるというのはどうでしょうか」

気が付けばそんな言葉が口をついた。

真治がびっくりしたように広中を見つめている。

これが正解なのかどうかまだわからない。でも広中は、真治を実家へ連れて行った。

母親には連絡しておいたが、突然で嫌がられるかもと不安だった。しかし杞憂《きゆう》だった。

「お風呂、入ってきなさい」

母親はなんでもないことのように優しく真治に声をかけ、広中には、末弟の博人が昔着ていたジャージを探してくるように言いつけた。

広中は二階へ上がりながら、いつかの光景を思い返した。

父親が初めて潮崎を家に連れて帰ってきた日のことだ。あの日も母は真っ先に、潮崎にお風呂に入るように言った。元気を出してとか、頑張りなさいとか、そんな言葉は一言も口にせず、ただ体を温かくさせて、ご飯をいっぱい食べさせたのだ。

あの時の潮崎は、いまの真治よりもっと酷い状態だった。

父でなくとも、そんな子供を見捨てることなどできるわけがなかった。

広中はジャージを手に一階へ戻ると、台所で真治のために食事の支度をしている母に声をかけた。

「ちょっと出かけてくる。しばらくあの子を見てもらっててい い?」

母親は、そんなこと当然だろうという顔で頷いた。


広中は潮崎のマンションに向かった。この前は外から明かりが確認できた。今夜は真っ暗だ。だがこれは予想していた。あらかじめマンションの管理会社に連絡して、合鍵は借りてある。警察手帳と潮崎の同僚という言葉が役に立った。

真っ暗な部屋の灯りをつけると、一瞬声を失った。

部屋の中は嵐が過ぎ去った後のように荒れ放題だった。

この前訪れた時は、玄関口からそっと内部を窺っただけだが、それでも男の一人住まいにしては綺麗にしていると感心したくらいだったのに。

床に散らばった物を踏まないようにリビングを横切った。

この惨状は、単なる怠惰や忙しさで自然と荒れていったのではなく、明らかに誰かが暴れてこうなったに違いなかった。

それでもどこかに、潮崎の居所を示すヒントがある。この部屋を飛び出す直前まで何かをしていた痕跡があり、それが現在の行方の手がかりになるはずだ。

寝室には、本棚から取り出された本が、そこら中に積み重ねられていて、迷路のような道を作っていた。

潮崎はかなりの読書家のようだ。ざっと見えるタイトルを確認すると、映画や動物、ミリタリー、歴史、美術などジャンルは多岐に亘っている。

広中は本を崩さないよう慎重に迷路の中を歩いて行った。すると迷路の出口に一冊の本が置いてあった。それは元少年Aが書いた『殺人の渇き』だった。

ところどころ付箋がついて、ペンで線も引かれている。随分と読み込んでいるようだった。

本の傍らに、封書の束も見つけた。

宛名は全て、潮崎の父親の昇宛になっていて、差出人欄には東京拘置所の文字がある。

広中は本と封書の束を手に取ると、リビングに引き返した。

ふと、チェストの上だけは荒らされていないことに気が付いた。一輪挿しに白いフリージアが差してある。その傍らには、綺麗な赤と緑の包装紙に包まれた小さな箱が置いてあった。

そういうことか。

広中は思い出した。

潮崎の姉と母の命日は来月だ。

九

休日のショッピングセンターは、多くの親子連れで賑わっている。黒いフードを被った男は、通路に置かれたベンチに座りながら、ぼんやりと行きかう人々を眺めていた。

彼の前を、一組の父子が通り過ぎて行った。

お揃いのキャップを被り、子供は買ってもらったばかりのおもちゃの包みを抱えて、嬉しそうにスキップしながら歩いていた。

フード男は、その父子の後ろをついて行った。

彼の記憶が過去へと遡っていく。

日曜の昼下がり。まだ子供だったフード男と父親が並んで歩いていた。フード男は向こうから、一人の男が歩いてくるのに気づいた。

その男とすれ違う間際、何かきらめくものがその手に握られているのが見えた。次の瞬間、父親が小さく呻いて、腹を押さえた。父の白いトレーナーが真っ赤に染まっていた。

通行人の悲鳴。

崩れ落ちる父。

フード男は父親に取りすがり、その目から光が消えていくのをただ見つめていることしかできなかった。

警察にはいろいろ聞かれ、通夜、葬儀と全ての景色が機械的にフード男の眼前を流れて行った。その合間にも、そこには常に大勢のマスコミが、彼ら家族を無遠慮に取り囲んでいた――。

フード男はそこで我に返ると、逃げるようにその場から走り去った。

それから闇雲に街を彷徨《さまよ》い歩いた。

どれくらい時間が経っただろうか。周囲はすっかり暗くなり、気が付くと、フード男の前を一人の男性が歩いていた。間合いを詰めながら、ポケットの中のナイフを握りしめた。全身から発汗している。マスク越しで呼吸も苦しくなってきた。

今度こそやり遂げよう。思い切りが肝心だ。

前を歩く男性は、スマートフォンで誰かと通話中だった。フード男に気づく素振りもない。さらに歩み寄った。

声が聞こえてきた。

「……いい子にしてたか、春希。ごめんな、パパとママ、ちょっと喧嘩しててさ……うん、パパも会いたいけど、ママがおばあちゃんたちのことをすごく怒ってて――」

フード男の足が止まった。

駄目だ、できない。自分にはこんな恐ろしいことは――。

マスクの奥で嗚咽《おえつ》にも似た声が漏れた。

その肩を背後からいきなり摑まれる。

はっと後ろを振り返った彼に、その人物は言った。

「小山正志さんですね」

警察か。

正志は愕然《がくぜん》とすると同時に、どこかほっとしたような気持ちになっていた。

＊

広中は橘に訴えた。

「潮崎の謹慎を解除してください」

「処分は上が決めたこと。私にそんな権限はない」

「だったら上を説得してください」

「無茶言わないで」

「それなら私は下ります。所轄に戻してください」

「いきなり何を言い出すの」

「初めに言いましたよね。この班は潮崎の班だって。その彼がいないのなら、班は存続できない。だったらいっそのこと潔く解散したらいいんじゃないですか」

「あれは言葉の綾《あや》よ。彼の存在が絶対というわけじゃない」

「誤魔化さないでください。犯罪被害者支援室に行きたいという彼の希望を無視して、強引に今の班に加えたのは、彼の被害者やその家族に共感する能力の高さを買ったからじゃないんですか。このまま謹慎させて適当な頃合いで戻しても、それじゃ飼い殺しと変わらない。上は何を怖がっているんですか」

橘の顔色が変わった。今の一言は図星だったようだ。

「潮崎のお姉さんの事件で、警察は対応を誤ったという噂があります。これまで潮崎が好き勝手しても咎めてこなかったのは、その時の罪滅ぼしの意味があったんじゃないですか。でも今度ばかりは潮崎もやりすぎてしまった。それで持て余した上層部は、このまま彼を――」

「いいえ、それはあなたの誤解よ」

橘が広中の言葉を遮った。

「どう誤解なんですか。説明してください」

「上は潮崎を厄介払いしようとしているわけじゃない。むしろ、彼を守ろうとしているの、私も含めてね」

橘の表情が苦しそうになった。

「当時、私と私の上司は、潮崎のお姉さんからのストーカーの訴えを無視した。その罪滅ぼしをしたい……」

やっぱり。

広中はこれまで噂でしか聞いたことがなかった。

潮崎の姉の都と母親は、事件の前に、警察にストーカー被害を訴えていた。しかし当時の担当者はそれを取り合わなかった。それどころか母子に酷い言葉を浴びせたという。

「怯える都さんに対して、あんたが相手をその気にさせたんじゃないか、とか、本気で嫌ならアルバイト先を辞めればいいだけの話だ。でも続けてるということは、あんたも言い寄られてまんざらじゃないってことだ、とか、当時の上司の言葉は私には信じられないものだった……」

「抗議しなかったんですか」

「都さんと母親が上司の言葉に憤慨して帰った後、私は上司に怒りを爆発させた。都さんに相手の男に対する恋愛感情なんかない、付きまとわれて本気で怯えているのがわからなかったのかって。でもそうしたら上司は、それを単なる女のヒステリーだと嘲った。それで竦《すく》んでしまった。なぜなら女だからすぐ感情的になるという類の言葉は、あの頃一番言われたくない言葉だったから……」

「時代だったことは理解できます。でも防げた事件だったはずじゃないですか」

橘を責めるつもりはなかったが、どうしても声に現れてしまった。

桶川《おけがわ》ストーカー殺人事件の失態を受けて、ストーカー事案に対する警察の対応が強化された直後に都の事件は起きた。それなのに防げなかったなら、どんな言い訳も通用しない。

事件の後、橘の元上司は、母子が相談に訪れた時の対応のまずさを指摘され、依願退職した。橘も同様に責任が追及されるところだったが、皮肉にも、あの上司とのやり取りが大勢の同僚に目撃されていたお陰で、不問に付されることとなったのだ。

「あなたの言う通り、私はもっと戦うべきだった。都さんを守れなかったという点で、私もあの上司と同罪。だから潮崎のことは守りたい。今なら誰にも文句は言わせない。そのためにここまで上がってきたの」

眼鏡の奥で、橘の眼差しに感情の色が灯《とも》るのが見える。

「もうすぐ彼のお姉さんが亡くなった日が来る。あの事件は我々警察にとっても苦い過去だけど、それ以上に潮崎にとっては……」

橘は気持ちを落ち着かせるように一呼吸置いた。

「今は、潮崎の気持ちが落ち着くまで捜査から外す。それが一番なの」

「間違っていると思います。彼を守るなら、むしろ捜査に加えてください。彼は事件を解決することでしか、前に進むことはできません」

橘の口元に深い皺が寄った。

「もしそれで彼の傷が深くなったらどう責任を取るつもり？」

「いいえ」

広中は力強く答えた。

「そんなことには絶対になりません。私がさせません」

橘はじっと広中を見つめていたが、やがて詰めていた息を吐き出した。

「わかった。上を説得してみる。その代わり、早く潮崎を見つけなさい」

「言われなくても探します」

橘の返事を待たずに、広中は部屋を飛び出した。

＊

都内にある釣り堀は、平日の昼間ということもあって人は少なかった。

小山正志は釣り糸を垂らしながらぼんやりしていた。

水の入ったバケツには、まだ一匹も魚は入っていない。もう何時間、こうしているだろう。浮きはぴくりとも動かない。

隣の男に目をやった。

そこには昨晩、正志に声をかけてきた潮崎がいる。正志と同じように糸を垂らしているが、こちらも一匹も成果は上がっていなかった。

潮崎はずっと正志の後をつけていたという。

逮捕されると思ったが、潮崎は、正志をビジネスホテルに一泊させた。

朝、ホテルに正志を迎えに来た潮崎が、どこか行きたいところはないかと尋ねた。

「どういう意味でしょうか」

行きたいところも何も、なぜこの刑事は自分を捕まえないのだろうか。

正志は戸惑っていた。

「あなたと少し話をしたいんです。どこでもいいですよ。あなたが落ち着く場所へ行きましょう」

正志はしばらく考えてから釣りに行きたいと答えた。

しかしさすがに、今から海や川へ行くのは難しい。

そこで潮崎が連れてきたのがこの釣り堀だった。

「こんなことして、本当に大丈夫なんですか」

「良くはないでしょうね」

潮崎が笑った。

「俺はいま、正確には刑事じゃなく、謹慎中の身の上です。だからあなたを逮捕することはできません」

「私が逃げるとは思わなかったんですか」

「思いませんでした。あなたは元々犯罪ができるような人じゃない」

正志はなんとも答えようがなく、また水面に視線を戻した。

潮崎が話題を変えた。

「実は釣り堀に来たのは初めてなんです。思い返してみると、父と二人きりでどこかへ出かけたという記憶があまりなくて……」

「お父さんはお元気なんですか」

正志の問いに答える前に、潮崎は一呼吸置いたように見えた。

「父のことは諦めました、死んだものだってことにして」

「え、じゃあ……?」

潮崎と彼の父親の間に、どんな相克があったのか。詮索するつもりはなかった。だが、正志は既に、潮崎の答えを促すような態度を取ってしまっていた。

「多分、まだどこかで生きてはいると思います。でもかつて俺や姉の父であり、母の夫であった人はもうこの世には存在しません。姉が亡くなった後、家を出て行ってしまいました」

そんな短い言葉の中に、正志は潮崎の人生を垣間見《かいまみ》たような気がした。自分は立ち入ってはいけない部分に踏み込んでしまったのだ。

正志の視線の先で、浮きが一瞬、ぴくりと動いた気がした。だがすぐに静かになった。

「俺が十歳の時、姉が殺されたんです」

正志は、潮崎の横顔を見つめた。潮崎は淡々と話を続けた。

「俺たち家族は打ちのめされました。家からは笑い声が消え、何をしていても心から楽しめることはなくなりました。それでも俺たち家族は、少しずつ日常を取り戻そうと努力したんです。休みの日にはディズニーランドにも行ったし、俺の運動会には二人で応援にきてくれました。でも世間はそれを許してくれなかった。あんな事件があったのに笑っているなんて信じられないとか、もう姉のことを忘れてしまって薄情だとか……。故人のためにも元気を出せ、いつまでも落ち込んでいたら余計に悲しませると声をかけてきた人たちが、一斉に俺たち家族の行動を非難し始めました。そこにマスコミが追い打ちをかけた。母はそれで駄目になりました。買い物に出かけても、近所の目が怖くて外出できなくなって、父も会社に居づらくなって辞めてしまいました。俺たちは被害者なのに……変な話でしたよ」

「わかります。うちもそうでした。学校へ行こうと玄関を一歩出た途端、カメラのフラッシュに包まれた。そしてこう聞かれるんです。『お父さんが亡くなってどんな気持ち？』って。そんなの決まってるじゃないですか……」

正志は高ぶる感情を抑えきれなくなった。

「もし会えるなら、私は父と会いたいです。会って息子を、父にとっては孫ですが、会わせてやりたかった……」

正志はさらに言葉を振り絞った。

「余計なことだとは重々承知しています。でも、やっぱり言わせてください。あなたはまだ間に合うんだから、後悔しないように会っておいた方がいいですよ」

「そういうものですか……」

潮崎は何か思うところがあるような顔つきで、水面を見つめた。

正志の前方で、魚が飛び跳ねる。

頭上を雲がゆっくりと流れた。

「小山さん」

しばらくして、潮崎が沈黙を破った。

「あなたが事件を起こしたのは、あなたのお父さんが被害に遭った通り魔事件が関係しているんじゃないですか」

「ええ、その通りです」

正志は何もかも潮崎に打ち明けようと思った。

「きっかけは近頃評判の作家が元少年Aだという記事を、週刊誌で読んだことでした」

元少年Aは医療少年院を退院後、支援者たちの援助で大学に行けたのに対し、正志は父親を亡くしたため、経済的には苦労して大学への進学も諦めた。

「なぜ事件の被害者の自分より、加害者だった彼の方が恵まれているんだろう。そう考えると、これまでの自分の人生が不意に虚《むな》しく感じるようになってしまったんです」

正志は高校を卒業後、地方の精密機械商社に勤め、転勤で単身赴任を余儀なくされたり、出世レースでは年下の大卒社員に抜かれたりしたが、家族のためを思ってこれまで懸命に働いてきた。だが、元少年Aの存在によって、何もかもどうでもいいように感じてしまったのだ。

「殺意はなかったとか、更生の可能性があるとか、加害者ばかりが救われて、被害者や被害者家族のことは誰も助けてくれないなんて、そんな馬鹿な話はないじゃないですか」

声が震えた。

「だから犯罪者になって、悪人は更生なんかしないことを世間に訴えようと……。傷害でも初犯なら、そんなに重い刑にはならないんですよね？　数年後に出所して、また同じような犯行を繰り返せば、世論を動かすことができるんじゃないかって、そう思いました」

　正志は自分でも気づかないうちに笑っていた。

「でも、できませんでした。初めて襲うと決めた相手が『子供がいるんだ』って叫んだ瞬間、自分はなんて恐ろしいことをしているんだろうと思って、どうしても相手を傷つけることはできませんでした」

　正志は話し続けた。ずっと誰かに、本当の胸の内を聞いてもらいたかったのだと、初めて気が付いた。

「あれから五十年近く経つのに、父が殺された日のことが頭を離れないんです。結婚して、息子ができて、父が亡くなった年を過ぎた時、これで立ち直れるかもと思いました。でも、何も変わりませんでした。あの日、父と私は釣具屋に買い物に……。私が父に頼んだんです。襲われたのはその帰りでした。犯人は、誰でも良かった、って話したんです。そんな、誰でもいい相手を刺し殺しておいて、殺意はなかったって、そんな馬鹿なことあるんですかね」

　正志の頬を涙が流れ落ちて行った。

「どうしてもわからないんですよ。人が人を殺すってどういう感覚なんでしょうか。殺人犯たちはいつどういうきっかけで、その大海を渡るんでしょうか。私ね、それを知りたくて、少年Aが書いた『殺人の渇き』を読んでみたんです。そこには綿々と殺人に至るまでの心理が書き連ねてありました。でもやっぱりわからなかったんですよ。父を殺した犯人は憎いし、死んで欲しいと今でも思っています。でも自分で奴を殺せるかと言われたら、それは無理なんです。だからこそ、司法の手でどうにかしてほしかった。せめて死刑になってくれていたら、それで区切りがつけられたかもしれないのに……。自分の父親は死んだのに、犯人は生きている。彼らには明日が来るのに、私の父にはもう……。それがどんなに苦しいことか、司法は何もわかってくれないんですよ……」

正志は言葉を詰まらせながら、改めて無念さを噛み締めた。

しばらく正志の啜り泣く声だけが、周囲に響いていた。

「父さん」

背後から呼びかけられた正志は、はっと後ろを振り返った。フード付きの黒いパーカーを着た男が立っている。息子の亮介だった。

「お前……どうして？」

「彼はあなたのことが心配で、ずっと後をつけていたんです」

潮崎に言われて、正志は言葉を失った。

「ずっと父さんは様子がおかしかっただろう？　母さんから、お祖父ちゃんの事件を聞いて、何かしでかすんじゃないかと心配で……夜、出かける父さんの後をつけたんだ」

亮介の言葉に、正志は危うく釣り竿《ざお》を取り落としそうになった。

「あなたの息子さんも、もう少しで父親を失うところでした。まだ遅くありません。この釣り堀の近くに交番があります。息子さんと一緒にそこへ自首してください」

潮崎に促されて立ち上がろうとした正志に、亮介が手を差し伸べた。

「すまなかった」

息子の手を取った正志は、新たな涙を溢れさせた。

正志は潮崎に深く頭を下げると、息子と一緒に釣り堀を後にした。

＊

「本当、無茶してくれるよね」

広中は潮崎の背に声をかけた。

「協力してくれてありがとう」

とだけ言って、潮崎は釣り竿を片付け始めた。少しバツが悪いのかもしれなかった。

「一匹も釣れなかったの？」

広中は空のバケツを見下ろした。

潮崎を見つけるヒントは『殺人の渇き』だ。付箋の付けられた箇所は、作中の犯人が、沸き起こる殺人衝動をつらつらと書き連ねている個所《かしょ》だった。

初めはてっきり、作者である元少年Aに関心があるのかと思った。だが潮崎のこれまでの行動を考えて、彼の関心は常に被害者やその家族たちに向けられていたことを思い出した。

潮崎の元に『殺人の渇き』があったのは、自分と同じ犯罪被害者家族である小山正志に関心を抱いたからに違いない。

そこで小山正志を見張っていると、潮崎が現れた。ところが潮崎は、犯行を企てようとした小山をビジネスホテルに連れて行った。

その入り口で、広中は潮崎を捕まえることができたのだ。

「どうしてこんなことを？」

「俺の場合は君のお父さんが助けてくれた。でも小山さんには誰もいなかった。一歩間違えば俺だってあの人と同じことを考えたかもしれない。だからチャンスを与えたいんだ。頼むから今日は見逃してくれ。明日、必ず彼を自首させる」

広中はその言葉を信じた。そしてもう一つ頼みを聞いて、亮介をこの場に連れてきた。

亮介に確認したところ、正志が犯行時に着用していたフード付きパーカーは、普段から父の部屋に置いていたものだった。

「父子だけあって背格好も似てるからな」

釣り堀の受付に道具を返却して、広中は潮崎と並んで歩き始めた。

「上に謝罪して」

「そんなことをしてもどうせ今度こそクビだよ」

潮崎が投げやりに答える。

「真治君が家出したの」

「え？」

潮崎の顔に狼狽《ろうばい》が浮かんだ。

「今、私の実家で見てもらってる」

「……悪い」

潮崎が目を伏せた。

「自分と同じ境遇の相手を助けたいんでしょう。それなら救う側が気持ちをしっかり持っていないと潰れてしまう。私は父を見てたからわかるの。潮崎には父のようになってほしくない」

潮崎は唇を嚙んだ。

「深入りするなって言うのか。でもそれは無理だ。俺は彼らの気持ちが誰よりもわかる。俺で力になれるなら助けになってやりたい」

「だったらなおのことしっかりして。これからも仕事を続けたいなら、明日の朝一番で幹部《うえ》に謝罪するの。そして事件を解決しなさい」


「この度は大変申し訳ございませんでした」

潮崎が謝罪する場に、なぜか広中も同席するよう言われた。殊勝な顔で頭を下げる潮崎に、笑いを堪えるのに一苦労だった。

裏でどういう駆け引きがあったか、広中にはどうでもいいことだ。

重要なのは、潮崎の謝罪は認められ、職務に復帰できるということだ。

だがそれだけで引き下がらないのが潮崎だ。

「一つよろしいですか」

潮崎がそう口にした時、広中は止めるべきだった。

幹部が潮崎に発言を許可し、そこからは広中に止める術はなかった。

「自分だけが謝罪するのはフェアではないと感じます」

「何だと?」

「週刊誌の記者にも明石さんに謝罪させるべきです」

「警察が強制することは難しい」

「いいえ、むしろ我々はそうすべきです。なぜなら記者があのように強引な真似をしたのは、警察内から、明石さんが重要参考人であるという情報が漏れたせいです。本来なら警察幹部が明石さんに謝罪すべきでしょうが、それはできない相談でしょう?」

幹部は顔を顰めた。

「君は明石が犯人ではないと思っているのか」

「はい、彼は犯人ではありません」

潮崎は直立不動のまま、迷いなく答えた。

相変わらず大した自信だ。

「わかった」

幹部の表情にも、広中と同様の感想が滲んでいる。

「出版社には私から話してみよう」

「お願いします」

潮崎は澄ました顔で頭を下げた。

潮崎を先に退出させ、広中は一人残された。

「君のお父さんにはかつて、犯罪被害者支援室にいた頃、大変世話になった」

広中は、制服に警視正の階級章を付けた彼とは、もちろんこれが初対面だ。

「潮崎はいろいろ大変なところはあるが、君に任せて大丈夫か」

「他に適任はいないと思います」

広中の答えに、幹部は小さく笑った。

「そうだな。これからもよろしく頼む」

広中は、何かとんだ茶番につき合わされたような気がしながら、幹部の元を後にした。

部屋の外で潮崎が待っていた。少しもじもじしている。

「何?」

「手首、まだ痛むのか」

「手首……? ああ、ただ赤くなっていただけだから、もう平気」

広中は軽く手首を振ってみせた。

「ありがとう」

突然礼を言われ、広中は面食らって潮崎を見つめ返した。

「君が橘さんを説得してくれたと聞いた。正直、俺に恨みがあると思っていたから意外だった」

「恨みなんて……」

そう言いかけて、広中も素直になることにした。

「私もあなたにずっと謝りたかった。家《うち》がおかしくなったのはあなたのせいじゃない。出て行って欲しいなんて言ってごめんなさい」

今度は潮崎がびっくりしていた。

照れくさい儀式はこれで終了だ。

「それで、これからどうするの?」

「まずは明石さんの疑いを晴らさなきゃならない」

「何か確証が？」

「いや、今はまだ勘だけだ」

「勘なの？」

広中は思わず声を上げて笑った。それなのに幹部の前では随分堂々としていたものだ。

「俺はこれから、明石さんをよく知る人物に話を聞きに行こうと思う。君は？」

「もちろん付き合う。決まってるでしょう」

十

二〇二三年（令和五年）十一月二十一日（火）赤口　癸未《みずのとひつじ》

【ささやかなことから重大な破滅が生れる。　レオナルド・ダ・ヴィンチ】

大地は以前、十人に一人が銀行の暗証番号を１２３４に設定しているという調査結果を目にしたことがある。だがまさかスマートフォンでそんな単純な設定にする者はいないだろう。そう思ったのだが、試しに１２３４と手元の端末に打ち込んでみた。

「え……？」

あっけなく画面ロックが外されて、思わず声が出た。

このスマートフォンは鈴井母子の遺体が発見された日、Ｂ棟の草むらの中から見つけたものだ。あの日大地は、自治会の手伝いに駆り出されて、吉野や浜谷と一緒に草刈りに精を出していた。草むらでスマートフォンを見つけ、吉野に声をかけようとしたが、その時ちょうど花園交番の長田が現れた。大地は咄嗟に、上着のポケットにスマートフォンをしまいこんだ。

なぜあの場で、長田に落とし物だと言い出さなかったのか。自分でもわからない。

ただそのせいで、スマートフォンを拾ったと言い出すタイミングを逸してしまい、持ち帰って、机の引き出しにしまい込んだままにしてあった。

だが昨日、ニュースで、さくらのスマホが自宅から無くなっていることを知った。警察は犯人が持ち去ったものとみて捜査をしている、とニュースは締めくくられた。

大地は拾ったスマートフォンの存在を思い出した。あれはもしかしてさくらの物では？

期待を胸に充電して、暗証番号を解除してみたのだが、画面を一瞥《いちべつ》してすぐにがっかりした。文字が大きく、画面には必要最小限のシンプルなアイコンが六つほど整然と並んでいる。いわゆるシニア向けと呼ばれる端末だ。

しばらく端末をいじっていると、インターネットの検索履歴に「トウゴマ」「リシン」という言葉を見つけた。

心臓の鼓動が早くなってきた。

これはひょっとして犯人のスマートフォンではないのか。うまく行けば、持ち主を特定できるかもしれない。

まず通話履歴を漁《あさ》った。幾つかの個人名の他に動物病院の名前があり、「山城大地」と自分の名前も見つけた。

持ち主は自分と知り合いなのか。

だが大地の交友関係は極めて限定されている。

誰なんだ？

汗ばんできた手で、次にメールを開いた。画面をスクロールしていくと、あるメールが目に留まる。

『スマホ買いました。テストメールです。今度ネットの買い物やり方教えてください。以後よろしく。吉野』

これは吉野のスマホだ……。

それじゃあ、鈴井母子を殺害したのは吉野なのか——。

だが吉野に、母子を殺害する理由などあるのだろうか。

団地の広場で、璃子に話しかける彼を何度か目撃したことがある。はた目にも璃子を、実の孫のように可愛がっていたし、璃子もそんな吉野に懐いていて、しょっちゅう、家を訪ねていたことも知っている。

違う、吉野ではない。

だってあの人は、こんな俺にも親切にしてくれて、自治会の仕事を手伝ってみないか、と声を掛けてくれたじゃないか。

そうだ、自治会——。

このスマートフォンを拾った日のことを思い出した。

吉野は長田に毒のある植物について語っていた。スイセン、トリカブト、アジサイ、スズラン、ヒガンバナ……そしてトウゴマ。

長田から詳しいことを感心され、浜谷の口から吉野がかつて高校の生物教師だったことを語られると、吉野はなぜかその話題を避けるような素振りを見せた。

犯人じゃないなら、毒物に詳しいことを隠す必要はない。

吉野さん、あなたは一体何をしたんですか。

大きく唾を飲み込んだ大地は、じっと手の中のスマートフォンを見つめていた。

＊

『サイクルショップＯＧＡＷＡ』の明るい店内に、ずらりとロードバイクが並んでいた。床に置かれるだけでなく、壁や天井にも芸術品のように展示してある。黒や赤や青など様々な色合いのフレームの車体は、見ているだけで楽しかった。

奥のバックヤードからは、修理やチューンナップも行っているような、電動ドリルの音が聞こえる。

広中がゆっくりと店内を歩き回っている一方で、潮崎は一台のロードバイクに目を留めたきり、その場を動こうとしない。かなり興味を引かれた様子だ。

店のオーナーの小川幸太郎《おがわこうたろう》は接客中だった。客は二十代後半と思しき青年で、欲しいモデルはあるようなのだが、金額の面で折り合いがつかないらしい。さっきから三十万円とか四十万円とかいう言葉が飛び交っている。

ロードバイクがそんな高価な物だとは知らなかった。聞くともなしに、小川と客の会話が広中の耳に飛び込んでくる。

「街を走るだけならクロスバイクでもいいんじゃないかな。こっちのなんてどう？」

「それだと幾らですか」

「税込みで十一万円。アクセサリーを合わせても十五万円もいかないよ」

「やっぱ、ロードバイクに憧れるんですよね。もう少し考えてみていいですか」

「もちろん、もちろん。大事なことだからね。ゆっくり考えてからまたいらっしゃい」

小川は愛想良く青年を送り出すと、ようやく広中に向き直った。

彼は鈴井母子の葬儀の席で唯一、取り乱す明石の側に寄り添い、慰めの言葉をかけていたあの白髪の人物だ。かつては、明石の大学の自転車部のコーチを務めていた。

「すみません、お待たせして」

小川は日に焼けた四角い顔を綻ばせた。白髪ではあったが、歳《とし》はまだ六十歳を少し超えたばかりだった。上背はないものの体つきも筋肉質だ。

広中は急いで潮崎に合図を送ったが、向こうはまだ、目の前のロードバイクから離れがたい様子だった。

「これは幾らですか」

「それは四十五万円だね」

潮崎が大げさに肩を竦め、小川の方へ歩いてきた。

「ロードバイクとクロスバイクは何が違うんですか」

「ハンドルの形とかタイヤの太さとか細かな違いはあるけど、ごく簡単に言えば、ロードバイクは競技をしたい人向け、クロスバイクは街乗りメインの人向けってところかな。興味あるの？」

「はは、乗ってみたいけど値段が……」

潮崎は笑いながら耳の裏を掻いた。

「明石さんが乗っていたのは、もっと高いモデルなんでしょうね」

「明石のはプロ仕様のやつだからね。なんだかんだ二百万円近くしたかな」

小型車なら優に買える値段だ。

「いま、うちで預かってるよ。見るかい？」

「ええ、後でぜひ。ところで競技にかかる総額ですが、ヘルメット、グローブ、遠征費なども含めると、自転車というのはお金のかかるスポーツだそうですね。資金の調達はどうやって？」

「そこが頭の痛いところだよ。気前よく金を出してくれるスポンサーでもいればね……」

「実業団チームなどは？」

「あるにはあるが、多くは選手が別に本業を持っていて、自転車や遠征費用も個人持ちというのがロードレース界では普通でね。シマノやブリヂストンなどの自転車やパーツメーカーが組織する『ファクトリーチーム』だけが別格だ」

『ファクトリーチーム』に所属できれば、給料はもちろん、ユニフォーム、自転車、遠征費用まで、手厚くバックアップしてもらえるという。

「明石さんも以前は『ファクトリーチーム』に所属されていましたよね？　どういう経緯だったんでしょう？」

「スカウトだよ。大きな大会で優勝した選手には声がかかる。明石の場合は大学時代の成績が認められたんだ」

「明石さんは大学時代スター選手だったわけですか」

「そう言っていいだろうね」

「でもある週刊誌の記事によれば――」

そこで小川の顔色が変わった。

「あることないこと書き立てて。あいつらには人の心がないのか」

潮崎は軽く頷く程度で、質問を続けた。

「例えばそこには、明石さんはここ一番のプレッシャーに弱い選手だったと書いてありましたが、それについては？」

「残念ながらそういう部分はあったね。でも……」

小川は慎重な口ぶりで話を続けた。

「大学時代はむしろ強心臓と呼ばれていたんだがね。どんな大舞台でも物おじせずに、前評判を覆してあっさり優勝をかっさらってしまうようなそんな選手だった。ただ社会人になってからはなかなか勝てなかった」

「何か理由は考えられますか」

「一つあるとすれば怪我の影響かな。大学二年の時に大きな落車事故に巻き込まれて、治療とリハビリで一年近くを棒に振った。肉体的には回復しても、メンタル面では尾を引いたのかもしれんな」

「さくらさんとはその頃から付き合っていたんですよね？」

「明石が大学一年の時だったかな。さくらさんは高校生で、友人たちとたまたまロードレースを見に来ていたらしい。そこで明石に一目ぼれして、レースのたびに応援に駆け付けるようになった。一度なんか、沖縄まで追っかけてきてあれには驚いたね」

二人が付き合い始めてすぐに、小川はさくらを紹介された。

「可愛いお嬢さんだったけど、はにかみ屋さんでね。大人しくあまりしゃべらない子という印象だった。それがまさかあんなに積極的な子だったとはね」

「たびたび週刊誌を持ち出して恐縮ですが、さくらさんの献身的なサポートがあったからこそ、明石さんは競技生活に復帰できたのだという記事は正確ですか」

小川は頷いた。

「よく支えたと思うよ。あの子がいなければ、明石の復活も実業団入りもなかったと言って過言じゃなかった。本格的にサポートするようになったのは、明石が社会人になって二人が結婚した後からだったと思う。栄養面にはとにかく気を使っていた。手作り弁当に特製の野菜ジュースなんかをよく作っていたな」

「他にはどんな？」

「遠征にもついて行っていたよ。それもただ沿道から応援するだけじゃなく、トレーニングから付き合って、とにかくメモを取る子だった。あの熱量は下手なコーチじゃ太刀打ちできなかったくらいだったな」

小川はいったん奥へ引っ込むと、一冊のノートを手に戻ってきた。

「離婚の時、さくらさんが残していったノートだよ。明石がトレーニングを再開するようになって、読み直していたところでね」

小川から渡されたノートを潮崎が捲《めく》った。

「凄《すご》い……」

横から覗き込んだ広中も、思わず声を漏らすほど文字がびっしりと書き込まれている。明石がその日行ったトレーニングメニューはもちろんのこと、体重、血圧、脈拍、心拍数の変化、特に食事についてはグラム単位で細かく記録してあり、その後の体調と共に言及されていた。

『食欲がない様子。胃腸の調子が悪いとのこと。合宿所の夕食に出たカレーライスにナツメグ。明石には合わない。抜いてもらうよう栄養士と相談』

潮崎は小さく唸《うな》りながら、ノートを小川に返した。

「でも明石さんの成績は振るわず『ファクトリーチーム』を解雇されてしまったんですよね」

「波があったのは確かだ。小さな大会ではぶっちぎりで優勝することもあったが、大きな大会になると決まって体調を崩して成績を残せなかった。チームを解雇される際、会社には残ってもいいと言われて、明石はそうするつもりだった。璃子ちゃんも生まれて、家族の生活のことを考えたんだ」

「でも結局、会社を辞めて、競技を続けましたよね」

「さくらさんがそうして欲しいと言ったそうだ。夫に夢を諦めて欲しくなかったから、と」

「安定したサラリーマンの座を放棄させたんですか」

広中は半信半疑で聞き返した。

「新しく入ることになったチームは拠点が神奈川にあって、そうなるとフルタイムの勤務では週末にしか練習には参加できない。それでさくらさんがね。いや、なかなか言えることじゃないよ」

さくらはその後も、献身的に明石のサポートに努めた。生まれたばかりの璃子を実家の両親に預け、以前と変わらず、明石が遠征の際は帯同するほどだった。

「でも明石さんはまた大怪我を負ってしまった。今度も落車事故でしたね」

「ロードレースで落車事故は珍しくないよ。大怪我することもね。ただあの時、明石は相当落ち込んだはずだ。事故のあったレースの前哨戦《ぜんしょうせん》とも呼べる大会で、プロを破って優勝し、注目されていた。次の大会で結果を残せば『ファクトリーチーム』への復帰の目もあった」

「つまり、またしてもプレッシャーに負けた」

「ああ」

小川は暗い顔つきで同意した。

「そのレースの後しばらく経って……、璃子ちゃんが幼稚園に上がった頃からかな、さくらさんは以前ほど明石のレースに帯同しなくなった。それは別にいい。母親としてはむしろ、娘の世話の方が大事なのは当たり前のことだ。ただ、そのことと明石の成績とが関係しているような気がした」

「成績が落ちたんですか」

「いや、逆なんだよ。さくらさんが帯同しない時の方がレースの成績が良かったんだ」

「帯同しない時の方が……？」

潮崎が小さく首を捻った。

「皮肉なもんだよ。恐らく明石にとっては、献身的なさくらさんの存在がむしろプレッシャーだったんだろう」

「明石さんが競技生活を引退して二人は離婚しましたが、その理由に何か心当たりはありませんか」

「いや、わからん。あんなに仲睦まじい夫婦は見たことがなかった。それに、さくらさんにとっても、明石が競技を引退して、プレッシャーから解放されたことは良かったはずだ。本当になぜ別れたのかな……」

「明石さんがさくらさんに暴力を働いていたということは？」

「それも例の週刊誌の噂だろう」

小川は再び怒りを露わにした。

「明石って男はね。レースでこそ闘争心をむき出しにするが、私生活では物静かで優しい男だったよ。誰かと喧嘩するところも私は見たことがない。そんな男が暴力なんて、まして殺人なんてあり得ない」

小川は潮崎の目を見ながら、きっぱりと答えた。


小川と話したことで、潮崎はいっそう自信を持って明石は白だと主張したが、広中はまだ中立な立場を取っていた。

小川は明石のＤＶを否定した。しかし元教え子のこととなれば、そこは割り引いて考えるべきだろう。

何より広中はその目で、ＤＶの証拠となる写真と動画を見ているのだ。

元妻を殺害する動機は充分で、目撃証言もある。当時のアリバイもなく、明石には極めて不利な状況だった。

花園団地へ向かう途中で花園交番に顔を出した。長田がある物を見せてくれた。

花柄のポーチだ。璃子の落とし物だったという。

「お二人からご遺族に返してもらえませんか」

広中は受け取ったポーチを検めた。折りたたまれた千円札と、親指大の白い猫のマスコットが入っている。

「ポーチ……猫……?」

そう呟いたきり潮崎はしばらくの間、思案するようにポーチを見つめていた。が、突然「そういうことだったのか」と声を上げた。

「以前大地さんから住人たちの買い物リストをもらった時、あれにはB五〇二号室の吉野さんから依頼された分も含まれていた。その中に、花柄のポーチ、猫のぬいぐるみ、そしてヘアアクセサリーが載ってたじゃないか」

「覚えてるけど、それがどうしたの?」

「吉野さんの家のベランダには間違いなく子供がいたんだよ」

「待って、落ち着いて。なんのことなのかもう少しわかるように説明して」

広中は手の平を下に向けて、潮崎の気持ちを静めようとした。

「例の匿名通報ダイヤルだよ」と潮崎が焦《じ》れたように答える。

「あの時、通報者が子供のいないB五〇二号室の吉野さん宅を指定した理由は謎のままだったろう? 間違ってなかったんだ。吉野さんの部屋のベランダにいた子供は、璃子ちゃんだったんだよ」

「じゃあ、このポーチと猫のマスコットは、吉野さんが璃子ちゃんにプレゼントしたもの?」

「ああ、それ位可愛がっていたということだ」

「あともう一つ。これも中に入っていたものです」

長田は思い出したように小さなビニール袋を取り出した。中にはスイカの種を一回り程大きくしたような粒が入っている。表面には茶色いまだら模様が見えた。

「紛失しないよう、これだけ別にしておいたんです。何かの種だと思うんですが――」

「ヒマノミ」

「え、どうしてそれを？」

潮崎が漏らした一言に、なぜか長田はひどくびっくりした声を上げた。

聞けばこのポーチを届けてくれた女性も、この種を見て、今の潮崎と全く同じ言葉を口にしたのだという。

「暇のみってなんの暗号なんですか」

「暗号じゃないよ」

潮崎は深刻な顔で答えた。

「これはひまの実、つまりトウゴマの種だよ」

「え？」

広中も声を上げた。

二人はまず、吉野の部屋を訪ねた。璃子を目撃したという証言を確認するついでに、先ほどの潮崎の推理の裏付けも取りたかった。

「ええ、璃子ちゃんはよくうちに遊びに来てくれていました。ベランダに出て遊んだこともあります。あの子は、小町をとても可愛がってくれましてね。先日も、私が所用で家を空けた時に預かってもらったんです」

そう語る吉野は少し寂しそうだった。

「小町は他所のお宅を嫌がらないんですね」

「ははっ、嫌がる猫もいますがこの子は平気です」

なあ、小町、と吉野が傍らで丸くなっていた小町に声をかけると、小町は億劫《おっくう》そうに頭をもたげた。

「短い間でしたが、おじいちゃんごっこをさせてもらいました。日中はお母さんが仕事でいないので、やっぱり寂しかったんでしょう。小町と遊ぶことで、少しは慰められたと思いたいですよ」

吉野は優しい手つきで小町の頭を撫でた。

「お母さんも体が弱くて気の毒な人でした。週刊誌には元ご主人から暴力も振るわれていたと書いてありましたが、あんなに健気《けなげ》に生きている母子が殺されなきゃならないなんて……」

吉野は言葉を詰まらせると、「失礼」と言ってハンカチでそっと涙を拭った。

「今でも璃子ちゃんが、こちらに走ってくる光景が蘇るんです。ほっぺを真っ赤にして、息を切らしながらね」

「事件のあったあの日もですか」

「はい」

「あの時、玄関を開けた璃子ちゃんが『お父さん』と言うのを聞いたそうですね。本当に間違いありませんか」

潮崎が尋ねた。

「ええ、間違いありません」

吉野の声には力が籠っていた。

「日付を勘違いしたということは？」

「その日は小町を病院に連れて行った日でしたし、屋上では貯水槽の清掃があって断水もしていた日でした。絶対に間違うはずがありません」

「断水していたんですか……。それはちなみに何時から何時までですか」

「確か、九時から十六時までだったはずです」

「吉野さんも、明石さんの姿は目撃されたんですか」

「いいえ、その日は姿までは見ていません。ただこれまでも時々、団地の周辺をうろついていたのを目にしたことはあります」

「それは間違いなく明石さんでしたか」

「はい。黒っぽいジャージ姿で、駐輪場の辺りにいました」

「駐輪場ということは、その男性は自転車に？」

「ええ、ほら、サイクリング自転車って言うんでしょうか」

広中は潮崎と顔を見合わせた。

特徴を聞く限り、明石蒼汰と一致する。

「ちなみにどこから目撃しました？」

「どこって……奥の四畳半の部屋からですが」

「ちょっと、失礼します」

吉野に軽く断って、潮崎が四畳半へ向かった。

広中も後をついて行くと、確かにその部屋の窓からは団地の駐輪場が見渡せる。

「そうです。その窓から間違いなく見ました。あれは明石でした」

二人の背後で、吉野が力強く断言した。

「ご協力感謝します」

二人は礼を言い、玄関へ向かった。小町がついてくる。本当に人懐こい猫だ。

「ところで、小町はどこが悪かったんですか」

靴を履き終わり、借りた靴ベラを吉野に返しながら、潮崎が思い出したように尋ねた。

「え？」

「ほら、さっき、小町を病院に連れて行ったと。でもいま見ると元気そうですから」

「い、いや、ただの健康診断です。幸い、何も悪いところはありませんでした」

「そうですか、それは良かった」

潮崎に頭を撫でられて、小町は甘えたように喉を鳴らした。


吉野の部屋を出た後、潮崎は何か気になることがあるように後ろを振り返った。

「どうかした？」

「吉野さんの態度がな。小町のことを聞いた時、少し焦ったように見えなかったか」

「そう？」

「気のせいかな」

潮崎は軽く首を捻ったが、それ以上この話題には触れなかった。

広中は、あらかじめさくらの両親から借りていた鍵で、鈴井宅のドアを開けた。

玄関には子供用の小さな運動靴と、女性もののローヒールの靴が並べて置いてある。まるで部屋の中には、母子がまだ暮らしているように錯覚させる光景だ。

広中は胸を衝《つ》かれた。

潮崎も無言で玄関に立ち尽くしている。

「大丈夫?」

「ああ、ちょっと思い出しただけだ。うちも、姉の靴が玄関に揃えて置いてあった。母は家の中を、姉が生前暮らしていたままにしたがった。亡くなる前の晩に机の上に広げてあった参考書やノートはもちろん、朝、髪を梳《と》かすのに使ったブラシやヘアクリーム、洗面道具、姉が半分だけ食べて冷蔵庫に残してあったゼリーも母は処分することを嫌がり、食事も四人分を作り続けた……。いつだったかな。居間のカーペットが汚れていたから、買い替えようと父が言った時、母は猛反対した。姉が暮らしていた頃と少しでも変えてしまったら、姉があの家で暮らした証《あかし》が消えてしまうと思っていたんだろう」

「家は……どうなったの?」

「父が灯油をまいて台無しにした」

潮崎が笑った。

広中も笑えれば良かったが、自分でも顔が強張るのがわかり、先に靴を脱いで部屋に上がった。潮崎はまだじっと玄関の床を見つめている。

「玄関を開けて、まず目に入るのはなんだと思う?」

広中が潮崎の視線の先を辿ると、母子と自分が脱いだ靴が見える。

潮崎の言わんとすることがわかった。

「璃子ちゃんは玄関に男物の靴が置いてあるのを見た。そして咄嗟に『お父さん』と声を上げたということ……?」

「多分そうだ。両親はいがみあっていたが、璃子ちゃんはお父さんとまた一緒に暮らせることを願っていたはずだ。その願望が言葉になって現れたとしてもおかしくない」

「じゃあ、やっぱり明石さんが訪ねてきてたんじゃないの?」

「いや、それはおかしい」

「なぜ?」

「さくらさんが、明石さんを家に上げるとは思えないからさ」

「親権問題について、ちゃんと話し合う気になったのかも?」

「その可能性もなくはないが……」

潮崎も靴を脱いで、部屋の奥へ進み始めた。

「もし明石さんが犯人だとしたら、この犯行現場が不可解過ぎる。事件の報告書にも、争った形跡はないと書かれていただろう?」

広中は室内を眺め渡した。

ここは事件以降、誰も何も片づけていない。ただし、あちらこちらに鑑識作業や、捜査員が証拠品を押収した痕跡が残っていて、雑然としている。だがそれは明らかに、誰かが争った状況とは異なるものだ。家具の位置や、捜査員たちが手をつけなかった日用品などは、母子が生活していた在りし日のままにしてある。さくらの両親もまだ、遺品整理に手を付ける気にはなれないと話していた。

「俺たちが明石さんを初めて目撃した日も、彼は相当頭に血が上った様子だった。ドアを叩き、大声で怒鳴っていた」

「取調べでは、璃子ちゃんとの面会予定をキャンセルされたからって、明石さんは答えたようだけど」

「DVが真実かどうかはともかく、さくらさんには相当腹を立てていたはずだ。娘に会わせてもらえないなんて、父親としては頭に血が上って当然だからな。それなのに、事件のあった日だけは、冷静に親権の話し合いをしようとしたと？　そもそも、さくらさんが納得するだろうか。仮に明石さんが無理矢理押し入ったのだとするなら、もっと現場は荒らされていなければおかしい。だろ？」

「あなたが明石さんに肩入れしたい気持ちはわかる」

「そうじゃない。俺は彼が被害者家族だから白だと言ってるわけじゃない。明石さんを犯人とするなら、他に幾つもの疑問が発生するからだ」

「幾つも？」

「第一は璃子ちゃんも殺害したことだよ。彼は娘の親権が欲しかった」

「母子を道連れにして、本当は明石さんも死ぬつもりだったのかも」

よくある話だ。

「俺は明石さんがそこまで自暴自棄になっていたとは思えない。仮に一家心中を企てたのだとしても、リシンのような遅効性の毒物を選ぶだろうか」

リシンは経口摂取の場合、四〜十時間程度で症状が現れる。軽度なら吐き気や嘔吐、腹痛などで済むが、重度になれば脱水症状を起こし、やがて死に至る。

「リシンは入手が容易だったからじゃない？」

リシン自体は恐ろしい毒物だが、元となるトウゴマという植物は、園芸店で誰でも普通に購入できる。

「璃子ちゃんのポーチにも、トウゴマの種が入ってたじゃない。あれは明石が飲むように渡したものだとしたら？　その時はうまくいかなかったけど、今回は成功した」

「それならどうして、母子を同じ方法で殺害しなかった？　さくらさんと璃子ちゃんの体内から検出された睡眠薬は、テーブルに置かれたグラスの中の麦茶に混入されていたものと一致した。グラスからは母子のＤＮＡも検出されている。母子が同じグラスで麦茶を飲んだということだ。それなのに、二人とも浴室に連れて行き、一酸化炭素中毒で殺害しなかった理由はなんだ？」

「本当はさくらさんもリシンで殺害するつもりだった。でも大人である彼女には怪しまれてしまう可能性があった。そこでさくらさんについては、確実な一酸化炭素中毒死を狙った」

「じゃあ、これはどう説明する？」

潮崎はスマホを取り出すと、警察が撮影した現場写真を広中に見せた。

この部屋の台所の前に置かれたダイニングテーブルが映っている。紅白のチェックのテーブルクロスが敷かれ、その上には、麦茶の入ったグラスが一つだけ置いてある。

「このグラスの中にリシンは入ってなかったはずだけど？」

「問題はそこじゃない。このグラスに入っていた麦茶はどこから来たものなのか」

「だからそれは明石さんが――」

潮崎が手を振った。

「麦茶も明石さんが持ち込んだのだとして、彼はなぜこのグラスだけをそのままにしておいたんだ？」

「グラスだけを……ってどういう意味？」

「もし明石さんが無理心中に見せかけたかったなら、外部から持ち込まれた痕跡を無くすため、麦茶の入っていた容器も残しておくはずだ」

潮崎が再びスマホの画面を見せてきた。

「特捜本部がこの家から持ち出した押収品リストだ」

また、捜査資料を勝手に持ち出してきたようだ。小言は後回しにして、広中はリストに注意を向けた。

「この中にはある物がない」

リシンの混入経路を探すため、特捜本部は冷蔵庫に入っていた飲料は全て押収している。

ミネラルウォーター、牛乳、オレンジジュース――。

「麦茶がない……」

「その通り。正確に言うと、麦茶ポットがない、だが。これを」

潮崎は次に、台所の引き出しを幾つか開けた。数種類の調味料の他に、煮出し用の麦茶パックが見つかった。

「この家では、煮出し用の麦茶を飲んでいたようだ」

潮崎の言葉で、広中は以前さくらに事情を聞きに来た時のことを思い出した。さくらは冷蔵庫から、取っ手が付いたプラスチック製のポットに入った冷たい麦茶を出してくれた。

「グラスの中の麦茶は、犯人が持ち込んだものじゃなく、さくらさんが用意したものだ」

「待って。さくらさんが無理心中を図った線は消えたはずでしょう」

「俺はただ麦茶を用意したと言っただけで、睡眠薬を入れたとは言ってない。さて、ポットはどこに消えたのか」

二人は手分けをして、この家の麦茶ポットを探し始めた。台所の下のキャビネットや食器棚の中も念入りに確認した。

「こっちにはない」

「こっちもだ」

台所の吊り戸棚を検めていた潮崎も首を横に振る。

「もう使わなくなって、さくらさんが処分した可能性は？」

季節的にも熱い飲み物に替わる頃だ。

しかし潮崎は諦めきれない様子で、食器棚を開けようとした。その手が止まる。何か気づいたような顔だ。

「普通、来客があってお茶を出すときは、来客用の茶碗《ちゃわん》を使うよな？」

「ええ……」

広中も食器棚の中の、ガラス製の冷茶グラスに目を留めた。表面に槌目模様が付けられたグラスは、飲み口部分を下にして五客並べてあった。どれも薄《う》っすら指紋検出の粉を叩いた痕が残っている。

「私もこのグラスで出してもらったはず……」

潮崎は手袋を嵌めると、一つ一つ冷茶グラスをひっくり返しては何かを確認していた。

「鑑識の調べでは、指紋もＤＮＡも検出されなかったようだけど？」

「そこはどうでもいい。重要なのは、あの日は断水してたってことだ……俺の勘が正しければ……あったぞ、これだ」

潮崎は一番奥にあった冷茶グラスを取り出すと、その下に敷かれていた白いシートを指差した。うっすらした小さな茶色い染みが残っている。

「恐らくこれが犯人の使ったグラスだ。そしてこれこそ、明石さんは犯人じゃないという証拠になる」

「なぜ？」

「まず、大事な点は、犯人はグラスを洗いたくても洗えなかったということだ」

潮崎の目に輝きが増した。

「事件当時、この団地は貯水槽の清掃のため、九時から十六時まで断水だった。犯人はそれを知らなかった。でも自分がここにいた痕跡を消すためには、使ったグラスは片づけなきゃいけない。そこで仕方なくティッシュか何かで拭って食器棚にしまったんだろうが、焦ったのか拭き取りが甘くて、残った液体が食器棚のシートに付着した……」

「だからそれがどうして、明石さんが犯人じゃないという証拠になるの？」

「元旦那に来客用の冷茶グラスを使うか」

「それは……絶対ないとは言い切れないじゃない」

広中はそう反論しつつ、次第に潮崎の主張が説得力を増してきたことを感じていた。

「事件の日、さくらさんは来客として訪れた犯人に、来客用グラスで冷たい麦茶を出した。自分の分は普通のグラスに注いで。そのグラスに犯人は隙を見て睡眠薬を混入させる……」

だが、犯行までの流れを整理する途中で、潮崎は浮かない顔になった。

犯人の動きをなぞるように、一度、浴室へ向かう。それからまた首を捻った。

「なんなの？」

「やっぱり璃子ちゃんの亡くなり方が腑《ふ》に落ちない」

潮崎はすっかり行き詰ったような顔をして、奥の四畳半の部屋へ向かった。広中も後に続いた。

そこは璃子の部屋だった。学習机とベッドが置いてある。ベッドには白いベッドカバーがかけられ、枕元にはウサギと猫のぬいぐるみが飾ってあった。

学習机の横のフックにはピンク色のランドセルが掛かり、目の前の壁には、時間割と「2がっきにがんばること」と印刷された紙が貼ってあり、璃子はそこに「さんすうのべんきょうをがんばる」と書いていた。その拙い文字を目にした途端、広中は不意に湧き上がった犯人への怒りを抑えきれなくなった。

どんな理由があれば、小学一年生の女の子を毒殺するという、そんな残酷なことができるのだろうか。

広中は机の上に載っていた学習帳を手に取って開いた。机の前に貼られた紙と同じ文字で、書き取りの練習をしている。気持ちが暗くなった。

学習帳を元に戻そうとして、ページの間に何か挟まっているのに気づいた。

写真だ。どこかの遊園地のメリーゴーラウンドの前で、明石と、彼に抱っこされた幼い璃子と、さくらの三人が写っている。

広中も潮崎もしばらく無言だった。

「璃子ちゃんは、また親子三人で暮らせることを願っていたのね」

ようやくのことでそう呟くと、広中は、そっと元通りに学習帳の間に写真をしまった。

次に潮崎は、机の前に貼られた時間割表を眺めた。それからはっとしたように、片手で口を覆った。

「そうか……そうだったんだ」

潮崎は広中を振り返った。

「事件のあった日は水曜日だったたな」

「ええ」

「この時間割表には、各授業の終わりの時間が書いてある。五時間授業の時は、授業が終わるのは十四時三十分、その後に十分間の『終わりの会』があってそれから下校する。小学校からこの花園団地までは、小学生の足でおよそ二十分。家に着くのは大体十五時くらいになるはずだ」

広中も時間割表に目を凝らした。

部屋はかなり暗くなってきていたが、時間割表の文字はかろうじて判別できる。璃子が亡くなった週のもので間違いない。

「水曜日を見てくれ。この日だけは四時間授業になっていて、授業が終わるのは十二時二十分、それから給食を食べ『終わりの会』を経て、帰宅はおよそ十三時三十分頃。その時間は吉野さんの目撃証言とも合致する。つまり水曜日は、いつもより一時間半も早く璃子ちゃんは帰ってくるが、そのことを犯人は知らなかったんだ」

「それじゃ璃子ちゃんは運悪く、犯人と出くわしてしまったから殺害されたということ?」

潮崎が黙り込んだ。必死で頭を働かせている様子だ。

「いや、もし俺の考えが正しければ、犯人と璃子ちゃんは顔を合わせてはいない」

潮崎はもう何かを確信したようだ。

「三時頃に璃子ちゃんが帰宅すると思っていた犯人は、さくらさんが一酸化炭素中毒で亡くなるのを待っていたんだ。浴室の広さや練炭の量から考えて、三時間もあれば一酸化炭素濃度は致死量に達する。犯人もそう計算したはずだ。ところがそこへ璃子ちゃんが帰って来て、玄関先で『お父さん』と声を上げる。慌てた犯人はどこかへ隠れる……」

そう話しながら、潮崎は隣の部屋へ移動した。そこは母親のさくらの部屋だ。押し入れの襖を開けると、昔ながらの上下二段に分かれていて、下の段には衣装用のプラスチックケースが積み重なって収納され、上の段には一組の布団がしまってある。

「上の段なら大人一人くらいは隠れられる。咄嗟にここに身を潜めた犯人は、璃子ちゃんが再び外出するか、自分の部屋に引きこもったタイミングで、逃げ出す機会を窺っていた。一方璃子ちゃんは、てっきりいると思った母親も父親もいないことを、最初は不思議に思ったかもしれない。まさかその頃母親が風呂場で、ゆっくり死に至ろうとしているとは想像もつかなかっただろう」

窓越しに、向かいのA棟の窓に明かりが灯り始めるのが見えた。

「しばらくして璃子ちゃんは両親を探すことを諦めた。なぜなら彼女は、一人でいることに慣れていたからだ。そしていつもと同じようにランドセルを自分の部屋に置き……喉が渇いて……」

璃子の足取りを辿るように茶の間に戻った潮崎は、璃子の最期の瞬間を語る段になり、動揺を抑えるように言葉を区切った。

「ダイニングテーブルの上にあった、母親の飲み残しと思われるグラスを手に取りそれを飲んだ。だがその中には犯人が仕込んだ睡眠薬が入っていた」

広中の目の前にも、その光景は再現された。

「この睡眠薬の効き目は、大人でも十分から十五分で表れるが、璃子ちゃんのような幼い子供にとってはあっという間だっただろう。彼女はすぐに床に倒れ込んだ。その音は逃走の機会を窺っていた犯人の耳にも届いたはずだ。犯人は押し入れを出て居間に様子を窺いに来た。そして倒れている璃子ちゃんを発見する」

潮崎は璃子が倒れていた辺りに片膝をつくと、広中を見上げた。その表情は影に縁どられて、実際よりも悲しそうに浮かび上がった。

「一瞬、訳がわからなかったはずだ。だがすぐに璃子ちゃんが、睡眠薬入りの麦茶を飲んだのだと気づく。でも睡眠薬だけなら、効き目が切れればいずれ目を覚ます。ところが、気を失っていた少女の様子に変化が生じる。璃子ちゃんは痙攣《けいれん》し、口から泡を吹き始めた。リシンの中毒症状が現れたんだ。犯人は、これはただ事ではないと悟る。同時に犯人の頭の中には最悪な想像が過った。璃子ちゃんが飲んだ麦茶には毒が入っていたのではないか。それなら自分が飲んだものにも、と」

「え、でも、毒は犯人が仕込んだものでしょう。それなのにどうして狼狽えるの？」

潮崎は立ち上がって、広中に近づいた。もう悲しそうな顔はしていなかった。

「犯人はなぜ、母と子の殺害方法を変えたのか。その謎の答えがそこにある」

「全然意味がわからない。もっとちゃんとわかるように説明して」

「悪い」

潮崎が苦笑いしながら電灯の下に移動し、ぶら下がっている紐を引いた。部屋が明るくなり、広中は反射的に瞬きをした。

「繰り返しになるが、無理心中に見せかけるなら、麦茶ポットは残しておかなければならなかった。でも犯人はそれを持ち出す必要があった。なぜならその時点では、毒物の正体がわからなかったからだ」

謎の答えをもったいぶるのは潮崎の悪い癖だ。だがこれが出てきたということは、彼が本来の調子を取り戻したということだ。

「毒物治療に有益なのは一秒でも早く、解毒処置を行うことだ。だがその解毒方法は毒物によって異なる。シアン化カリウム、通称青酸カリなどの青酸中毒には亜硝酸アミル、ヒ素中毒にはジメルカプロールを処方する。だが、トリカブトやフグ毒に解毒剤はないから、有効なのは胃洗浄などで、体内から毒物を排出させることだ。今回使われたリシンも解毒剤はないから、胃洗浄や下剤を使って、体内から排出させるしかない。いずれにしても、適切な解毒治療を施すには、その毒物の特定が第一だ。犯人も恐らく、薄っすらとそんな知識があったんだろう。だから、麦茶ポットを持ち出す必要があった」

そこまで来て、広中もようやく理解した。

潮崎が唇に笑みを浮かべた。

「さて、慌てた犯人が向かった先は？」

特捜本部は、事件のあった日から二十四時間以内に、嘔吐や下痢、発汗など、何らかの毒物を口にしたと訴えて、都内の病院を訪れた患者を調べ始めた。

「その日、救急外来を含めて、都内の病院で毒物を摂取したと思われる症状で治療を受けたのは……意外と誤飲が多いのね」

広中はこれまでに挙がってきたリストを見ながら呟いた。

患者の半数以上は子供だった。洗剤や親が吸っていた煙草、漂白剤や殺虫剤など、どの家庭にも置いてありそうなものによる事故が目立つ。

それらを外し、残る成人を一人一人あたっていったが、不審な人物はまだ見つからない。

流石の潮崎の直感も、今回ばかりは外れたかと思えた時だった。

広中の傍らで電話を受けていた潮崎の声が弾んだ。

「それでその人物の名前は？」

相手の答えを聞いた時、潮崎の口には勝利を確信したような笑みが浮かんだ。

「愛宕《あたご》署の刑事課から連絡があった」

電話を切ると同時に潮崎は声を弾ませた。

「事件のあった日の午後、虎ノ門の病院の救急外来に、一人の男が毒を盛られたと言って飛び込んできたそうだ。その男性は茶色い飲み物の入ったプラスチック容器を持参し、この中に入っている毒物を調べてくれと喚《わめ》き散らした。慌てた医療スタッフたちが男性の血液検査などを進める傍ら、容器の中身についても検査をしたが、毒物の混入はなかった。男性にもそう説明したが、そんなはずはない、としばらく医師の話に耳を貸さなかった。一晩入院して、やっと冷静さを取り戻した男は、どうやら自分の勘違いだったと話し、病院を後にした。だが、不審に思った医師が警察に通報したんだ」

「その男の名前は？」

「誰だと思う？」

また悪い癖が始まった。潮崎の脇腹を、広中は軽く拳で小突いた。あうっと変な声を上げた潮崎だが、嬉しそうなのはなぜだろう。

「門倉倫太郎。例の離婚専門弁護士だよ」

十一

門倉倫太郎の名前が捜査線上に上がってきたことを報告すると、橘は例によって、感情の籠らない眼差しを広中に向けた。

「離婚専門の弁護士が自分の顧客を殺害する動機は何？」

「殺人の動機はほとんどが、怨恨、金銭、そして愛情関係のもつれに分類されます。門倉の場合も例外ではないでしょう」

「門倉弁護士は被害者と男女の関係だったと？」

「いいえ、その可能性はありません。以前、三歳の男の子が自宅のビニールプールで溺死した事故を覚えていますか」

「確か上の子が『ママが殺した』と証言した事故ね」

「はい。実はその時、門倉弁護士の財政状況が少し気になったので、背後関係などを潮崎と調べていたんです」

また勝手にそんなことをして、と言わんばかりに、橘が渋い顔をする。

広中は門倉の家族構成や派手な生活ぶりなど、これまでに摑んだ情報をざっと説明した。

「――門倉は専門を離婚問題に絞った頃から、複数のNPO団体の法律顧問に名を連ねるようになりました。離婚問題を手掛けるうちに、そうした関連の団体と繋がりを持つようになったようです。その中に『みらいへの扉』というさくらさんが働いていたNPO法人も含まれていました。そこの代表者は門倉恵美《えみ》。門倉弁護士の妻です」

　潮崎が後を引き取った。

「門倉恵美のＮＰＯ法人には、補助金の不正請求を行っているという噂があります。経理を担当していたさくらさんはもしかすると、そのことに気が付いたんじゃないでしょうか」

「それで口封じのために殺害した？」

「確証はまだありませんが、ＮＰＯ法人の件を突っついてみれば、何か手がかりが得られるはずです」

「まあ、いいでしょう。それで、ＮＰＯ法人の不正の証拠はどうやって見つけるつもり？」

「さくらさんのご両親に確認したところ、彼女は子供の頃からなんでも書いて残す傾向があって、メモ魔と言ってもいいくらいだったそうです。特捜本部の押収品の中に日記はありましたが、特に不正を示すような記述は見られませんでした。ただ、ご両親の方で保管しているノートの中に、何かの数字を書き留めたようなものが残されていたそうです。それを精査すれば恐らく……」

「恐らく……？」

　いつになく覚束ない感じの潮崎の答えに、橘が不審な視線を投げた。

「あいにく俺も広中も数字に関しては疎いので、できれば専門家の手を借りたいかと……」

「つまりどういうことなの？」

　橘が苛々と机を指で叩いた。

「あ～できれば捜査二課に協力依頼を――」

「無茶言わないで」

潮崎の言葉の途中で橘が遮った。

「いい、特捜本部はまだ、明石さんをホンボシとしてマークしている。そんな状況で、確証もないのに二課に協力依頼なんてできると思う？　ただでさえ特捜本部の中には、我々の存在を目障りに感じている連中もいるの。これ以上敵を作るような真似はやめなさい」

潮崎は口を窄めたが、反論はしなかった。

「なんでもいい。二課を動かせるだけの証拠を見つけてきなさい。話はそれから。以上」

橘はくるりと椅子を回して、二人に背中を向けた。

言い方は厳しいが、二人が勝手に動くことに橘は反対しなかった。

「誰か数字に強い人間に心当たりは？」

潮崎が席に戻りながら囁いてきた。

「あいにく」

次兄の理人の存在が一瞬頭を過ったが、彼もまた担当検事として、明石を有力容疑者と考えている一人だ。とても頼めない。

「そっちは？」

広中が尋ねると、潮崎は明らかに視線を逸らした。

「誰か心当たりがあるのね？」

「まあ、あるにはあるんだが……」

潮崎は弱ったように顔を掻いた。

「非常に頼みにくい相手ではある」

珍しい。

潮崎にも苦手な人間がいるのか。

広中は是非ともその人物に会ってみたくなった。


窓辺に座っていたその女性は、場違いなほど綺麗な小麦色の肌をしていて「I LOVE HAWAII」と書かれたマグカップを手にしていた。

広中はその言葉をつい最近、どこかで見たことを思い出した。

そうだ。潮崎がパジャマ替わりにしていた、Tシャツの胸に書かれていたのと同じ言葉だ。

とは言え「I LOVE HAWAII」という言葉自体はごくありふれたものだ。ハワイ土産としても一般的なものだろう。

だがロゴの形、色味、そして配置のバランスを見る限り、彼女のマグカップと、潮崎のTシャツは明らかにお揃いの物と考えて間違いない。

さらに、彼女が潮崎の存在に気が付いた時に、あからさまに浮かべた表情からして、二人はつい最近まで付き合っていたが、潮崎側の一方的な要因によって破局したに違いない、ということまで、広中は一瞬にして理解してしまった。

「あ〜、ええっと紹介しよう。彼女は『組織犯罪対策部』の箕輪《みのわ》あかり警部補だ。なんと彼女は、公認会計士の資格を持っている。警部補、こちらは捜査一課の広中承子巡査部長。二人は多分、初対面だよな」

珍しく潮崎があたふたしている。

「どういうつもり?」

箕輪は広中など眼中にない様子で、潮崎を睨みつけた。

「あんな酷いことをしておいて、よく私の前に顔を出せたわね」

「君が怒るのはもっともだ。本当に悪いことをしたと思っている。ただ——」

「消えて」

潮崎の言葉が終わる前に、箕輪はぴしゃりと言い返した。

「頼む、五分だけ俺の話を聞いてくれ」

なんだか面白いことになってきた、と思いながら、広中は箕輪を観察した。

年齢は広中とそう変わらないように見える。規定ぎりぎりに染められた長い髪を垂らし、片方を耳にかけている。そこにはクリスタルのピアスが煌《きら》めいていた。爪には淡いベージュのネイル、腕には細いチェーンのブレスレット。内勤の仕事が多いとは言え、警察官らしくない。

箕輪は特別捜査官だった。専門性を有した職員のことをそう呼び、広中たち一般の警察官とは別枠で採用される。公認会計士の資格持ちということは、財務捜査官に違いない。

「このノートの中身を、君なら理解できると思うんだ」

潮崎は鈴井さくらの両親から借りた、さくらのノートを箕輪に見せた。その中には、日付と金額、それに団体名や人物名などが細かくメモされている。

箕輪は一瞥したきり、潮崎から顔を逸らした。完全に協力を拒絶する仕草だった。

「俺のことが嫌いなら、そのマグカップで気が済むまで殴ってくれてもいい」

「本当に？」

箕輪のマグカップを持つ手に力が籠ったように見えた。

「だがその前にこのノートを調べて欲しい」

「いや」

「この間、小学一年生の女の子が殺害された。まだたった七歳だった。このノートがある団体の裏帳簿だということが証明できれば、事件が解決できる。だから頼む」

潮崎が頭を下げた。箕輪はしばらくそんな潮崎を見つめていた。怒りは消えていない。だがどこかしょうがないという感情も見え隠れする。ため息をついた。

「本当にこのノートに事件を解決するヒントがあるのね？」

箕輪がノートを手に取った。ページをざっと捲り、納得したように頷く。

「そうね。別の経済事件で似たようなメモを見たことがある。多分これは裏帳簿、というより、それを作るための克明なメモ書きといったところね」

「どのくらいの金額が不正に動かされたかわかるか」

「そうね……、法律で、NPO法人は毎年、事業内容や財政状況などを公開しなきゃいけない決まりになっている。それと突き合わせていけば、おおよその金額は摑めるかもしれない」

「頼めないか」

「いまは無理。他の仕事が……」

潮崎の真剣な眼差しに気圧されたのか、箕輪は途中で言葉を途切れさせた。一度だけ、助けを求めるように広中の顔を見て、それから潮崎に視線を戻した。

「七歳の女の子が殺されたのね。わかった、やってみる。だけど少しだけ時間をちょうだい」

「ありがとう、恩に着る」

潮崎が嬉しそうに微笑むと、箕輪は眩しそうに顔を逸らした。そこには箕輪が、潮崎に惹《ひ》かれた理由が隠れているような気がした。

規則正しいヒールの音が近づいてきた。優雅で力強く、自信に満ちている。

箕輪あかりに違いない。

広中が顔を上げると、その通り、上下クリーム色のテーラードジャケットとフレアスカートという組み合わせに、五センチヒールのパンプスを履いた箕輪が、まっすぐこちらへ近づいてくる。

今日も気合いが入っている。広中は感心しながら、箕輪に向かって一礼した。

「潮崎は？」

「さっきまでいたんですけど……わかりますよね？」

ＧＰＳでもつけておかない限り、潮崎がいまどこにいるかなど、誰にもわかりはしない。

「あなたも大変ね」

箕輪は広中の隣の席に腰を下ろしながら同情的な声を上げた。甘いローズ系の香りが漂った。

「でもいなくて良かった。話が早い」

箕輪はプリントアウトの束を広中に手渡すと、腕時計を確認した。

「三十分後に捜査会議なの。要点だけ説明する」

広中たちが箕輪に門倉のＮＰＯ法人の資金の流れの解明を頼んでから、一週間も経っていなかった。最優先でこの件に取り組んでくれたようだ。

箕輪の説明は簡潔ながら、実にわかりやすかった。

「――以上のことから、この五年の間で、ざっと三億円以上の資金が、門倉名義の別法人に流れていることは間違いない」

正式に捜査の手が入れば、金額はもっと増えるだろうと、箕輪は付け加えた。

「五年もの間、どうして不正がバレなかったんですか。都の監査は？」

「行政の監査は形式的なもので、積極的に不正を暴くようなことはしないのが普通。なぜならもし不正が見つかれば、行政側の補助金審査が甘かったという批判を受けかねないから。だからこの手の犯罪が発覚するのは、大抵の場合、内部告発を待つしかないの」

嘆かわしいことにね、と片方の耳のピアスを弄りながら箕輪が呟いた。それはどこで買ったピアスなのかと広中が興味を引かれた時、刑事部屋の入り口に潮崎が姿を現した。

「もう、わかったのか。やっぱり流石だな」

笑みを浮かべながら近づいてきた潮崎に、箕輪もつられたように微笑みを浮かべて立ち上がった。が、すぐに表情が消えた。

「お礼に、今度三人で食事でも――」

「いいえ、けっこう」

箕輪は棘《とげ》のある調子で潮崎の言葉を遮ると、凍り付かせるような眼差しを浮かべた。

「猫好きの新しい彼女によろしく」

箕輪は肩をそびやかし、入ってきた時以上に高らかにヒールの音を響かせて、部屋を出て行った。

「猫？」

呆気《あっけ》に取られた様子の潮崎の紺色の背広の肩に、広中は一本の茶色い毛を見つけた。

「警部補は誤解したみたいね」

「猫……」

と再び呟きながら、猫の毛を指で摘まんだ潮崎は、何かに気が付いたように目を見開いた。

十二

広中が会議室に入っていくと、理人と門倉が、テーブルを挟んで向かい合わせに座って談笑していた。

門倉は、入ってきた広中に一瞬注意を向けただけで、すぐにまた、華麗な人脈をひけらかすような自慢話に戻った。経営者、政治家、芸能人と幅広い。

「門倉先生、わざわざ警視庁までご足労いただいてありがとうございます」

広中はわざと澄まして二人の会話に割り込むと、門倉に頭を下げた。

「いいえ、警察に協力することは、弁護士としてやぶさかではありませんよ」

鷹揚《おうよう》に門倉が笑う。

例によって高級スーツで隙なく武装しているが、前回会った時よりも、幾分やつれた印象がある。あの後、彼の身に起こったであろう出来事を考えればそれも当然だ。

理人が立ち上がり、門倉の正面の席を妹に譲って、部屋の隅に用意されたパイプ椅子に腰を下ろした。

門倉を今日ここへ呼んだのは、毒物混入の件で、参考までに話を聞きたいという理由だった。その際、検事の理人も同席させることは伝えた。弁護士と検事、立場は違えどどちらも法曹という連帯感からなのか、門倉に警戒心は見えない。

「それでは早速ですが……、あ、すみません。なるべく早く終わらせるようにしますので、スマートフォンの電源は落としておいていただけますか。形式的とは言え、これも正規の聴取となりますので」

「構いませんよ」

門倉は素直に机の上に置いてあったスマートフォンの電源を落とした。

「恐れ入ります。それでは早速」

広中は持参してきた紙のファイルを開いた。

「愛宕署の刑事課からの報告によれば、先生はつい最近、虎ノ門にある病院の救急外来にかかりましたね。確か毒を盛られたと」

「いや、あれはとんでもない勘違いだったんです」

門倉が声を上げて笑った。

「というと?」

「離婚問題というのはどうしても恨みを買いやすくて。刑事さんたちも以前誤解されたように、弁護士の私が依頼人に何か入れ知恵をして、依頼人に有利な条件で離婚できるよう画策したんじゃないか。そう考える人たちはけっこういましてね。中には面と向かって脅しをかけてくるような人も。それで少し神経質になっていました。そんな時、職場でお茶を飲んでいると、何か変な味がしたような気がして。で、咄嗟に、誰かが毒を入れたんじゃないかとパニックになってしまいました」

「それはお気の毒でしたね」

広中はあえて口調に深刻さを滲ませた。

「ただ警察としては、病院から連絡をもらった以上、詳しく捜査しないわけにはいかないもので。もしも後日、本当に先生が毒殺でもされたら、責任問題にもなりかねませんから」

「ええ、そちらの事情はわかります」

「先ほど、職場でお茶を飲んでいたと言われましたが……」

広中は一度、ファイルに目を落とした。

「秘書の方に確認したところ、その日は虎ノ門の法律事務所の方へは出社されていませんよね？」

「ああ、そのことですか。職場というのはＮＰＯ法人の方です。責任者は妻ですが、私も顧問として、定期的に顔を出している関係でつい職場と」

「それは『みらいへの扉』のことですね。確かシングルマザー向けに、法律相談や就労支援などを行っているんですよね」

門倉が大きく頷いた。

「そこのスタッフに確認してもらえれば、私のアリバイは証明できるはずです」

門倉はこちらを茶化すように「アリバイ」という言葉を使った。

「『みらいへの扉』と言えば、先日亡くなられた鈴井さくらさんもそこのスタッフでしたよね。どうしてそのこと、通夜の会場では黙っていたんですか」

「黙っていたなんて人聞きの悪い」

門倉はいかにも驚いたように、大げさに目を見開いた。

「あそこでいちいち説明する必要もなかったでしょう。実際、鈴井さんとの出会いは、弁護士と依頼人ということだったんですから」

　別に嘘はついていない、と門倉は自信たっぷりな態度を崩さなかった。

「じゃあ、先生と鈴井さんに個人的なお付き合いはなかったと？」

「ありませんよ」

「鈴井さんのお宅に行ったことも？」

「あるわけないでしょう。なんなんですか、その質問は。今日ここに来たのは、あくまで私の毒物混入事件で……いやあれを事件と呼べばの話ですが」

　門倉はこちらを牽制《けんせい》するように軽く咳払いした。

「失礼しました。実は……これはまだオフレコですが」

　広中は敢えて声を抑え、門倉の方へ身を乗り出した。

「鈴井母子の事件で、ある毒物が使われたことは既にご存じかと思いますが」

「ええ、報道でそんなことを言っていましたね。リシン……でしたか」

「はい。そんな時、母子と関りのある門倉先生にも毒物混入騒ぎがあったと聞いて、我々はある可能性を疑っているんです」

　門倉は、ほう？　という顔をした。

「今回はたまたま先生の勘違いで済みましたが、鈴井母子を殺害した犯人は、次は本当に先生を狙うかもしれません。先ほどいろいろ恨みを買っているともお話しされていましたし、まったくあり得ない話ではないと思います」

「確かに……」

「例えば鈴井さんと先生のお二人に共通して、恨みを抱いている人物などに心当たりはありませんか」

「共通して……」

門倉は少し思案するような顔で、視線を部屋のあちこちに向けた。

「そういうことならやはり、鈴井さんの元ご主人の明石さんじゃないでしょうか。彼は元奥さんに暴力を振るっていましたし、私もかなり激しい、いやほとんど脅しのような口調で詰め寄られたことがありました」

「明石さんと面識があったんですか。それでは、彼が元ロードレーサーだったことも？」

「その辺は離婚するまでの事情を含めて、全て鈴井さんの方から聞いています。いいレーサーだったそうですが、挫折したことできっと、精神のバランスを崩してしまったんでしょうね」

「それで奥さんや娘さんも殺してしまったと？　でも奥さんさえいなくなれば、娘さんの親権は明石さんのものになるんですよね？　娘さんまで手にかけることはなかったと思いませんか」

「さあ、私は刑事事件の方は専門ではないので、犯罪者の心理まではよくわかりません」

無意識なのか、門倉の手がスマートフォンに伸びた。それから電源が切れていることを思い出したように、手を離す。

「ただ、奥さんが亡くなったからと言って、娘さんの親権が明石さんに移るかと言えばそれは難しかったでしょう。明石さんは現在失業中ですし、何より元奥さんに対するＤＶ疑惑もあったので、当然、奥さん側のご両親が反対したでしょう。明石さん本人もそのことはよくわかっていたんじゃないですか。それで自暴自棄になって娘さんまで殺してしまった。私ならそう考えますね」

「なるほど、確かにそうですね。ありがとうございます。大変参考になりました」

「いいえ。他に質問がなければそろそろいいですか。次の予定がありますので」

にっこり微笑んで、門倉は腰を浮かしかけた。

「あ、すみません、もう一つだけ、見ていただきたいものがありまして」

門倉が座り直した。

広中はスマートフォンを取り出し、ある画像を門倉に見せた。

その途端、門倉が顔を顰めた。

「これは……ひどいな……」

門倉が見ているのは、顔面が腫れ上がり、目と口の辺りに痣を作った女性の画像だった。

「暴行事件の被害者ですか」

「この女性に見覚えはありませんか」

門倉の質問には答えず、広中は尋ねた。

門倉は改めて画像を凝視したが、「いや、知りません」と首を横に振る。

「実はこれ、私なんです」

「は？」

門倉は眉をひそめて、画像と広中の顔とを交互に見つめると、やがて憤慨したように声を張り上げた。

「どういうつもりですか。こんなことをして私をからかっているんですか」

「いいえ、そんなつもりは。ただ、メイクと画像編集ソフトを使えば、こういうものは簡単に作成できるということをお伝えしたかったんです。動画も同様です。自分にとって都合よく切り取って編集するだけなら、そんなに難しい技術は必要ありません。たまたま相手が声を荒らげたり、何か物に当たってしまった場面だけを繋ぎ合わせた映像でも、家裁の調停委員を騙《だま》すくらいなら、フリーのアプリで簡単に作れてしまうんですよ」

「私になんの関係が?」

「先生は、鈴井さんが元旦那さんの明石さんと離婚される際、鈴井さんが有利になるよういろいろ助言されましたよね」

「依頼人の利益を守るのが我々弁護士の仕事ですが?」

「元旦那さんのＤＶ疑惑をでっち上げるよう勧めることもですか」

門倉は首を横に振った。

「仮に鈴井さんの元旦那のＤＶ疑惑がでっち上げだとするなら、それは鈴井さんが勝手にやったことで、むしろ私も彼女に騙された一人というだけの話です」

目の前の男が卑劣な手段を用いて、依頼人たちが有利な条件で離婚できるよう指南してきたことはわかっていた。

だが具体的な証拠はない。彼の依頼人たちが証言することもないだろう。

「他には何か」

門倉は椅子にふんぞり返り、ほくそ笑みながら尋ねた。

「ないなら、今度こそ帰らせてもらいます」

門倉がスマホを手に取り、電源を入れようとした時、会議室のドアが開いた。

「すみません、先生。遅くなりました」

潮崎はその場の空気を無視し、満面の笑みを門倉に向けた。

門倉は露骨に嫌な顔をした。

潮崎はそんなことはお構いなしに広中の方へ身を屈《かが》め、耳元で「始めよう」と囁いた。広中は小さく頷いた。

ただならぬ気配を感じたのか、門倉は身構えるように机の上で両手を組んだ。

「まだ何かあるんですか」

「ええ、後少しだけお付き合いください」

潮崎は広中の隣に腰を下ろし、門倉の方へ身を乗り出した。

「実は遅れたのには訳がありまして。別室で奥様の取調べに立ち会ってきたんですが、かなり取り乱されてしまって、落ち着いてもらうのに苦労しました」

「妻を？　妻をなぜ取り調べているんだ？　どういうつもりだ、ええ？　そんなことをしてどうなるかわかっているのか」

門倉はこれまでの丁寧な口調も忘れ、急に慌て始めた。

「まあ、まあ、少し落ち着いてください。まだ任意の段階ですし、奥様を取り調べているのは我々一課ではなく、二課の連中です」

「二課……？」

その言葉を聞くのは生まれて初めてだ、とでも言うように、門倉は眉を寄せた。

「ええ、警視庁刑事部捜査二課、詐欺や経済事案を取り扱う精鋭たちが顔を揃えている部署です。ご存じでしょう?」

「なぜ、二課の連中が妻を取り調べるんだ?」

「確か、奥様が代表を務めているNPO法人に、不可解な金の流れがあるとかなんとか」

門倉の顔から血の気が引いていった。

それから、何か気が付いたように、手元のスマートフォンに目をやった。

「そうか、だからだったんだな。妻からの連絡に私が出られない様、スマホの電源を落とせと言ったのは。汚いぞ」

「ご協力いただいたのは、先生のご意志だと思いましたけど?」

広中は澄まして答えた。

慌ててスマートフォンの電源を入れた門倉が、短く息を呑んだ。

広中と話していた一時間足らずの間に、妻からの着信が何度も届いていたことに気が付いたのだ。

「任意ですからね。あなたに電話をしたいと言うので許可したんですが、どうりで繋がらなかったわけだ」

「これは……これは別件捜査だぞ。こんなことが許されると思っているのか、警察は」

とぼけた潮崎を睨みつけ、それから部屋の隅にいる理人に向かって大声を上げる。

「広中検事、あなたがこんな違法なやり方を許可したのか」

「違法? 意味がよくわかりませんが……」

理人が大げさに首を捻ってから、あれ、という顔をした。

「もしかして今、別件とおっしゃいましたか？　一体なんの事件の別件で、二課が奥様を取り調べているというんですか」

「そ、それは……単なる言葉の綾だ」

門倉は己の失言に気づき、理人から視線を逸らした。

「折角なので、先生の口からＮＰＯ法人の件を説明していただけると、二課の手間も省けて助かるんですが」

潮崎が穏やかに促した。

「私は単なる法律顧問だ。ＮＰＯ法人の活動にはタッチしていない。当然、金の動きなんかわかるはずもない」

「さっきは職場と言い間違えるくらい、定期的に顔を出しているというお話でしたが」

すかさず広中が口を挟んだ。

「活動の細かい中身まで私は知らない。法人のことは全部妻に任せてあったんだ」

門倉が怒鳴った。

「あれ、そうなんですか。奥様の方は逆に、自分は名前だけの代表で、活動を取り仕切っていたのはあなたの方だと話しているようですが？」

潮崎の指摘に、門倉は強く奥歯を噛み締め、腕を組んだ。

「黙秘する」

「いいでしょう、わかりました。そもそも二課の件は我々には関係ないことだ」

な、と潮崎が広中を窺う。広中も頷き返した。

「ところで先生、先生のうちの猫ちゃんの名前を教えてもらえますか」

「猫？」

「ええ、飼っているでしょう？」

門倉は黙り込んだ。明らかに潮崎の質問に警戒心を抱いている。

「ああ、答えなくてもいいです。顔を見てわかりました。飼ってないんですね。そうなると……」

潮崎は背広の右のポケットをまさぐり「あれ、こっちじゃなかったか」と言って、左のポケットに手を伸ばした。

「ああ、こっちだった」

潮崎は歯を見せて笑うと、ポケットから取り出したものを門倉に見せた。それは小さなビニール袋で、中には一センチほどの茶色い毛が一本入っている。

「これがなんだかわかりますか」

門倉は無言を貫いていたが、明らかに戸惑っているのがわかる。

「猫の毛です」

門倉の眉間に皺が寄った。それがどうした、と言いたげだ。

「先生のお宅で猫を飼っていないのなら、これはどこの猫の毛なんでしょうね」

「そんなこと、私が知るか」

門倉はたまりかねたように苛々と言い返した。

「以前、猫を飼っている知り合いに聞いたんですが、猫の毛というのは細くて、繊維なんかによく絡みつくんだそうです。その知り合いは毎日のようにカーペットや洋服にコロコロをかけて綺麗に毛を取り除くそうなんですが、ふと気が付くとまだ残っていると嘆いていました。さらに厄介なことに、洗濯をしたくらいでは完全には取り除けないんです」

「だから？」

「だから、これは先生が鈴井さんのお宅にいたことがあるという証拠になるんです」

「は、何を馬鹿馬鹿しい。猫の毛がどうして証拠になるというんだ」

「それを説明する前に、話を少し戻しましょう。先生が毒を盛られたと思い込んで病院に飛び込んだ後、結局、その日は大事を取って一晩入院して帰るということになり、夜遅くなって、奥様がいらっしゃいましたよね。先生の着替えなどを持って」

門倉が身じろぎする。

「奥様にしてみれば一体何が起こったのかと、さぞ不思議だったでしょうね。その日は仕事がお休みで、あなたは朝からゴルフの打ちっぱなしに行くと言って、ポルシェで家を出て行った。ところがそんなあなたが、突然病院に入院することになったと連絡があり、駆け付けてみると、医師からはあなたが毒を盛られたとパニックになっている、と説明を受ける」

門倉の鼻の下に汗が光り始めた。

「そして病院からは、ご主人が持ち込んだという見覚えのない麦茶ポットの返却を受けた。当然これは何なのかとあなたに尋ねる。しかしあなたは適当に答えをはぐらかした。そのことで奥様はあなたに対し、不審の念を抱く。さらに、あなたがその日身に着けていたスポーツウェアにも、奥様は心当たりがなかった。朝は確かにカシミアのセーターとスラックスとで出かけたはずなのに。おやおやおや？」

門倉は反論したそうな様子を見せたが、思い直したのか腕組みをした。潮崎は構わず続けた。

「極め付きはスポーツウェアのポケットに入っていた、見覚えのないスマートフォンの存在です。夫が自分の知らないスマートフォンを持っている。これは世の奥様方にとっては大問題じゃないですかね？」

うん、うんと広中も頷いて後を引き継いだ。

「さくらさんのスマホの行方を追っていた特捜本部は、事件の翌日の午後、一瞬だけ電源が入ったのを確認しています。その時ＧＰＳが示した場所は、あなたのご自宅の近くでした。電源を入れたのは奥様ですよね、きっと。壁紙くらいは見たんでしょうか。それからあなたに、このスマホはどうしたのか、と問い詰めた。もちろんあなたは白を切った。まさか、さくらさんのスマホだと打ち明けるわけにはいきませんものね」

門倉は酸素が薄くなってきたかのように、首を二、三度左右に動かし、ネクタイを緩めた。

「でもそのことが却って、奥様の疑念を膨らませることになってしまった。夫は浮気をしているんじゃないだろうか、と。疑心暗鬼にかられた奥様は、病院から持って帰ってきたスポーツウェアを念入りに観察した。どこかに口紅でもついていないかと、そう思ったんでしょうね。すると口紅の跡こそ見つけられませんでしたが、代わりに見つけたものがありました。それがこの猫の毛です」

潮崎が先ほど取り出した猫の毛の入ったビニール袋を、広中は門倉の方へ滑らせた。門倉が目を逸らした。

「奥様はこう思ったんです。夫には猫を飼っている愛人がいるんだ、と」

その推理のきっかけは、先日、箕輪が潮崎に見せた態度だった。

門倉は再び喘《あえ》ぐように頭を動かしたが、頑なに黙秘を貫いている。

潮崎がビニール袋に入った猫の毛を手に取った。

「このビニール袋に入った猫の毛は、奥様の許可を得て我々があなたのスポーツウェアから採取させてもらったものです。奥様はあなたからスポーツウェアを捨てるよう頼まれたそうですが、そのせいで余計にあなたの浮気を確信した……。それで、奥様はもうあなたを庇う気はない、とそう二課の刑事たちに断言しました」

ＮＰＯ法人の不正の証拠だけではなく、麦茶ポットもスポーツウェアも、警察に提供することに同意したということだ。

「今後、正式に検査をしてみれば、この毛が、璃子ちゃんが可愛がっていた、近所の飼い猫の小町のものと一致することがわかるでしょう。それはつまりあなたが、鈴井さんの家に行ったことがあるという証拠になるはずです」

「猫の毛が付着していたからと言って、それが事件当日に付着したものだとどう証明するつもりだ？」

門倉はふん、と小さく笑うと、急に自信を回復したように、背もたれから上体を起こした。

「ああ、そうだ。私は鈴井宅に行ったことがある。その点について嘘をついていたことは認めよう。他意はない。ただ面倒なことに巻き込まれたくなかったからだ」

それは実に弁護士らしい反論だった。刑事事件は本職ではないとは言え、この程度のテクニックは弁護士にとって基本的なものなのだろう。

「おっしゃる通りです。璃子ちゃんは普段から猫を可愛がっていたので、事件より以前にあなたが訪問した時に、着衣に猫の毛が付着してもおかしくはない。それがポルシェのシートに移って、たまたま今回、スポーツウェアにも付着した、と、まあ、腕のいい弁護士ならそれ位の反証は行うでしょう」

証拠の不備を潮崎があまりにもあっさり肯定したので、門倉は却って怪訝な表情になった。

「我々は、この猫の毛を先生の有罪の切り札に使おうとか、そういうつもりはありません」

潮崎はそこで間を取った。門倉に不安を与えて、楽しんでいるように見える。

「我々の目的は身内の説得です。何しろ特捜本部の連中は、犯人は先生だと我々が言ってもなかなか耳を貸そうとしてくれなくて」

潮崎がそこで、ちらっと理人の方を窺った。理人が僅かに顔を顰めた。

「でも、小町のお陰で、やっと彼らを納得させることができました。少なくとも先生は、被害者宅を訪れたことがある。それなら警察も、先生の周辺を洗わないわけにはいかないでしょう?」

門倉が鼻の下の汗を拭い、スマートフォンの画面に目を向けた。まるで援軍からの電話でもかかって来ないかと期待するように。

「警察というところは人海戦術にかけちゃ右に出る組織はないんですよ。睡眠薬の入手経路、先生がいつどこで練炭を購入したのか、それから事件当日、最寄り駅の防犯カメラに先生の姿が映っていないかどうか。これまで明石さんに向いていた全捜査員の目が、これからは一斉に先生の方へ向かうわけです。十分な状況証拠が揃うまでに、そう時間はかからないでしょう」

門倉は肩で大きく息を始めていた。もう絶体絶命のはずだ。

潮崎の追及はまだ終わらない。

「先生のアリバイを証言してくれたNPO法人のスタッフの女性ですが、彼女も話してくれました。本当はあの日、先生は朝に一度やってきただけで、犯行時刻の頃には事務所にいなかったと。ポルシェもそこの駐車場に停めましたよね。彼女は、元ご主人の暴力から逃げ、助けを求めて先生の元に辿り着いた。よりにもよってそんな女性に対して先生、あなたはこう脅しをかけた。言う通り口裏を合わせなければ、元ご主人に現在の住所を教える、と。これは人でなしのやることですよ、先生」

人でなしという言葉に、門倉も流石にむっとしたように、潮崎を睨みつけた。だがすぐに目を逸らした。軽妙な口調とは裏腹に、潮崎の全身から発せられる怒りが本物だと気づいたのだろう。

「先生の逮捕状を請求するには状況証拠だけでも十分だと思いますが、どうせなら、もう少しすっきりした形で決着をつけませんか」

「決着？」

目を泳がせた門倉に、潮崎は微笑んだ。

「自供してくれませんかね」

「黙秘する」

潮崎は大げさなくらいのため息をついた。

「わかりますよ。あなたにとっては、ここで罪を認めてしまうのは口惜《くや》しいでしょう。刑事の私が言うのも変ですが、計画だけなら、あなたの犯行は完璧だった。亡くなったのがさくらさん一人だったら、我々警察も自殺として処理していたかもしれません。あなたのミスはプランBを用意しておかなかったことです。つまり想定外の事態への対応を怠り、そのせいで幾つものミスを重ねてしまった……、いや、正確に言えばプランBはありましたね。万一警察が捜査を始めた場合に備えて、偽のアリバイを用意し、疑いが被害者の元夫に向くようスポーツウェアとスニーカーを身に着けて犯行に及んだ。完全犯罪まではあとちょっとだった……あの少女があの時間に帰ってさえこなければ……」

門倉の表情がはっきりと歪んだ。

「娘の璃子ちゃんの通う小学校が、毎週水曜日は四時間授業で、いつもより早く帰ってくるとは知らなかったんですよね?」

「水曜日……」

門倉の瞳が驚愕《きょうがく》に見開かれた。

「ええ、学校によって違うんですよ。小学校では、職員会議が開かれる曜日は四時間授業で小学生は下校する。あなたの娘さんが通う小学校……私立でしたね。そこは毎週木曜日。だからあなたは、さくらさんが亡くなるまでの時間から逆算し、その死を確認してから逃亡しても、璃子ちゃんと鉢合わせすることはないと考えた。しかし計画に狂いが生じ、あなたは少女を——」

「待て、違う、待ってくれ」

潮崎の話の途中で、急に門倉が狼狽え始めた。

「殺してない。あの子の死に私は関係ないんだ」

「詳しく説明してもらえますか」

「それは……」

黙秘すると言った手前、門倉は潮崎の問いにどう反論するか迷っているようだった。弁解すれば、自分があの場にいたことを認めてしまい、それは罪を認めてしまうことと一緒だからだ。

「あなたが言えないなら、代わりに説明してあげましょう。おっしゃる通り、元々のあなたの計画では、殺害するのはさくらさん一人で、娘の璃子ちゃんの殺害は含まれていなかった。ところが、床に倒れていた璃子ちゃんに現れた症状を見て、母親に出された麦茶には毒が入っているとあなたは思い込んだ。何しろ、日頃から方々で恨みを買っていたようですからね、あなたは」

潮崎の口元に皮肉のような笑みが浮かんだ。

「そうなるといずれ、自分にも毒の症状が現れてしまう。そう思ったから慌てて病院に行ったんでしょう?」

門倉の顔色は真っ青を通り越して、蠟《ろう》のようにすっかり血の気を失っていた。

「その時点では少女も助けられたはずなのに、それどころかあなたは、倒れている少女の首からストラップ付の鍵も盗んだ。その時も少女はまだ息をしていて、体に温《ぬく》もりもあったはずなのに。でもあなたは彼女の救護義務を怠った。これは殺人ではなくても、法律上、重大な過失になると思いませんか、門倉先生?」

門倉は追い詰められた表情で、幾度も喘いでいた。まるで今にも心臓発作を起こしそうな様子だ。

「黙秘権は大切な権利です。あくまでそれを行使したいというならかまいません。ただ、自供というのは被疑者の最後の自己弁護の場でもあると俺は思うんですよ。現に今、先生にも、いろいろ言いたいことはあるんじゃないですか。その機会をみすみす放棄するんですか」

門倉の首元に汗が滴り、ワイシャツの襟元を濡らしている。

「わ、私は——」

何か言おうとして、門倉の視線が潮崎と広中を行き来し、最後に理人を見つめた。

やがて門倉は決意したように、正面を向いた。

「……ここでは何も話さない。供述は検事にする」

「そうですか。残念です……」

潮崎が立ち上がる。

「最後に一つだけ忠告ですが、ここにいる広中検事は、我々のようにあなたをおだてたりも、甘やかしたりもしてはくれませんよ。それは覚悟しておいてください」

そこへ理人が近づいてきた。門倉は途端に不安そうになった。理人は机の上に手を置くと、厳しい表情で門倉の顔を覗き込んだ。

「大学の時、あなたのお父さんの講義を受けたことがあります。ずっと検事を目指していましたが、あの時初めて弁護士になろうかどうか心がぐらつきました。それくらい素晴らしい講義だった。でも今は、検事になって良かったと心の底から思っています」

門倉はそこで初めて、自分が最悪の選択をしたことに気づいたようだった。

十三

二〇二三年（令和五年）十二月七日（木）仏滅　己亥《つちのとい》

【疑うまでもなく、真実は美しい。だが嘘もまた。　ラルフ・ウォルドー・エマソン】


薄暗い店内のカウンター席に、潮崎は大きな背中を少し丸めるようにして座っていた。店は閑散としている。他には、奥のテーブル席に男女四人がおしゃべりに興じているだけだ。

広中はまっすぐカウンターに近づいて「ペリエをお願い」とバーテンダーに声をかけながら、潮崎の隣に腰を下ろした。

驚いた様子で潮崎が顔を上げる。

「どうしてここが？」

「ハワイの彼女に聞いた」

広中が告げると、潮崎は納得したように頷いた。その手には琥珀《こはく》色の液体が入ったグラスが握られている。

「ついでに猫の誤解も解いておいた」

「ありがとう」

「お節介焼くつもりはないけど、謝ってよりを戻したら？　少なくとも彼女の方はまだそっちに未練があると思うけど」

潮崎は困ったように眉を寄せながら、手の中のグラスをカランと揺らした。

「よりを戻しても、多分また彼女を傷つけてしまうだけだ」

潮崎はもう少し何か言おうとして、一瞬躊躇う素振りを見せた。広中が黙っていると、再び口を開いた。

「親父が出て行った理由がずっとわからなかったんだ。大人になって……例えばあかりと付き合うようになって、将来のこととかいろいろ思い描くようになってやっとわかったよ。もし人の命が年老いた者から順番に朽ちていくなら、親は子供の死に目に立ち会わずに済むだろう。ところが現実は、親より先に亡くなる子供たちがいる。親は子供のことに気づいたんだろうな。姉や母を失い、次は息子の俺かもしれない。だから離れて行った。もし俺にその時が訪れても、知らなければ悲しみや苦しみに襲われることはない……」

「お父さんと、会わない方がいいと思ってる?」

「どうかな。今さら会ってどうするのかと思うこともある……」

二人の間に沈黙が落ちた。

そこへバーテンダーが、冷えたグラスとペリエの瓶を広中の目の前に置いた。

「どうも」

礼を言って、ペリエをグラスに注ぎ、添えられていたライムを搾った。

「禁煙だけじゃなく、禁酒も始めたのか」

潮崎がうまく話題を変えた。

「そうじゃなくて、アルコールが入ると煙草が吸いたくなる。これまでで最長の禁煙記録を達成していいるのにここで台無しにしたくないの」

ペリエを一口飲んで、広中は笑った。

潮崎も笑い返した。空気が変わって広中はほっとした。

「兄から連絡があった。門倉が供述を始めたって」

同じ法曹として、手心でも加えてもらえることを当てにしていた門倉だが、連日の取調べに早々に音を上げたようだ。

「広中検事は評判通りやり手だな」

「伝えておく。きっと喜ぶと思う」

「さくらさんは、会計不正に手を貸すことを拒んだんだろう?」

「そう。そこで門倉は、もし手を貸さないなら、法的な手段に訴えて、さくらさんから親権を取り上げてやると脅した。これまでも門倉はそうやって、相手の弱みに付け込んで、自分に従わない人間を脅して黙らせてきたみたい」

「そういうやり方は、長年、DVや虐待を受けてきた人間には有効だったんだろう。だがさくらさんは泣き寝入りしなかった。なぜなら彼女は、明石さんから暴力は受けていなかった。それどころか恐らくただの一度も、誰かの理不尽な暴力に苦しむという経験をしたことがなかったんじゃないだろうか。だからこそ戦うという選択を取った……」

潮崎はどこかやりきれない口調で呟いた。

結局門倉は、会計不正の他、スタッフたちへの脅迫なども含めて、悪事を暴露されることを恐れて殺害に至ったのだ。

潮崎は静かにグラスを傾けた。眠そうな目をしていながら、その奥には真実を見極める知性の輝きを隠している。他人がそのことに気づくのは、潮崎のペースにすっかり嵌まってしまった後のことだ。門倉も例外ではなかった。

再びペリエで喉を潤しながら、広中は店内のＢＧＭに気が付いた。先ほどからクリスマスソングをアレンジしたものが流れている。クリスマスまでまだ二週間以上あるが、十二月に入った途端、どこもかしこもクリスマス一色に染まる。カウンターの端に、小さなクリスマスツリーも飾ってあった。赤や金のオーナメントが吊り下げられ、慎《つつ》ましいランプの煌めきをまとっている。

潮崎の横顔が少しぼんやりして見える。彼はグラスを飲み干し、バーテンダーに合図を送った。

「私にも同じものを」

「いいのか」

「禁煙が失敗したらその時のこと」

開き直ったように答えると、潮崎の口元に笑みが浮かんだ。

やがてグラスが運ばれてきた。改めて乾杯する。

「うわっ、強い、これ」

一口飲んで、広中は顔を顰めた。潮崎がまた微笑んだ。

「ずっと考えてたの」

グラスをちびちび舐めながら、広中はゆっくりと口を開いた。

「犯人はなぜ、母と子の殺害方法を変える必要があったのか」

門倉が殺害したかったのはさくら一人だ。ところがあの日、璃子が思ったより早く学校から帰って来て計画は狂う。そこで急遽《きゅうきょ》、璃子を手にかけたのか。だが犯行後の門倉の行動を考えると、毒物のリシンは彼が用意したものではない。そうなれば筋が通る答えは一つしかなかった。

「犯人は二人いた」

潮崎は黙ってグラスを口に運んだ。肯定の意味に受け取った。

「もう一人が誰なのか。わかってるんでしょう?」

今度も無言だ。

広中は辛抱強く待った。

ようやく潮崎がこちらを振り向いた。その眼差しには、珍しく迷いの色が感じられる。

「ちょっと、付き合ってくれないか」

*

茶の間のソファに座って、吉野は手のひらに載せたトウゴマの種を見つめながら、長い間思案していた。

これを処分するには、細心の注意を払わなければならない。

以前、警察はゴミの中まで漁ると何かで読んだことがある。

理由はそれだけではない。

この種には猛毒のリシンが含まれているのだ。たとえ一粒でもかみ砕いて飲み込んでしまったら、命の危険さえあった。

軽々しく扱うのは考えものだ。

吉野は考えあぐねて、結局元の通りにティッシュに包み直すと、タンスの奥深く、古いセーターの間に押し込んだ。

＊

陽が暮れると外は一気に冷え込んだ。広中は手袋を嵌めた両手を擦り合わせた。

『サイクルショップOGAWA』の入り口には「CLOSED」の案内が出ていたが、店内は煌々《こうこう》と灯りがともされていた。少し離れた歩道からでも、店内にいる明石の姿がはっきりわかる。

門倉が逮捕されて、少しずつ明石の周囲は落ち着きを取り戻し、彼は恩師である小川の店をしばらく手伝うことになったのだ。

明石は熱心にロードバイクのチューンナップを行っていた。心の底からロードバイクを愛しているのだ。

近々レースに復帰するというが、三十代後半という年齢は、第一線のロードレーサーとしては既に盛りを過ぎていた。才能がありながら、プレッシャーに負けた男。明石は結局、その評判を覆すチャンスを得られないまま、ロードレースの世界から消えてしまうだろう。

明石本人はそのことをどう思っているのだろう。

北風が二人の足元に纏わりついてきた。広中は軽く足踏みをした。

「事件の真実が明らかになれば、被害者家族は救われる。なぜ自分たちの愛する者が命を奪われなくてはならなかったのか。その理由がわかれば、愛する者の死を受け入れられて、再び前を向いて歩んでいける。俺もそう信じていた時期があった……」

潮崎が鼻を啜り、寒そうに両手を背広のポケットに突っ込んだ。

「でも一方で事件の真実は、さらに被害者家族たちを傷つけることがある。それならいっそ、真実は闇に葬り去られた方がいいのかもしれない。どう思う?」

いつになく潮崎は、自信のなさそうな目つきで広中を窺った。

「あなたがわからないなら、私にはどちらが正しいかなんてわからない」

作業を続ける明石を見つめながら広中は答えた。

「でも、たとえ真実によって傷つけられたとしても、あなたは知りたいでしょう?」

潮崎を見上げると、鼻の頭を赤くした彼は、忙《せわ》しなく瞬きをした。

「行こう」

真実を暴く決心がついたようだ。


岡安晴彦は白髪の混じった前髪をかき上げた。広中が思うに彼は、年齢の割にふさふさした髪が自慢のようだ。

「まさかなあ、潮崎と広中さんの娘さんがコンビを組むとは……。いや今どきはバディと呼んだ方がいいのかな」

岡安の軽口を適当にあしらうと、広中は部屋の隅に追いやられていた椅子を取って来て、岡安の机の正面に座った。同じように潮崎が隣に腰を下ろし、用件を切り出した。

岡安は急に真面目腐った顔で、時々頷いたり、首を傾《かし》げたり、ペンを動かしたりしながらその話に聞き入った。

「なるほど、今の話は実に興味深かった」

岡安は立ち上がって、壁際のコーヒーサーバーが置いてある場所まで移動した。ガラス製のコーヒーポットを掲げ、広中たちにも勧める。だが二人とも、ここを訪れてすぐ一杯目をご馳走《ちそう》になったところで、まだカップには半分以上残っていた。

「それで、君たちの話を聞く限りにおいて……」

岡安は自分だけコーヒーのお代わりをカップに注ぐと、ゆっくりと自分の席に戻った。

「医師としては、鈴井さくらさんを直接診察したこともない立場で、軽々しく診断を下すべきではない、ということは承知していて、あくまでここだけの話という前提で言わせてもらうなら——」

岡安は精神科医としては優秀なのだろうが、話が回りくどいのが欠点だ。広中が痺れを切らしかけた時、ようやく知りたかった答えを口にした。

「さくらさんは『代理ミュンヒハウゼン症候群《しょうこうぐん》』だったと思う」

「それって確か、親が子供を病気にして献身的な看護を装うものですよね？」

「その通り。そもそも『代理ミュンヒハウゼン症候群』とは自分を病気にしたり傷つけたりする症例『ミュンヒハウゼン症候群』が元になっている。この名前の元になったのは、十八世紀に存在したプロイセン貴族のミュンヒハウゼン男爵だ。彼は『ほら吹き男爵の冒険』のモデルになった人物で——」

岡安は椅子に深く座り直すと、長ったらしい蘊蓄《うんちく》の続きを始めた。

広中は、今回の事件に関係する症状の部分以外は適当に聞き流した。

岡安の話をまとめると、『代理ミュンヒハウゼン症候群』は母親に多く見られ、対象も自分の子供のことがほとんどだった。よって、児童虐待の一類型と考えられている。

「そのため医療現場では『医療乱用虐待』と呼ぶことが求められているが、今回は……、わかった、わかった、本題だな」

広中が本気で苛立っていることに気づいた岡安は、話を核心へ近づけた。

「さくらさんの場合は娘の璃子ちゃんが生まれる以前から、夫の明石さんを対象として始まった。恐らくきっかけは、彼が学生時代に大怪我を負ったことだろう。その時はさくらさん本人も打算はなく、献身的に明石さんを支えたんだと思う。だが怪我を乗り越え、競技生活に復帰した明石さんから感謝の思いを寄せられ、周囲からもそのことを誉《ほ》めそやされて彼女の中で何かが変わってしまった」

岡安の話を受けて、潮崎が口を開いた。

「小川さんのところで、さくらさんのノートを見せてもらっただろう？　あの時俺は、まるで観察日記みたいに感じたんだ。それでさくらさんを怪しむようになった」

観察日記とは言い得て妙だった。

「その頃から、明石さんの食事にリシンを混ぜるようになった？」

「最初はリシンじゃなかったと思う。もっと身近な、漂白剤とかニコチンとかだったんじゃないだろうか。だが何度も繰り返すうちに、彼女は最適な毒物に辿り着いた」

さくらが明石の食事に毒物を混入する様子を想像して、広中は寒気を覚えた。

「仮に青酸カリのような毒物を、食事や飲み物に混入させたとしたら、明石さんはすぐに体調を崩してしまったはずだ。そうするといずれさくらさんに疑いが向けられる。だがリシンの毒性は症状が現れるまでに時間がかかる。遅ければ十時間以上経ってからだ。さくらさんにとってリシンは、アリバイ作りとしても持ってこいだったんだろう」

そこで岡安が咳払いをした。自分にもしゃべらせろということのようだ。

「明石さんは大きなレースの前になると決まって体調を崩していた。発熱、嘔吐、下痢などのリシンの中毒症状は、強いプレッシャーを受けた時の症状とも重なる。明石さん本人や周囲が、そう思い込んでしまっても不思議はない」

「さくらさんは夫に成功して欲しくなかったんですか」

「そこが『代理ミュンヒハウゼン症候群』の複雑なところでね。さくらさんにとって大事だったのは、夫の選手としての成功ではなく、怪我や体調不良でスランプに陥った夫を献身的に支える妻で居続けることだった。だから明石さんが実業団をリストラされ、そのまま競技生活を引退しようとした時も必死で引き留めたわけだ。夫の夢を応援したかったわけじゃなく、自分の承認欲求を優先させた。だから、明石さんが二度目の大怪我をして、今度こそ選手生活を引退しようと考えた時、さくらさんにとって夫はもう不要な存在になった。それで離婚したんだ」

岡安はそこでまた、コーヒーカップに手を伸ばした。既に空になっていた。再びポットの側に行ってカップになみなみ注ぐ。今度も広中たちは勧められたが、毒物の話を聞かされた後では、何も口にする気になれなかった。

「離婚後、次に彼女が装ったのは、元夫に虐待された可哀《かわい》そうなシングルマザーの姿だった。これは恐らく、なかなか離婚に同意しない明石さんに痺れを切らして、いろいろな方面に相談に行った結果、誰かに入れ知恵されたんだろう」

岡安が潮崎に目配せをする。必要なことはしゃべった、続きはどうぞ、ということらしい。

「だがそれも長くは続かなかった。なぜならシングルマザーとして支援団体の世話になった彼女に対して、周囲は必ずしも同情を寄せてくれたわけじゃなかったからだ。支援団体は同情より、自立に向けて具体的なアドバイスを行うのが仕事だ。でもさくらさんにとってそんなものは必要なかった。だから今度は自身に毒を盛るようになった」

「病弱で子供を必死に育てる可哀そうなシングルマザー……、それを演じたのね」

「もう一つ付け加えるなら、さくらさんが門倉弁護士の悪事を暴こうとしたのも、告発者になることで、世間から注目され、賞賛されるかもと考えたからかもしれない」

岡安が急に思いついたように口を挟んだ。

「行き過ぎた承認欲求の果てに、彼女は犠牲になった……」

やりきれない気持ちが広中の胸を締め付けた。

「それで璃子ちゃんはなぜ？」

潮崎を窺った。

「幼くても璃子ちゃんは、自分の母親がどこか歪《いびつ》であることに薄々感づいていた」

「母親が父親に毒を盛っていたことも？」

「いや、そこまで明確に理解していたわけではないと思う。だが、何か良くないことをしているとは感づいていたはずだ。幼くても子供というのは、もっとも敏感に家族の異変を察知することがあるから……。具体的にはわからなくても、母親が秘密にしていたトウゴマの種が、良くないものだと彼女は気づいたんだ」

「それがどうしてポーチに？」

「もちろんさくらさんは、璃子ちゃんの目に触れない場所に隠していたはずだ。例えば……あの家の中なら吊り戸棚とか。だが大人が隠すと子供は余計に興味を持つものだろう？」

潮崎の表情に翳《かげ》りが増した。

「この先は俺の単なる推理だ。証拠はない。証明しようにもさくらさんも璃子ちゃんも亡くなってしまって、真実は永遠に闇の中だ。でも璃子ちゃんがなぜ毒物で亡くならなければならなかったか。その点について、こう考える以外、明確な答えが思いつかないんだ」

潮崎は苦しみを堪えるようにいったん言葉を切ってから、ゆっくりと語り始めた。

「覚えてないか。子供の頃、熱を出すと、両親が代わる代わる様子を見に来てくれたことが君の家でもあっただろう？」

「ええ……まさか……？」

「璃子ちゃんはきっと、自分の具合が悪くなれば、両親がまた仲良くなると期待したんだと思う。それであの日、トウゴマの種を食べた。毒だとは知らずに……。そう多くはない量だったはずだ。だが、小学校で授業を受けている間、その僅かな量のリシンは着々と少女の体を蝕んでいった。そして、帰宅した彼女は、睡眠薬入りの麦茶のグラスに口をつけて昏倒《こんとう》する。そこへ運の悪いことに、少しずつリシン中毒の症状が現れる。普通、トウゴマに含まれる有害成分は腸で分解されるから、飲み込んでも致死率は低い。すぐに適切な治療を受けられれば助かっただろう。具合が悪いと言って、吉野さんの家にでも駆けこんでいればきっと……」

喉がつかえたように潮崎は咳払いした。

「唯一救いがあるとするなら、長田が言った通り、璃子ちゃんは昏睡《こんすい》状態の中で、苦しみはあまり感じなかっただろうということだ……」

潮崎の眼《め》に光るものが見えた。

門倉がさくらへの殺人罪と、璃子への重過失致死傷罪ほか、複数の罪状で起訴された後、広中と潮崎は明石を訪ねていった。

「正直、まだ気持ちの整理ができません」

テーブルには璃子の写真の入った写真立てが置かれ、その前には小さな白い花も飾られている。殺風景なこの部屋で、そこだけが唯一光が当たっているように見えた。

明石が写真立てを手に取った。中の写真は、璃子の小学校の入学式の時のものだ。紺のワンピースを着て、ピンク色のランドセルを背負った彼女が、校門の前に立ち、手前でカメラを構える父親に微笑み返している。

「このピンクのランドセル……、これは私があの子に買ってやった最後の贈り物になりました。一緒に売り場へ見に行った日、あの子は迷うことなくこれがいいと私に笑ったんです。さくらもその場にいました。帰りに三人でファミレスに寄って食事をして……さくらともいい感じだったんです。また家族としてやり直せるかもと……それがどうしてこんなことに……」

明石の頬を伝い落ちた涙が、璃子の写真を濡らした。

「先日、さくらの両親からは正式な謝罪がありました。璃子の遺骨については、これからの話し合いになりますが……一刻も早く手元に引き取りたい思いがある一方で、璃子の大好きだった母親と引き離すような気もして、迷いもあります。でも心情として、向こうの家とはもう一切かかわりたくないというのが正直なところです」

明石には既に、璃子の死にさくらが関係していた可能性を話してあった。

報道や裁判の過程で耳にするよりは、広中たちの口から伝えられた方がいいだろうと判断したのだ。

明石がまず見せた反応は、憤りよりも驚きだった。しかし時間の経過と共に過去の出来事を振り返って、大きなレースの前にさくら特製のドリンクを飲むと、決まって体調が悪くなったことを思い出した。それから徐々に、自分の選手生命を奪ったのが彼女だったことを納得するようになっていった。だが明石のさくらへの恨みを濃縮させたものは、なんと言っても娘の璃子の死に、間接的とは言え、関わっていたことだ。

「ありもしないDV疑惑を捏造《ねつぞう》された挙句、親権を奪われ、娘と会うことさえ制限されて……」

たまりかねて怒りを爆発させれば、やはりDV夫だったと世間からは誤解され、明石は身動きが取れなくなっていた。

「最後に璃子と会った時、十二月に参加するレースを見せると約束しました。あの子が物心ついてからは、一度も父親の走る姿を見せてやれなかったので……。あの時……無理やりにでも、娘を連れて帰れば良かった……。たとえそれで警察に逮捕されても、もっと娘を救い出す行動を起こせば良かった……」

娘を失った悲しみや喪失感に加えて、さくらへの怒りと過去の自分のふがいなさへの自責が、明石を何重にも苦しめていた。

明石とさくらは最悪の相棒だったと言って良いだろう。それでも、さくらと璃子がもし生きていてくれれば、違う未来を描くこともできたかもしれなかった。

「例の弁護士にはどのくらいの刑が下されるんでしょうか」

明石の声に切実さが滲む。最後の望みは、犯人が極刑に処されることしかないのだ。そんな彼に現実を告げるのは心苦しい。

「さくらさんへの殺人罪と、璃子ちゃんへの重過失致死傷罪の両方の罪が認められたとしても、量刑は十五年から二十年といったところではないでしょうか」

もっと辛い話をするならば、璃子への重過失致死傷罪を立証するのは難しいかもしれない、と理人からは聞いている。そうなると、さらに短い刑期で門倉は出所する可能性もある。

「たったそれだけですか……」

やり場のない怒りをその顔に滲ませながら、明石は写真の中の璃子に指を這わせた。もう二度とは蘇らない幸せな光景を閉じ込めた一枚の写真によって、残酷な現実がことさらに浮かび上がってくる。

「ただ一本、一一九番してくれていれば璃子は助かったかもしれないのに……。あの子には、これからもっと楽しいことや嬉しいことがたくさん待っていたはずなのに……犯人はたったそれだけで許されるんですか」

楽しいこと——。その言葉に、傍らにいた潮崎が身じろぎした。

彼はまた、亡くなった姉のことを思い返しているのだろうか。

一人はたった七歳で、もう一人は十六歳で、理不尽にも命を奪われてしまった二人の少女の悲しみが交錯した。

「お気持ちはよくわかります」

潮崎の声は少ししわがれていた。

「愛する人を奪われた家族の苦しみを思えば、犯人は極刑に処されてしかるべきでしょう。でもそのことばかりに気持ちを囚《とら》われないでください。生きている人間にはその生活があります。あなたもそれを大事にしてください」

控えめながら、明石の心に直接訴えかけるように潮崎は語りかけた。

それから、預かっていたポーチを渡した。中に入っていた千円札を見て、明石が顔を歪めた。

「本当はおもちゃでもアクセサリーでも、あの子の欲しがるものを買ってやりたかったんですが、さくらに見つかるとこっそり会っていたことがバレてしまうので……せめて……それで何か好きなものを……っ」

明石はそのポーチと写真立てを胸に強く押しあてながら、声を上げて泣き始めた。

＊

自治会の会合を終えて、余った弁当の入ったナイロン袋を手に、吉野は五階にある自宅までの階段をゆっくり上っていた。冷え冷えとした空気に反応して、痛む方の膝が少し休めと警告してきた。

一階には空きもある。そろそろ真剣に引っ越しを考える頃合いかもしれない。

そんな風に考えながら、吉野が三階の踊り場で一息ついていると、階段を下りてくる大地と出くわした。

「おや、大地君、こっちに用事とは珍しいね。もしかして私に用でも？」

吉野が声をかけると、大地は焦ったような顔になった。

「そうだ、自治会で弁当が余ったんだ。二つあるから一つ持って行きなさい」

吉野がナイロン袋から弁当を取り出そうとすると、

「だ、誰にもっ、い、言いませんからっ」

大地は突然叫ぶと、大慌てで階段を駆け下りて行った。

吉野は呆気に取られた。

一体、何事だ？

首を捻りながら自分の部屋の前まで来ると、ドアノブに紙袋が一つぶら下がっていた。中に入っていたのは、先月吉野が無くしたスマホだ。

見つからないものともうすっかり諦めていたところだった。

階段ですれ違った大地が頭に浮かんだ。彼が届けてくれたのだろうか。

それならそうと言ってくれればいいのに、と思いかけて、息を呑んだ。

まさか……？

いや、きっとそうだ。

吉野は痛む膝のことも忘れて、大慌てでA棟の大地の家へ向かった。

チャイムを鳴らしたが、居留守を使われているようだ。

「大地君、誤解なんだ。説明させてくれ」

吉野が声を張り上げると、ドアの向こうに人の気配がした。

「君はスマホの中身を見たんだね。恐らく検索履歴で『トウゴマ』と『リシン』の言葉を見つけて、私が璃子ちゃんを殺害したと思ったんだろう？」

「だ、誰にも言いません。よ、吉野さんにはいろ、いろお世話になって恩、恩がありますから……」

ドアの向こうから動揺した大地の声が聞こえた。

「やっぱり……」

吉野はため息を漏らした。

「そのことならちゃんと説明するから、まずはドアを開けて――」

「それなら、我々にも聞かせてもらえませんか」

出し抜けに吉野の背後から女性の声がした。

驚いて振り返ると、いつの間にか広中と潮崎が立っていた。

＊

大地の家の茶の間で、広中は立ったまま腕を組み、ダイニングチェアに座る吉野と大地を交互に見下ろした。

「トウゴマの種を拾ったなら、どうして我々警察に黙っていたんですか」

「本当に申し訳ありませんでした」

吉野が深く頭を下げると、釣られたように大地も頭を下げた。

「事件が起きる二週間ほど前のことです」

吉野が事情を語り始めた。

「親戚の用事で、大阪に泊りがけで行くことになり、小町を鈴井さんのお宅で預かってもらうことになったんです」

大阪から戻り、小町を鈴井宅から引き取って、部屋で寛いでいた時だった。吉野の傍らで毛づくろいをしていた小町の体から、種のようなものが転がり落ちてきた。かつて高校の生物教師だった吉野は、すぐにそれがトウゴマの種だと気づいたという。

「おぼろげな知識でしたが、確かトウゴマには毒性があったはずだと」

慌ててスマホで検索をかけた。

「だから検索履歴に残っていたんだよ」

吉野の説明に大地が目を丸くする。

「それでリシンのことを知ったあなたは、大急ぎで小町を動物病院へと連れて行ったわけですね」

二人の向かいに腰を下ろした潮崎が尋ねると、吉野は驚いた顔になった。

「警察はもう、そんなことまで調べ上げてたんですか」

「以前、小町の病院の件をあなたに尋ねた時、なぜかあなたはそれを誤魔化そうとしたように見えたので。獣医師に話を聞いてきました。あなたは小町がトウゴマの種を食べてしまったんじゃないかと、心配したんですね」

「はい。病院でいろいろ検査などをしてもらいましたが、リシンは解毒剤が無いので、後は症状が出てからの対症療法になると言われて、あの時はもう生きた心地がしませんでした」

一晩入院させた結果、小町に毒の症状は現れず、トウゴマの種は食べなかったことがわかった。

「ようやく冷静になり、トウゴマの種は一体どこから来たのかと考えました。小町は外に出したことがありませんので、そうなると鈴井宅しかありません。そこで、夜遅い時間でしたが、万一璃子ちゃんの口に入ってはいけないと思って、確認しに行きました」

だがさくらは、トウゴマなんて知らない、と答えた。

「でも私には、彼女が嘘を言っているように見えました」

吉野の話に、潮崎は大きく頷いた。

「ありがとうございます。お陰で最後の謎が解けました」

「謎……ですか」

吉野が不思議そうな顔をした。

「ええ。なぜ、鈴井宅からトウゴマの種やリシンが見つからなかったのか、という謎です。さくらさんは吉野さんに種のことを聞かれて、ひょっとしたらあなたが、自分がしていることにも気づいているのではないかと恐れたんでしょう。それで残っていた種やリシン、精製に使った道具類も全て処分してしまったんだと思います」

「していること……ということは、やはり彼女が璃子ちゃんを？」

吉野の顔が曇った。

「真実はもう少し複雑ですが、結果としてはそうなります。あなたはさくらさんを庇おうとしたんですね」

「はい……。あの母子の健気さを見ていたので……。もし、トウゴマの種を使って母親が娘の命を奪ったとわかったら、マスコミや世間からさくらさんがなんと叩かれることかと考えてしまい、それでつい……」

吉野は深くうなだれた。広中としては、彼が事実を黙っていたことは腹立たしいが、死者の尊厳を守りたかったという気持ちは理解できた。

「ど、どうして、高校の教師だったこと……隠そうとしたんですか」

大地が尋ねた。

「隠す……？　ああ、それはね」

吉野は寂しそうに笑った。

「私は教師だったが、自分の息子一人ちゃんと育てられなかった。そのことをずっと恥だと思ってきたからだよ」

「そうだったんですね。は、犯人だと誤解してすみませんでした」

大地は吉野に頭を下げた。

「とんでもない。私の方こそ誤解させるような真似を――」

「そこまでにしてください」

広中は慌てて、二人の会話を中断させた。刑事たちを無視して、勝手に物事をいいように終わらせてもらっては困る。

「今日の所はこれくらいにして我々は引き上げますが、二人とも後日、署の方で改めてお話を聞かせてもらうことになりますからね」

二人に悪意がなかったことはわかっている。それでも刑事としては、釘を刺しておかなければならなかった。

帰り際、潮崎は持参してきた紙袋を吉野に渡した。

「これは我々から小町へ」

「小町に？」

吉野は戸惑いながら、袋の中身を確認した。

「え、こんなにたくさん……」

紙袋の中には、大量の猫用のおやつと猫じゃらしが入っていた。

「小町は自分を可愛がってくれた少女への恩を忘れなかった。それに対するささやかな感謝の印です」

花園団地を後にすると、寒さがひと際厳しくなっていた。

広中はマフラーを首にしっかり巻きつけた。

「ねえ」

寒そうに身を縮めていた潮崎が顔を上げた。

「どうして、明石さんを疑わなかったの？　明石さんが元妻にストーカー行為を働き、ＤＶまで働いていたなら、普通は怪しむでしょう？　特にあなたの場合は……お姉さんの事件があったのに、なぜ明石さんは犯人じゃないと思うことができたの？」

「俺だって明石さんのことは疑ってたよ」

「え？」

「実は事件が起こる前、母子に危害が及ばないよう、長田巡査長にある頼み事をしておいたんだ」

「どんな？」

「少しの間、明石さんを観察してもらっていた」

　広中は驚いて潮崎の横顔を見つめた。

「姉の事件があったからこそ、俺はストーカー行為を働く人種に興味があった。なぜあんなに一人の相手に固執して、殺人にまで至ってしまうのか。どうしても知りたかった。多くのストーカーは孤独で、社会との繋がりを持っていない。だから対象者に拒絶されることは、ストーカーにとって世界が終わるような絶望にも等しいそうだ。とは言え、それでなぜ殺してしまおうと思ってしまうのか、俺にはまったく理解はできないわけだが……」

　潮崎が寒そうに鼻を啜った。

「明石さんはそういうストーカーの特徴とは一致しなかった。彼は確かに失業中で経済的には困難な状況だったが、両親や兄弟など自分の家族との関係は良好で、休日には大学時代の友人たちと、ロードバイクでツーリングに出かけるなど趣味も充実していた。彼の目的は娘の璃子ちゃんと一緒に暮らすことで、親権を巡って元妻と争っていたことは間違いないが、そのことにだけ執着して日々を過ごしていたわけじゃない。彼にはちゃんと普通の日常があった」

潮崎が白い息を吐き出した。その向こうに月が輝いていた。

「それでも事件の直後は、百パーセント自信があったわけじゃない。心のどこかではまだ引っかかってはいた。彼の潔白を確信したのは、葬儀の時だ。出棺の間際、彼が璃子ちゃんの棺に取り縋る姿が俺の父と重なった。もしあれが演技だったとすれば、彼は元妻に対しても同じように悲しみを演じるはずだ。ところが彼は元妻への憎しみを隠そうともしなかった。あの時点で彼への疑いは完全に晴れた」

昼間でも人けのないこの周辺は、この時間になるといっそう寂しくなる。坂道の先に、花園交番の灯りがぼうっと浮かび上がって見えた。それが人々にとって、どれほど心強い存在であることか。

広中は大きく息を吐いた。

「そうか。吉野さんや団地の他の住人たちが目撃した、スポーツウェアで、団地をうろうろしていた男って、もしかして長田さん?」

「ああ。仕事熱心な彼は、非番の日も私服で団地を巡回していたんだ。ガタイが良くて陽に焼けていて、黒っぽいスポーツウェアを着た男。たまたま明石さんと特徴が一致していたことで誤解されてしまったようだ」

「でも、団地の住人なら、長田さんだと気づくでしょう?」

「そんなものだよ。いつも見る地域のお巡りさんは、制服を着ているからそう認知されるだけで、顔までちゃんと見ている人はいない」

「驚いた」

広中は天を仰いだ。白い息の向こうに、冬の星空が輝いていた。

エピローグ

目覚ましは午前八時に鳴った。大地はすぐに起き出して、布団を畳んだ。

毎日少しずつ起きる時間を早めて、最近は朝の時間をたっぷり使えるようになった。

顔を洗い、コーヒーを落とし、オーブントースターに食パンを突っ込む。

それから両親の部屋へ向かい、壁に掲げられた日めくりカレンダーの前に立つ。

今日もまた、一日が始まる。カレンダーを破った。

二〇二三年（令和五年）十二月二十三日（土）先負　乙卯《きのとう》
【「希望」には羽根が生えていて、魂にとまる。　エミリー・ディキンソン】

「希望には羽根が生えていて……」

いつも良い言葉ばかりだが、今日のは特に良い。エミリー・ディキンソン。覚えておこう。

大地は朝食を済ませて、念入りに歯磨きと髭剃りを終えると、紺のトレーナーと黒い綿パンに着替えた。その上から、買ったばかりの茶色いジャケットを羽織り黒いマフラーを首に巻き付ける。

今日は社会復帰トレーニングの一環として、近くの高齢者施設で開催されるイベントに、ボランティアとして参加する。一日早いクリスマス会だ。

大地にとって、去年まではクリスマスだろうとなんだろうと、日付自体が意味のあるものではなかった。

先週は母親の面会にも行った。初めは大地のことを認識できなかったが、そのうち父親の孝蔵と勘違いされて、手を握られながら、二人の若い頃や、大地が生まれた頃の話をたっぷりと聞かされた。

第一回目の公判が、年明けに開かれることになっている。

情状証人として、大地は先日裁判所へ出向き、録画撮りを済ませた。

立ち会ってくれた国選弁護人の彼女は、今回も明るくエネルギーに満ちていた。

「執行猶予をもらうためには、大地さんが今よりもさらに生活態度を改善し、お父さんの面倒を見られるということを裁判官に証明する必要があります。一緒に頑張っていきましょうね」

大地はその言葉に、素直に頷けるようになっていた。

そう言えばこの頃、吃音の症状も以前ほど現れなくなった。

家を出る前に、鏡の前でもう一度身だしなみを確認する。

艶を失い、寂しくなった頭髪には白いものが混じり、落ち窪んだ目とたるんだ二重顎の冴《さ》えない中年男性の姿があった。

だがどんなに嘆いても、失った年月を取り戻すことはできない。それなら未来に目を向けて進むしかなかった。

＊

足が重い。漕いでも漕いでも、ロードバイクは一向に前に進んでくれない気がした。

心臓も破裂しそうで、肺も悲鳴を上げていた。

十代、二十代といった若い選手たちが、軽々と明石を追い抜いていく。

既に筋肉はパンパンに張っていて、果たしてリタイアせず最後まで走り切れるのか不安だった。

風よけになってくれるチームメイトもいない。それでも明石は懸命にペダルを漕ぎ続けた。

コースは市街地に入り、沿道で応援する人々の姿が目に飛び込んできた。

その中に、明石は一瞬、璃子の姿を見たような気がした。

「お父さん、がんばってえ」

声もはっきりと聞こえた。

うん、お父さん、頑張るよ。だから璃子も最後まで見守っていてくれ。

明石は右手でそっと胸元を触った。

レース前、明石はそこに璃子が作ってくれたお守りを忍ばせていた。

この日のために、璃子が折り紙で作ってくれた金メダルだ。真ん中には「お父さんの金メダル」と書いてある。それと璃子がずっと大事にしていたという親子三人の写真も。

明石はユニフォーム越しに、璃子の金メダルに優しく触れてから、顔を上げた。

涙で曇る眼差しが、前方の選手の背中をまっすぐに捕らえた。

どこにそんな力が残っていたのか自分でもわからなかった。

明石はペダルを漕いだ。ロードバイクがどんどん加速していく。

今日のレースを楽しみにしていた璃子の思いが、ペダルに乗り移ったかのようだった。

「璃子……」

明石の目には、声援を送ってくれる璃子の姿が確かに映っていた。

＊

他所から来た人間にとって、捜査一課が陣取る刑事部屋は近寄り難《がた》いものがある。一歩足を踏み入れた瞬間から、長田は一刻も早く帰りたいというように広中に泣きついた。

「期限付きというからには、すぐに交番勤務に戻れるということでいいんですよね」

「さあ、一年になるか、二年になるか」

広中がからかうと、長田は困ったなと眉を寄せた。

潮崎が長田へのアルバイトの報酬として提案したのは、自分たちのチームへの異動だった。

「居心地が悪いのは最初だけ。すぐに慣れるから」

広中は長田の能力を買っている。彼は地域住民に対して熱心だ。潮崎が彼をここへ引っ張ったのも、それが理由の一つだろう。別の理由は、長田を自分の後釜に据えようというのだ。

潮崎は今も変わらず犯罪被害者支援室への異動を希望している。

彼とは一度しっかり話をしなくてはならなかった。

夕方になり、刑事部屋から人が少なくなった。広中は思いきって潮崎に声を掛けた。

「どうしてそんなにここを出て行きたいの？　犯罪被害者支援室だけが、被害者やその家族を助ける道じゃないでしょう？」

「被害者やその家族の支援を行うのに、俺ほど彼らの心情に配慮できる人間はいないからだよ。つまり適性があるということだ」

潮崎が冗談めかして笑った。

それは確かに真実だ。でも他の理由があることも間違いない。

潮崎がそっと周囲を窺う素振りを見せた。誰もいない。ここには広中と自分だけだと確認できて、何かを打ち明ける決心がついたようだ。

「俺はここにはいない方がいい」

「どうして？」

「君に迷惑がかかる」

「今さら？」

広中は笑おうとしたが、潮崎の顔を見て思い直した。

「事件のあった日の前の晩、俺は姉に腹を立てたんだ。姉が翌日もアルバイトだと知ったせいだ。次の日の夜はクリスマスパーティをすることになっていて、母が鶏の唐揚げを作ってくれて、父は会社の帰りにケーキを買ってくる約束だった。でも姉の帰りが遅くなれば、それだけパーティが始まるのも遅くなってしまう。だから怒った。姉は謝ってくれたけど、俺は口を利かなかった。あくる朝も、行ってきますと声を掛けてきた彼女を無視して、さっさと学校へ行った。姉の顔には、ちょっと傷ついたような笑みが浮かんでいて、それが姉を見た最後だった」

潮崎の喉仏が大きく上下する。広中は一瞬、彼が大声で泣き出すのではないかと心配した。

「夜、両親に警察から事件のことで連絡があって、俺は祖母と留守番をしていた。姉のことなんか、これっぽっちも心配しなかった。頭にあったのは、早く両親が帰って来て、クリスマスケーキを食べたいなっていうことだけだった。その数時間前、姉はいかれた犯人に刃物で滅多刺しにされていて。俺が呑気《のんき》にテレビのお笑い番組で笑い転げている間、警察の遺体安置室の、冷たい金属の寝台に横たわっていたというのに。俺は姉のことを少しも気に掛けなかった」

「あなたは事件のことは何も知らされてなかった。それは当然でしょう」

潮崎は悲し気な表情で広中を見つめ返した。

「姉が亡くなった日が近づく度、彼女の幻覚を見るんだ。理由はわかってる。俺は彼女に謝って、最後のお別れを言いたい。でもいつもチャンスを逃す。だってあれは俺が作り出した都合のいい幻だ……。その罪悪感が俺を圧し潰そうとする……それでうまくバランスが取れなくなる」

「岡安先生のところには通ってるんでしょう？」

「ああ。でも俺はまたきっと暴走する。そして君に尻拭いをさせる。そうなる前に、ここから出て行かなきゃならない」

「昔、私が言ったことをまだ恨んでるの？　あなたに家から出て行けって言ったことを？」

「違う、そうじゃない」

潮崎は急いで否定した。

「あの時、君が言ったことは正しかった。俺は疫病神なんだ」

＊

広中家では毎年、十二月二十四日にクリスマスパーティを開く。今年は日曜日ということもあり、例年より賑やかとなった。珍しく次兄夫婦も顔を見せていた。

広中は、毎年頼む近所のケーキ屋から、クリスマスケーキを受け取ってきた。甥っ子の祐介が目を輝かせながら走り寄ってくる。

「このケーキは夜にね」

「いいよ、わかった」

祐介の関心はすぐに、明日の朝、枕元にサンタからのプレゼントがちゃんと届いているかどうかに移った。

「一番はレゴ、二番は電子工作キット、三番はゲームソフトが欲しいって書いた。どれになるかなあ」

「楽しみだね」

広中は惚けながら内心で、サンタクロースはきっと全部プレゼントしてくれるから心配ないよ、と答えた。なにしろ祐介には、両親、叔父、叔母たちと大勢のサンタがいるのだから。

食事の前、広中が父の仏壇に手を合わせていると、部屋の襖が開いて、長兄の勇人が厳しい顔つきで入ってきた。

「お前、潮崎と組んでるんだってな」

「あ……、ええっと」

しまったと思った。いつか話そうと思っていて、今日まで長兄には話しそびれていたのだ。

「別に隠してたわけじゃ……」

「俺は警察官になったことは納得している。別にスーパーマンになろうとも思っていない。能力的にあいつの方が優れているからと言って、俺が代々続く広中家の伝統を守りたいと思う気持ちにだって変わりはない。だからもう、変に気を遣うな」

「ごめん」

長兄の顔つきが緩んだ。

「それで、お前は一課の本当の刑事なのか」

「さあ、それがまだ、なんだか曖昧で」

「なんだ、それ」

二人は声を揃えて笑った。久しぶりに兄と気持ちが通じ合ったような気がした。

「二人とも、ご飯だってさ」

そこへ甥っ子の祐介が二人を呼びに来た。

「おう、すぐ行く」

長兄が先に居間に戻っていった。

「あのね、承子おばちゃん。冬休みの間に一度、真治君のうちに遊びに行くことになった」

祐介が内緒話を打ち明けるように教えてくれた。

真治は一度泊まりに来ただけだったが、祐介とはすぐに打ち解けて仲良くなった。彼の家族はバラバラになりかけているが、広中家の存在が多少は慰めになってくれているようだ。

「真治君のうちってお金持ちなんだってね。今日はあの大きい鳥食べるのかな?」

七面鳥のことだろうか。

「どうだろうね?」

広中は首を捻ってから、クリスマスも真治の家は肉料理禁止なのだろうか、と一瞬考えた。

「プールもあると思う?」

「流石にプールはないんじゃない」

そう言ってから「いやひょっとしたらあるかもね」と答えた。

「ぼく、水着持って行ったほうがいいかな?」

「プールはあっても冬には入れないよ」

「あ、そっか」

朗らかに笑った祐介の後ろに、父の遺影が見えた。

自分はどんなにくたびれてへとへとになったとしても、それでもなお他者を救おうとして、最後は燃え尽きてしまった人。

でもそれが父の生き方だったのだ。

そして、もし生まれ変わったとしても、彼はまた同じ生き方をするに違いない。

父の生き方を否定することはもうやめよう。

なぜなら結局、私もあの人の娘なのだ。

広中は観念したようにそう納得した。

＊

平成十四年十二月二十四日
平成十五年十二月二十四日

潮崎は墓に彫られた姉と母親の没年月日を指でなぞった。冷たい北風に、墓前に供えられた白い花が震えるように揺れている。こんな光景はクリスマスイブには似つかわしくない。墓地には潮崎の他は誰の姿も見えなかった。

犯人は姉を殺しただけではない。残された家族がその日を祝う楽しみまでも、永遠に奪い去ってしまった。

犯人は、誰も彼もが浮かれていて、余計に孤独が募ったという。姉を殺すつもりはなかった。だが家路を急ぐ姉の笑顔を見た途端、自分がこんなにも孤独なのは、彼女が振り向いてくれなかったせいだと思ったと話した。

最初から刃物を用意していたことで、殺すつもりはなかったという犯人の主張は退けられた。それでも十五年、たった十五年で犯人は刑務所を出所した。

残された家族の悲しみは今も、そしてこれからも続くというのに――。

潮崎は最後にもう一度、姉たちの名前が刻まれた表面を撫でると、静かにその場を離れた。

次に向かったのは、都内のホームレスが多く集まる河川敷《かせんじき》だった。青いビニールシートのテント小屋を、彼は一軒、一軒、父親の写真を持って尋ね歩いた。

知らないね。

うるせえな、さっさとあっち行ってくれよ。

酒臭い息と、濁った体臭を発散させながら、ほとんどの者が邪険にする中、何人かは真剣に写真を確認してくれた。

誰も父親を知る者はいなかった。

急に深い孤独と徒労感に襲われて潮崎はぼんやりと佇《たたず》んだ。

小山正志からは、まだ間に合うと言われたが、本当はもう手遅れなのではないか。

そんな気がしてきた。

父だって、潮崎に探されることを望んでいるとは思えない。

再会すればそれはまた、次に来る別れを生み出すだけだ。

諦めて、その場を立ち去ろうとした時、青いテントの間から、こちらに向かってくる、痩せた若い女性の姿に気が付いた。彼女は潮崎を見つけると、少し恥ずかしそうに手を上げた。広中だった。

「はっ……」

自分でも、驚きなのか喜びなのかわからない吐息が潮崎の口から洩《も》れた。

「どうしてここが?」

「心理分析はそっちだけの専売特許じゃないの」

と広中は澄まして笑ったが、すぐに種明かしをした。

「この間、橘さんに言われたばかりでしょう」

彼女はスマホを取り出し、画面を潮崎に見せた。GPS追跡アプリが、この場所を示していた。

「私も話しておきたいことがあるの。そっちの話に比べたら全然大したことじゃないけど……」

潮崎が顔を上げると、広中は照れ隠しなのか小さく咳払いをした。

「父は長い間闘病していて、私たち家族はそれなりに覚悟はできてたの。最後の数ヵ月間、父は入院していて、できるだけお見舞いにも行くようにしていた。亡くなる前日も、私はお見舞いに行ったけど、顔だけ見てすぐに帰ろうとした。大学の課題とかいろいろ溜まってたから。その時、珍しいことに父はすごく寂しがって、もう少しいたらいいじゃないかと言った。でも私はまた明日来るからと言って帰った」

広中は間を明けた。白い息が口から零れる。

「次の日、父の容態が急変して、家族全員が呼び出された。二人の兄はもう社会人だったけど、どうにか臨終には間に合った。最後は家族全員で父を見送ることができたの。それはとても幸運なことだと思ったけど、私は後悔が残った……なぜ、もっと父と一緒にいてあげなかったんだろうって……」

涙を堪えるように、広中は一度空を見上げた。陽はかなり傾き始めていた。

「ええとね、つまり……何が言いたいかって言うと、過去の過ちはもう繰り返したくないっていうこと……もちろん、簡単にはいかないけど」

広中はまた照れくさくなったのか、落ち着きなく髪の毛を耳にかけた。それから不意に真剣な眼差しで、潮崎を見つめ返した。

「今度また暴走しそうな時は私が止めてあげる。だから残って」

「なぜだ？　俺がいなくなれば、君はお守り役から解放されるんだぞ」

「ええ、確かにあなたは最悪の相棒。今はね。でも、いつか最高の相棒になる日が来るかもしれない……。その日を諦めたくないの」

潮崎はなんと言えばいいかわからなかった。

「それに、ほら、あなたが残ってくれれば、私も正式に一課の捜査員になるチャンスができる。こういうのウィンウィンって言うんじゃない?」

広中が笑う。

「ウィンウィンか……そうだな」

潮崎も笑った。

「さて、じゃあ、さっさと続きを始めましょう。向こうのテントの人たちにはもう話を聞いた?」

再び気恥ずかしくなったのか、広中がさっさと歩き出した。

二人でさらに聞き込みを進めた所、顎鬚《あごひげ》を仙人のように長く垂らし、幾枚も上着を重ねて着太りした年齢不詳の男が、昨日、池袋の炊き出しで見かけた、と教えてくれた。

「あそこの炊き出しは年末まで続くから、もう一回くらい姿を見せるかもしれないよ」

「池袋……」

都内にいたのだ。一度消えかけた希望の灯がそっと潮崎の心を照らし始めた。

「それと前にも月島《つきしま》の方で見かけたな」

ホームレス同士は炊き出しなどで常連になると、自然と顔を覚えるのだという。

「月島のどの辺りですか」

潮崎はその場所を詳しく聞き取ると、仙人に礼を言った。

「見つかるといいね、その人」

歯の抜けた顔で、仙人が笑顔を見せた。
「はい、ありがとうございます」
潮崎の背後で、夕日がゆっくり沈もうとしていた。
傍らの広中の口から白い息が上がった。
潮崎も大きく息を吐いて、じっと空を見つめた。
父もこの夕日を見ているだろうか。
そう思った途端、彼は無性に泣きたくなった。

主要参考資料

◆書籍
酒井肇ほか『犯罪被害者支援とは何か　附属池田小事件の遺族と支援者による共同発信』（ミネルヴァ書房、二〇〇四年）
高橋シズヱほか『〈犯罪被害者〉が報道を変える』（岩波書店、二〇〇五年）

◆ＷＥＢ
公益社団法人　全国被害者支援ネットワーク
https://www.nnvs.org/
・誰もがそれぞれの地獄を耐え忍ぶ。
ウェルギリウス
https://ja.wikiquote.org/wiki/ウェルギリウス
・今日が人生最後の日だとしたら、今日しようとしていることはやりたいことだろうか。
スティーブ・ジョブズ
If today were the last day of my life, would I want to do what I am about to do today?
出典：国際文化研究室『人生を変えるスティーブ・ジョブズ　スピーチ』Audible版
・誰かを愛することは、その人に幸福になってもらいたいと願うことである。
トマス・アクィナス

https://dictionary.goo.ne.jp/quote/208/
・私は自分が死ぬ覚悟ならある。しかし、私に人を殺す覚悟をさせる大義はどこにもない。
マハトマ・ガンディー
https://ja.wikiquote.org/wiki/マハトマ・ガンジー
・地獄から光へ到る道は遠く、また険しい。
ジョン・ミルトン
https://ja.wikiquote.org/wiki/ジョン・ミルトン
・ささやかなことから重大な破滅が生れる。
レオナルド・ダ・ヴィンチ
出典：岩波文庫『レオナルド・ダ・ヴィンチの手記（上）』
・疑うまでもなく、真実は美しい。だが嘘もまた。
ラルフ・ウォルドー・エマソン
https://ja.wikiquote.org/wiki/ラルフ・ウォルドー・エマソン
・「希望」には羽根が生えていて、魂にとまる。
エミリー・ディキンソン
https://dictionary.goo.ne.jp/quote/87/

装幀　ブックウォール
装画　オザワミカ

この作品は、書き下ろし小説です。

伏尾美紀（ふしお・みき）

1967年北海道生まれ。北海道在住。2021年、第67回江戸川乱歩賞受賞作『北緯43度のコールドケース』（受賞時タイトル「センパーファイ――常に忠誠を――」）でデビュー。他の著書に『数学の女王』がある。

最悪《さいあく》の相棒《あいぼう》

第一刷発行　二〇二五年四月二十一日

著者　伏尾美紀《ふしおみき》

発行者　篠木和久

発行所　株式会社　講談社

〒112-8001 東京都文京区音羽二―一二―二一

電話　出版　〇三―五三九五―三五〇五

販売　〇三―五三九五―五八一七

業務　〇三―五三九五―三六一五

本文データ制作　講談社デジタル製作

印刷所　株式会社ＫＰＳプロダクツ

製本所　株式会社若林製本工場

定価はカバーに表示してあります。

Printed in Japan　ISBN978-4-06-535935-8

N.D.C. 913　358p　20cm

KODANSHA